NICOLA CORNICK

Falsas cartas de amor

Editado por Harlequin Ibérica.
Una división de HarperCollins Ibérica, S.A.
Núñez de Balboa, 56
28001 Madrid

© 2013 Nicola Cornick. Todos los derechos reservados. FALSAS
CARTAS DE AMOR, Nº 44 - 1.10.13
Título original: The Lady and the Laird
Publicada originalmente por HQN™ Books

Todos los derechos están reservados incluidos los de reproducción,
total o parcial. Esta edición ha sido publicada con permiso de
Harlequin Enterprises II BV.
Todos los personajes de este libro son ficticios. Cualquier parecido
con alguna persona, viva o muerta, es pura coincidencia.
® Harlequin y logotipo Harlequin son marcas registradas por
Harlequin Books S.A.
® y ™ son marcas registradas por Harlequin Enterprises Limited y
sus filiales, utilizadas con licencia. Las marcas que lleven ® están
registradas en la Oficina Española de Patentes y Marcas y en otros
países.

I.S.B.N.: 978-84-687-3556-6
Depósito legal: M-19607-2013

A Margaret McPhee, que escribe deliciosos libros y comparte deliciosas tartas.

Prólogo

Castillo Forres, Escocia, junio de 1803

Era una noche hecha para la magia.

La luna estaba en cuarto creciente y el mar era una reluciente lámina de plata. El viento suspiraba a través de los pinos, dejando un rastro de sal en el aire.

—¡Lucy! ¡Ven a ver!

Lady Lucy MacMorlan se dio vuelta en la cama tapándose los oídos con las sábanas. Estaba cómoda y abrigada, y no tenía ninguna gana de abandonar el calor de las mantas para ponerse a temblar con la corriente que entraba por la ventana. Además de que no deseaba sumarse al conjuro que estaba recitando su hermana Alice. Esos conjuros eran estúpidos y peligrosos, y no servían más que para darles problemas.

—No voy a levantarme. Yo no quiero un marido.

—Por supuesto que sí —Alice parecía impaciente.

A sus dieciséis años, la hermana gemela de Lucy estaba fascinada con los bailes, los vestidos y los hombres. Esa misma tarde, Alice había dado tres veces la vuelta corriendo al antiguo reloj de sol del jardín del castillo, mientras recitaba el igualmente antiguo hechizo de amor que, en una noche de luna, le permitiría vislumbrar al hombre con el que se casaría. Lucy, por su parte, se había quedado en la biblioteca, leyendo los *Ensayos morales y políticos* de Hume. En ese momento, ocultado ya el sol, Alice estaba esperando el resultado de su conjuro.

—Por supuesto que te casarás —insistió Alice—. ¿Qué otra cosa si no podrías hacer?

«Leer», pensó Lucy. Leer, escribir y estudiar. Era más divertido.

—Todo el mundo se casa —Alice había adoptado un tono de mujer adulta, razonable—. Tenemos que establecer alianzas y tener hijos. Es lo que hacen las hijas de un duque. Lo dice todo el mundo.

«Casarse. Tener hijos».

Lucy reflexionó sobre ello, analizando la idea de manera racional, como siempre hacía. Era verdad que eso era lo que se esperaba de ellas, y sin duda era también lo que su madre habría querido. Su madre había fallecido cuando Lucy y Alice no tenían más que unos pocos años de edad, pero todo el mundo decía que había sido la joya de su generación, la elegante hija del conde de Stratharnon, que había hecho una magnífica boda y engendrado una perfecta camada de hijos. La hermana mayor de Lucy y Alice, Mairi, tenía dieciocho años y ya se había casado. Lucy no se oponía a la idea, pero consideraba que para ello tendría que conocer a un hombre que fuera más interesante que un libro, y eso era todavía más difícil de lo que parecía.

—¡Lucy! —el tono de Alice se había vuelto perentorio—. ¡Mira! ¡Oh, mira... algunos caballeros están saliendo a la terraza, con su brandy! ¿A cuál veré primero? Ese será mi verdadero amor.

—Tienes la cabeza llena de pájaros —le dijo Lucy— para creer en tales tonterías.

Alice no se dio por enterada. Nunca escuchaba cuando estaba ilusionada con algo. Aquella tarde su padre estaba celebrando una cena, pero sus hijas menores no habían sido invitadas ya que se hallaban todavía en edad escolar.

A través de la ventana abierta, Lucy podía oír el rumor de voces del piso de abajo, las risas masculinas. Una viruta de humo de cigarro le hizo cosquillas en la nariz. Se oyó un ruido de cristal al chocar contra la piedra.

—¡Oh! —Alice parecía intrigada—. ¿Quién es? No puedo verle bien la cara...

—Eso será porque está de espaldas a ti —le dijo Lucy, irritada. Estaba intentando dormir pero le resultaba imposible si Alice no dejaba de hablar—. Acuérdate del conjuro. Si está de espaldas quiere decir que será un falso amor, que no verdadero.

Pero Alice no le dio importancia.

—Es uno de los hijos de lord Purnell, ¿pero cuál?

—Son demasiado mayores para ti —repuso Lucy—. Que no te vea nadie —añadió—. Papá se pondrá furioso si se entera de que una de sus hijas ha sido vista asomándose a la ventana en camisón. Te deshonrarás antes de que empieces a salir con alguien.

Alice seguía sin escucharla. Nunca escuchaba cuando no quería escuchar. Era como una mariposa, brillante e insustancial, siempre revoloteando sin prestar nunca atención.

—Es Hamish Purnell —dijo. Parecía decepcionada—. Ya está casado.

—Ya te dije que todo esto era una tontería —le recordó Lucy.

—¡Oh, están discutiendo! —la excitación volvía a teñir la voz de Alice. Era tan voluble como una veleta, olvidada de pronto su anterior decepción. Miró a su hermana y alzó un poco más la ventana, para apoyarse sobre el alféizar de piedra—. ¡Lucy! —siseó—. ¡Ven a ver!

Lucy había detectado el cambio operado en las voces de la terraza. Tan pronto habían sonado suaves y corteses, como al momento siguiente habían destilado un tono de furia, violento incluso, que le había puesto la carne de gallina y el vello de punta. Se deslizó fuera de la cama y camino descalza hasta donde se encontraba Alice, arrodillada sobre el banco de la ventana, tensa como una cuerda de arco, presenciando la escena que se desarrollaba en la planta baja.

Dos hombres se estaban enfrentando en la terraza, justamente debajo de ellas. Estaban de perfil, de manera que Lucy no podía distinguir bien sus caras. Reconocía sin embargo la voz de su primo Wilfred, suave, aristocrática, levemente desdeñosa.

–¿Qué habéis venido a hacer aquí, Methven? Sois un don nadie. Un simple segundón. No puedo creer que mi tío os haya invitado.

Era un tono cargado de desprecio y de deliberada provocación. Alguien rio. Los demás hombres se acercaron, rodeándolos como una jauría de perros, presintiendo la pelea.

–¡Oh! –exclamó Alice–. ¡Qué grosero y qué horrible es Wilfred! ¡Cuánto lo odio!

A Lucy le sucedía lo mismo: siempre había detestado a su primo. Wilfred tenía dieciocho años, era heredero del condado Cardross y se vanagloriaba tanto de su estatus como de su relación familiar con el duque de Forres. Había pasado el último año en Londres, donde, según los rumores, había malgastado toda su fortuna en la bebida, los naipes y las mujeres. Wilfred era altanero, cateto y engreído, y allí, rodeado por sus parientes y seguidores, se tenía por muy valiente.

–Quizá el duque me haya invitado porque tiene mejores modales que su sobrino –replicó el otro hombre. Su voz era varios tonos más grave que la de Wilfred y con un leve acento escocés.

No retrocedía ante las intimidaciones de Wilfred. Cuando se volvió, Lucy logró vislumbrar su rostro a la luz de la luna. Era duro: de pómulos, cejas y mandíbula inequívocamente duros. Era también fuerte, ancho de hombros y muy alto. Mientras lo estudiaba, pudo ver que todavía era joven; no tendría más de diecinueve o veinte años.

Un murmullo se alzó entre los hombres de la terraza. La atmósfera pareció cambiar. En ese momento era aún más abiertamente hostil, pero también había otra cosa, como un punto de incertidumbre, casi miedo.

Evidentemente, Alice también lo sintió. Se había refugiado detrás de las gruesas cortinas de terciopelo de la ventana.

–Es Robert Methven –musitó–. ¿Qué está haciendo *él* aquí?

–Papá lo invitó –susurró Alice–. Dice que no tiene tiempo para viejas enemistades de ese tipo. Las considera poco civilizadas.

Los clanes de los Forres y los Methven siempre habían sido enemigos. Los Forres y sus parientes, los condes de Cardross, habían apoyado a la Corona escocesa desde tiempo inmemorial. Los Methven habían sido bandidos del lejano norte, descendientes de los condes vikingos de las islas Orcadas... Lucy sabía muy poco sobre los Methven, aparte de su reputación como seres tan feroces y desalmados como sus ancestros. Miró el rostro de Robert Methven, de planos tan nítidos y afilados a la luz de la luna, y experimentó un escalofrío primario, primitivo, todo a lo largo de la espalda.

«Enemigos durante generaciones...». Una enemistad que estaba en su sangre, en las historias que había escuchado desde la cuna. Las guerras entre clanes podían ser un asunto del pasado, pero no hacía tanto tiempo que habían sucedido, y las viejas enemistades tardaban en morir.

–Un día –estaba diciendo Wilfred– recuperaré las tierras que vuestra familia robó a nuestro clan, Methven, y os lo haré pagar. Lo juro.

–Esperaré ansioso ese momento –Robert Methven parecía divertido–. Hasta entonces, ¿podemos seguir disfrutando del excelente brandy del duque?

Y pasó de largo a su lado como si la conversación hubiera dejado de interesarle. Wilfred, en un ridículo impulso, lo adelantó como para afirmar su primacía y entró en el salón antes que él. Methven se limitó a encogerse de hombros con indiferencia.

Alice volvió a dejar caer la cortina de la ventana.

–Tengo frío –rezongó–. Me vuelvo a la cama.

Fue Lucy la que tuvo que estirarse para bajar la hoja de la ventana que había subido su hermana. Aquello era típico de Alice: era negligente y descuidada, y era Lucy la que tenía que ir detrás ordenándolo y arreglándolo todo.

–Hamish Purnell... –oyó a Alice murmurar mientras se deslizaba bajo las mantas–. Bueno, supongo que es bastante guapo.

–Está *casado* –le recordó Lucy–. Además, estaba de espaldas la primera vez que lo viste.

–Se volvió en el último momento –replicó su hermana–. Se puso de cara a mí, y de espaldas al mar. El verdadero amor. Quizá su esposa se muera. Asegúrate de cerrar bien la ventana, Lucy –añadió–. Que nadie se entere de que hemos estado espiando.

Lucy suspiró, forcejeando todavía para bajar la ventana, que parecía obstinadamente atascada. La pesada cortina de terciopelo chocó en ese momento con el jarrón de porcelana azul y blanca que estaba en el alféizar, junto a su codo. Impotente, vio cómo la pieza se tambaleaba en el borde y escapaba a sus dedos para caer al vacío por la ventana todavía abierta... y estrellarse en la terraza. Se quedó mirando la oscuridad durante unos segundos, estupefacta. Nada sucedió. Nadie se acercó. Podía distinguir los fragmentos rotos a la luz de la luna, dispersos por el suelo de baldosa.

–Tienes que bajar a recogerlos –la voz de Alice llegó

hasta ella en un urgente murmullo–. De lo contrario lo descubrirán y sabrán que hemos estado espiando.

–Baja tú –le dijo Lucy, irritada.

–Yo no tiré el jarrón –replicó su hermana.

–¡Ni yo tampoco! –pese a su edad, había peligro de que aquello degenerara en una pelea de chiquillas–. Baja tú –insistió Lucy–. Fue idea tuya lo de asomarse a la ventana con medio cuerpo fuera.

–Si me sorprenden, volveré a tener problemas –de repente adoptó una expresión ansiosa y desesperada, y Lucy experimentó la punzada de algo sospechosamente parecido a la piedad–. Ya sabes lo que siempre anda diciendo papá de mí: que mamá se habría avergonzado de lo mala y desvergonzada que soy...

Lucy suspiró. Sabía que se estaba ablandando por dentro. No podía dejar que Alice se metiera en problemas. Formaba parte del pacto que tenían las dos, y que las unía para siempre como hermanas y grandes amigas. Volvió a suspirar mientras descolgaba su bata y se calzaba las zapatillas.

–Si bajas por la Torre Negra, hazlo rápido para que nadie te vea –le dijo Alice.

–¡Ya lo sé! –le espetó Lucy.

De todas formas, experimentó un estremecimiento de inquietud cuando tomó su vela y abrió la puerta unos pocos centímetros, lo suficiente para escabullirse fuera. Caminó luego sigilosamente hacia las escaleras de la torre. No era el castillo Forres lo que la aterraba. Había crecido allí y se conocía cada rincón de aquel antiguo edificio, todos sus secretos y todos sus fantasmas. Eran los seres de carne y hueso los que le daban miedo, no los sobrenaturales. No podía permitirse que la sorprendieran. Ella nunca se metía en problemas, nunca hacía nada malo. Era Alice la impetuosa de las dos, la que se metía en un lío tras otro. Lucy era la hija buena.

A pesar de todo, no bien hubo descorrido el cerrojo de la pesada puerta del pie de las escaleras, se permitió disfrutar por un momento de la noche. Sintió la leve caricia de la brisa en el rostro, impregnada del aroma del mar y de las aulagas. El rumor de las distantes olas se mezclaba con el suspiro del viento a través de los pinos. La luna semejaba una hoz de oro en un cielo de terciopelo oscuro. Por un instante, se vio asaltada por el enloquecido impulso de echar a correr por el césped hacia el mar, de sentir la fresca arena bajo sus pies y el chapoteo del agua fría en sus piernas desnudas.

Por supuesto, nunca haría nada parecido. Era demasiado formal y correcta.

Con un leve suspiro, se inclinó para recoger los fragmentos del jarrón. Las doncellas lo echarían en falta e informarían debidamente. Su padre se enfadaría porque se trataba de una de las piezas favoritas de la difunta duquesa. Habría preguntas y explicaciones, y tanto Alice como ella tendrían que admitir que lo habían roto, solo que no mientras habían estado asomadas a la ventana espiando a los jóvenes caballeros. Confiaba en que su padre no se sintiera demasiado decepcionado con su persona.

—¿Puedo ayudaros?

Lucy dio un respingo y se volvió, dejando caer los fragmentos al suelo. Robert Methven estaba ante ella, de espaldas al mar. A esa distancia era tan alto e imponente como le había parecido desde su aventajada posición en la ventana.

—No sabía que había alguien... —balbució Lucy, y vio que sonreía.

—Lo siento. No he querido asustaros —se agachó para recoger los fragmentos, que le entregó con gesto grave—. ¿Por qué no los dejáis sobre la balaustrada, para que no se os vuelvan a caer? —sugirió.

—Oh, no —dijo Lucy—. Tengo que irme. Quiero decir... —pero no hizo ningún intento de escabullirse de nuevo hacia la puerta de la torre–. ¿Qué estabais haciendo aquí fuera, en lo oscuro? –inquirió al cabo de un momento.

Vio que se encogía de hombros con un gesto de indiferencia.

–La compañía no es muy de mi gusto.

–Wilfred, supongo –dijo Lucy–. Lo siento. Es una persona horrible.

–No es que me importe demasiado –explicó Robert Methven–, pero preferiría no pasar demasiado tiempo con él.

–Ni yo. Y eso que es mi primo.

–Mala suerte la vuestra. Eso quiere decir que vos sois...

–Lucy –se presentó–. Lucy MacMorlan.

–Es un placer conoceros, lady Lucy.

–Y vos sois Robert Methven.

A modo de respuesta, le hizo una reverencia.

–Sois muy amable –comentó ella.

Methven sonrió al reconocer el acento de sorpresa de su voz.

–Gracias.

–¿No se suponía que éramos enemigos?

Su sonrisa se amplió.

–¿Queréis que lo seamos?

–Oh, no –respondió Lucy–. Esa es una historia muy antigua.

–Las historias antiguas suelen ser muy pertinaces –replicó él–. Nuestras familias se han odiado durante generaciones.

–Papá piensa que las viejas enemistades de ese tipo son una estupidez –se quedó contemplando el reflejo de la luz de la luna en su rostro, la manera en que acentuaba sus planos y sus ángulos, destacando unos rasgos y escondiendo otros. El efecto resultaba curiosamente fascinante. Experimentó una extraña punzada de emoción, en lo más profundo de su ser.

—Es justamente por eso por lo que estoy aquí esta noche —dijo Robert Methven—. Para dejar atrás la historia entre nosotros —señaló los fragmentos del jarrón que sostenía todavía en las manos—. ¿Cómo sucedió?

—Oh... —Lucy se ruborizó—. La ventana estaba abierta. La cortina chocó contra el jarrón y lo derribó.

Methven se echó a reír.

—Mi hermano Gregor y yo siempre nos estamos metiendo en problemas por cosas como esas.

—No os creo —dijo Lucy, alzando la mirada a su alta silueta recortada contra el azul oscuro del cielo—. Sois demasiado mayor para meteros en problemas.

—Podéis pensar lo que queráis —rio—, pero os aseguro que mi abuelo es un tirano. Por una razón o por otra, siempre estamos contraviniendo sus reglas.

Los punzantes fragmentos del jarrón se le clavaban en las palmas, a la vez que los dedos de los pies se le estaban quedando helados por culpa de las finas zapatillas de seda. Por un momento, se preguntó qué diantres estaba haciendo allí fuera, en camisón, hablando precisamente con Robert Methven.

—Debo irme —dijo de nuevo.

No hizo intento alguno por detenerla. Pero sí sonrió.

—Que paséis entonces una buena noche, lady Lucy.

Una vez que llegó a la puerta, se volvió para mirarlo:

—No me delataréis, ¿verdad? —inquirió, prudente—. No quiero meterme en problemas.

Él se echó a reír.

—Jamás os delataré.

—¿Lo prometéis?

Se acercó a ella. Lucy podía oler su aroma a tabaco y aire fresco, y ver el blanco fogonazo de sus dientes mientras sonreía. Todo lo cual la aturdió ligeramente, sin que supiera bien por qué.

—Os lo prometo.

De repente, se inclinó y la besó. Fue un beso breve y ligero, pero que la dejó tan estremecida que por unos segundos permaneció absolutamente inmóvil por la sorpresa, con los fragmentos del jarrón olvidados en sus manos.

–¿Es el primer beso que habéis recibido? –le preguntó Robert.

Lucy podía detectar una sonrisa en su voz.

–Sí –respondió sin pensar, demasiado sincera e inocente como era para fingir artificio alguno.

–¿Y os ha gustado?

Lucy frunció el ceño. Las sensaciones que estaba experimentando eran demasiado novedosas y desconcertantes para que pudieran ser descritas con facilidad, pero sabía que lo que sentía era muy distinto de lo expresado por aquella palabra.

–No lo sé.

Robert se echó a reír.

–¿Queréis que os vuelva a besar, para que podáis decidirlo?

Un súbito y perverso entusiasmo se apoderó entonces de ella, proporcionándole la respuesta.

–Sí –aceptó en un susurro.

Él le quitó cuidadosamente los fragmentos de jarrón de las manos para depositarlos sobre la balaustrada de piedra. La envolvió luego en sus brazos y la atrajo hacia sí, de manera que a Lucy no le quedó otro remedio que apoyar las manos sobre su pecho.

De repente se sintió extraordinariamente tímida, y se habría apartado si él no la hubiera besado en ese mismo instante, llenándola de una sensación de dulzura y calor que acabó haciéndole vibrar de entusiasmo. Mareada, hundió los dedos en su chaqueta para sujetarse y no caer. El corazón le latía a un ritmo feroz. Se sentía extremadamente frágil y no pudo evitar ponerse a temblar.

Pero entonces, demasiado pronto, todo terminó cuando

él se apartó de golpe y la soltó suavemente. Por un momento la luz de la luna iluminó su expresión: de sorpresa y asombro, quizás, con el brillo de algo que Lucy no consiguió leer ni interpretar en sus ojos. Pero cuando habló, volvió a ser exactamente el mismo de antes.

–Gracias –dijo.

Lucy no sabía lo que se suponía tenía que decir después de besar a alguien, y en ese momento volvió a sentir un horrible acceso de timidez, así que recogió los fragmentos del jarrón, murmuró un apresurado «buenas noches» y se retiró con tanta rapidez que casi tropezó con el borde de su bata. Subió la oscura escalera en espiral de la torre casi sin notar los escalones de piedra bajo sus pies. Su mente estaba demasiado llena del beso de Robert Methven como para que le permitiera pensar en otra cosa.

Alice estaba dormida para cuando regresó al dormitorio. Mirando su rostro sereno, Lucy no pudo evitar sonreírse. Los enfados con su hermana gemela nunca le duraban. La quería demasiado: aquella hermana suya que tan diferente era y que sin embargo se complementaba tan bien con ella como la otra mitad de una misma manzana.

Colocó cuidadosamente los fragmentos del jarrón sobre el alféizar y se metió en la cama. Soñó con el gajo de la luna brillando sobre el mar, con la poderosa magia de lo que acababa de vivir y con los besos de Robert Methven. Sabía que él no la delataría nunca. Sus vidas estaban ya ligadas.

Capítulo 1

Castillo Forres, Escocia, febrero de 1812

–Lucy, necesito que me hagas un favor.

La pluma de ganso de lady Lucy MacMorlan se detuvo bruscamente sobre el papel, dejando un gran borrón de tinta. Había estado concentrada en un cálculo matemático particularmente complejo cuando su hermano Lachlan irrumpió en la biblioteca. Una fuerte corriente de helado aire invernal entró con él, agitando levemente los tapices que colgaban en las paredes y levantando el polvo del embaldosado de piedra. El fuego de la chimenea crepitó y siseó cuando más aguanieve cayó por el tiro. Los preciados cálculos de Lucy volaron del escritorio para resbalar por el suelo.

–Por favor, cierra la puerta, Lachlan –dijo Lucy con tono cortés.

Así lo hizo su hermano, cortando el paso a la corriente que subía por la escalera de caracol. Inmediatamente se dejó caer cuán largo era en uno de los antiguos sillones que estaban dispuestos frente al fuego.

–Necesito tu ayuda –dijo de nuevo.

Lucy procuró dominar su instintiva irritación. Se le antojaba injusto que Lachlan, que con sus veintiséis años le sacaba dos, siempre necesitara que ella lo sacara de sus problemas. Lachlan tenía un encanto despreocupado y la convicción de que alguien más terminaba arreglando los problemas que él mismo causaba. Ese alguien parecía ser siempre Lucy.

Todos tenían su papel en la familia. Angus, el primogénito y heredero, era insípido y aburrido. Chistina, la hermana mayor, era la clásica solterona que había consagrado su vida a cuidar de su familia tras la muerte de su madre y, a esas alturas, venía a ser como el ama de llaves de su padre. Mairi, la otra hermana de Lucy, era viuda. En cuanto a Lachlan, se había descarriado. Y Lucy siempre había sido la buena chica, la hija perfecta.

«¡Qué bebé tan perfecto!», había exclamado todo el mundo, inclinándose sobre su cuna para admirarla. Más tarde la habían llamado la perfecta damisela, y después la debutante perfecta. Había sido incluso, al poco de abandonar la escuela, la perfecta prometida de un caballero mayor que era noble y además erudito. Y cuando el caballero falleció antes de la boda, Lucy se convirtió en la perfecta dama casadera.

Y antaño había sido la hermana perfecta, y la amiga perfecta. Había tenido una hermana gemela con la que había compartido todo. En aquel entonces había estado convencida de que su vida era tranquila y segura, y había estado equivocada. Pero Lucy cerró en ese momento su mente a aquellos pensamientos, como un portazo que hiciera retumbar toda la casa. Porque no le producía ningún bien pensar en el pasado.

—¿Lucy? —Lachlan parecía impaciente por contar con su atención.

Había apoyado descuidadamente una pierna sobre uno de los brazos del sillón y sonreía. Lucy lo miró a su vez con desconfianza.

—¿En que estás trabajando? —le preguntó, señalando los papeles dispersos por el escritorio.

—Estaba intentando demostrar el último teorema de Fermat —respondió.

Lachlan se mostró perplejo.

—¿Por qué habrías de hacer eso?

—Porque disfruto con los desafíos.

—Yo no me pondría a hacer cálculos matemáticos a no ser que tuviera una absoluta necesidad de hacerlos.

—Ni cálculos matemáticos ni ninguna otra cosa —lo corrigió Lucy.

La sonrisa de Lachlan se amplió. Parecía como si pensara que su hermana acababa de dirigirle un cumplido.

—Eso es verdad —clavó en ella sus ojos de color castaño dorado—. ¿Y qué tal la escritura? ¿Avanza?

—Estoy trabajando en una guía para damas. Una guía para encontrar al perfecto caballero —explicó Lucy, toda digna. Sabía que Lachlan se estaba riendo de ella. Él pensaba que su afición a la escritura era ridícula, una afición absurda. Todas las hijas del duque de Forres escribían: era un interés que habían heredado de su madre, que había sido una mujer muy cultivada. Los hijos, por contraste, no lo eran en absoluto. Lucy quería a sus hermanos... bueno, quería a Lachlan por mucho que la exasperara tanto, e intentaba querer al envarado Angus, pero no eran precisamente unos intelectuales...

Como para confirmar esa conclusión, Lachlan soltó una risotada.

—¿Una guía para encontrar al perfecto caballero? ¿Y qué sabes tú del asunto?

—Estuve prometida con uno —replicó Lucy—. Por supuesto que sé del asunto.

El brillo de humor desapareció de los ojos de Lachlan.

—Duncan MacGillivray no era precisamente el perfecto caballero. Como tampoco la pareja perfecta para ti. Era demasiado viejo.

Lucy sintió un extraño nudo de emoción en el pecho.

–Eres tan grosero... –lo acusó, irritada.

–No. Digo la verdad. Solo consentiste en casarte con él porque papá deseaba que lo hicieras. Todavía estabas dolida por lo de Alice y no podías pensar bien, a derechas.

Alice...

Una nueva corriente se deslizó bajo la puerta para provocarle un escalofrío. Estremecida, se arropó mejor con el chal. Alice llevaba muerta ocho años, pero no pasaba un solo día sin que Lucy pensara en su hermana gemela. Dentro de ella había un espacio vacío. Se preguntó si siempre se sentiría así, tan hueca, como si una parte de su ser le hubiera sido arrebatada, no dejando en su lugar más que oscuridad. La ausencia de Alice era como un dolor sordo y constante, una sombra en su corazón, un paso en falso en lo oscuro. Incluso después de todo el tiempo transcurrido, el dolor era tan fuerte que hasta le quitaba el aliento. Su infancia había terminado con la muerte de Alice.

Pero ahuyentó aquel pensamiento, como siempre hacía. No iba a ponerse a hablar de Alice.

–El caso –dijo– es que sé lo que es un comportamiento caballeroso y, lo más importante –miró ceñuda a su hermano–, sé lo que no lo es.

–También sabes lo que es la pornografía francesa e italiana –repuso Lachlan con una sonrisa– y tus textos eróticos han sido mucho más exitosos y provechosos que el resto de tu escritura. Me pregunto por qué no has escrito más.

Lucy le lanzó una feroz mirada.

–¡Sabes perfectamente por qué no lo hago! No hablemos de eso, Lachlan. Todo aquello es agua pasada y nadie sabe nada al respecto. ¿Quieres arruinar mi reputación?

Lachlan la miró a su vez, ceñudo. Aquella conversación parecía haberse reducido de pronto a una riña de escuela.

–Por supuesto que no. Yo no se lo he contado a nadie.

Lucy suspiró. Se suponía que era injusto echarle toda la culpa a su hermano cuando ella misma había sido tan negligentemente estúpida e ingenua, pero lo que estaba claro era que Lachlan no era de fiar. Un año atrás había acudido a pedirle un favor, como estaba haciendo ahora. Necesitaba su ayuda para escribir una carta, le había dicho. Tenía que ser extremadamente romántica, muy sensual, lo suficiente para arrojar a la dama de sus sueños en sus brazos.

En aquel entonces, Lucy había tenido una desesperada necesidad de ganar algún dinero, por lo que había aceptado. En un principio había copiado varios versos de Shakespeare y añadido alguna poesía de su propia cosecha. Pero Lachlan se había reído en su cara, diciéndole que necesitaba algo más excitante.

Fue entonces cuando se acordó de los escritos eróticos de la biblioteca del castillo. La biblioteca siempre había sido un auténtico tesoro para ella. Había explorado sus estantes desde el mismo momento en que aprendió a leer, devorando la vasta colección que su abuelo se había traído de su *grand tour* por Europa. Hasta que un día, entre los pesados tomos de historia política y los trabajos de los autores clásicos, había encontrado algo mucho más incendiario que aquellos áridos textos: varios folios de dibujos y bocetos de hombres y mujeres en las más extraordinarias y eróticas posturas. Algunas le habían parecido anatómicamente imposibles, pero verlas había resultado una actividad tan interesante como educativa, por lo que las había contemplado con una intensa curiosidad intelectual.

Junto a los dibujos también había encontrado escritos, vívidos y sensuales, igualmente interesantes para su curiosa mente académica. Fueron esos textos los que acudieron a su memoria cuando Lachlan le solicitó algo más excitante que Shakespeare. Había terminado utilizando aquellos escritos como inspiración. Quizá se había excedido: no estaba segura de ello. Pero ciertamente su hermano no había tenido queja alguna. Se lo había contado a sus amigos y varios amigos se habían dirigido a él para pedirle una similar asistencia para con sus amores. Y ella se había sentido obligada a complacer esas peticiones.

Hasta que de pronto todo se malogró terriblemente. La primera noticia que tuvo Lucy del escándalo fue en un encuentro de la Sociedad de las Damas Cultivadas de las Tierras Altas de Escocia. Todo el mundo estaba hablando de una misteriosa escritora de cartas que ayudaba a los jóvenes caballeros de Edimburgo a seducir a las mujeres de su círculo. Aparentemente, Lachlan se había visto enredado en un tórrido romance con una bailarina, mientras sus amigos se dedicaban a escandalizar a la ciudad entera con su licencioso comportamiento. Uno había dejado encinta y abandonado a la hija de un posadero y otro se había fugado con la esposa del gobernador del castillo de Edimburgo. En todos los casos, las damas se habían dejado seducir por medio de falsas promesas y una prosa erótica.

Lucy se había sentido terriblemente culpable, convicta de una aterradora ingenuidad por no haber preguntado a Lachlan por sus motivaciones antes de aceptar escribir las cartas, y sin cuestionarse tampoco las posibles consecuencias. Su necesidad de conseguir algún dinero la había cegado y no había pensado en nada más. Solo podía esperar que nadie descubriera nunca que había sido ella la autora de aquellas cartas, porque si eso se producía, su reputación quedaría arruinada. Se había prometido a sí misma no volver a escribir jamás aquella provocativa poesía. No era la clase de comportamiento que una heredera de buena familia debería tener, con lo que en el futuro tendría que procurarse su dinero por otros medios.

Lachlan la estaba observando. Había una expresión decididamente calculadora en sus ojos dorados, que hizo desconfiar a Lucy.

—En cualquier caso —dijo, sonriente—, olvidemos todo eso y pasemos a hablar de mí.

Se pasó una mano por el pelo, despeinándoselo de una

manera encantadora. Lucy pensó que era una lástima que ninguna de sus amigas estuviera en aquel momento allí para dejarse impresionar. Todas pensaban que Lachlan era maravilloso, pese a que las palabras «egoísta» y «frívolo» parecían especialmente inventadas para describirlo.

—Me he enamorado —dijo Lachlan con aire de quien anunciaba una gran noticia.

—¡Otra vez! ¿Quién es la afortunada dama en esta ocasión?

—Dulcibella Brodrie. La amo, ella me ama y queremos casarnos.

Lucy se quedó callada. La señorita Dulcibella Brodrie no habría sido su primera elección como cuñada. Dulcibella era hermosa, pero también absolutamente inútil de una manera completamente irritante. No dudaba de que era precisamente eso lo que había atraído a Lachlan de ella, pero dado que él era igualmente inútil e incapaz, la combinación de ambos era una buena receta para el desastre.

—Dulcibella es... una joven muy dulce —comentó precavida.

Se enorgulleció de haber respondido de una manera tan educada, a la vez que se alegró de haber encontrado algo positivo que decir de ella. Dulcibella podía ser algo caprichosa y egoísta, y los espejos la volvían loca, pero tenía sus buenas cualidades si una se esforzaba por encontrárselas.

De repente, la expresión de Lachlan se tornó más trágica que la de un spaniel abandonado.

—Pero ella no es libre. Está comprometida para casarse con Robert Methven. El acuerdo ya ha sido firmado.

Robert Methven.

Los papeles volvieron a resbalar de los dedos de Lucy. Se agachó para recogerlos y se irguió lentamente.

—¿Estás seguro? —inquirió. Podía sentir un desconcertante nudo de inquietud en la boca del estómago. Le temblaban los dedos. Tenía las mejillas acaloradas. Se puso a alisar un papel con gesto automático.

Afortunadamente para ella, Lachlan era el menos observador de los hombres y estaba demasiado ocupado con sus propios sentimientos como para fijarse en los de ella.

—Claro que estoy seguro. Es un desastre, Lucy. Yo amo a Dulcibella, estaba a punto de pedir su mano... pero Methven se me adelantó.

—Probablemente lord Brodrie quiera para su única hija un pretendiente de más categoría que un segundón... —repuso Lucy con un suspiro, evitando la mirada de su hermano mientras se esforzaba por recobrar la compostura.

—¡Pero yo soy el segundón de un duque! —protestó Lachlan.

—Y lord Methven es marqués. Es mejor partido que tú —su voz volvía a ser firme, aunque su pulso todavía seguía acelerado y se sentía tan inquieta como acalorada.

Robert Methven iba a casarse.

Estaba aturdida y conmocionada, sin que tuviera la menor idea del motivo. No podía decirse que conociera bien a lord Methven. Poco después de aquella lejana noche de hacía ocho años, cuando se conocieron en la terraza del castillo Forres, Methven tuvo una grave desavenencia con su familia y abandonó Escocia. Se marchó a Canadá, y se rumoreaba que con el tiempo había hecho fortuna comerciando con maderas. Aquello había sucedido poco antes de la muerte de Alice, con lo que Lucy no le había prestado demasiada atención. Conservaba de hecho muy pocos recuerdos de aquella época, aparte de la abrasadora sensación de dolor y el vacío que empezó a abrirse en su corazón.

Pero entonces su abuelo falleció y, heredado el título, Robert Methven regresó a Escocia, Lucy lo había visto recientemente unas pocas veces en eventos de invierno en Edimburgo, pero la cómoda y fluida amistad que habían compartido aquella noche en Forres se había evaporado.

No habían intercambiado más que unas cuantas palabras sobre los tópicos más triviales.

Lucy encontraba asimismo a Robert Methven físicamente intimidante. Los hombres de su familia eran todos altos y delgados, pero lord Methven era tan alto como corpulento. Su cuerpo era puro músculo, duro, como dura era la línea de su mandíbula y la mirada de sus ojos azul zafiro. Era abrumadoramente viril. De una virilidad tan arrolladora que era como una bofetada en plena cara. Lucy no había conocido a un hombre igual.

Había cambiado también en otros aspectos. Era un hombre sombrío, y la antigua luz había desaparecido de sus ojos. Todo el poder y la autoridad que Lucy había percibido en su persona aquella lejana noche seguía allí, pero como más fuerte y oscura. La tragedia tenía una manera especial de apagar la luz interior de la gente: Lucy lo sabía por experiencia. Se preguntó qué le habría sucedido a Methven para que hubiera cambiado tanto.

En ese momento no tenían nada en común. Y sin embargo... Lucy cerró los puños. Podía sentir el fino papel arrugándose bajo sus dedos. Robert Methven seguía teniendo algo especial. La atracción que sentía hacia él era tan intensa como incómoda. No quería pensar en ello, porque cada vez que lo hacía acababa encendida, sin aliento, con una inquietud que le recorría todo el cuerpo. Era extraño, muy extraño...

Sentándose ante su escritorio, se puso a alisar sus papeles con dedos levemente temblorosos. Era consciente de un sentimiento nada familiar, una curiosa sensación en la boca del estómago... una sensación semejante a los celos.

«No estoy celosa», pensó, irritada. «No puedo estar celosa. Yo nunca estoy celosa de nada ni de nadie. Los celos no son un sentimiento apropiado ni conveniente, y menos para una dama».

Pero lo estaba. Estaba celosa de Dulcibella.

Se presionó las sienes con las puntas de los dedos. Aquello no tenía sentido. No podía estar celosa de Dulcibella. Dulcibella no tenía nada que ella pudiera desear. Lucy no quería casarse, y aunque así fuera, lord Methven no encarnaba en absoluto su idea de un esposo perfecto. Era demasiado intimidante, y demasiado hombre. Demasiado *todo*.

–¿Qué puedo hacer, Lucy? –le preguntó Lachlan reclamando su atención y alzando las manos en un gesto de súplica–. Dulcibella nunca se atrevería a contrariar los deseos de su padre. Es demasiado delicada para plantarle cara.

«Delicada» no era el adjetivo que habría utilizado Lucy. Dulcibella era débil. No tenía el espinazo duro. Más de una vez se había preguntado si acaso tenía espinazo...

–No hay nada que puedas hacer –dijo con energía–. Lo lamento, Lachlan –«pero te enamorarás de otra dama en menos que canta un gallo», añadió para sus adentros.

–Necesito que escribas una de tus cartas –le pidió Lachlan de pronto con tono urgente, inclinándose hacia delante–. Necesito que me ayudes a convencerla. Por favor, Lucy.

–Oh, no. No, no y no. ¿Has escuchado una sola palabra de lo que te he dicho antes, Lachlan?

–Lamento lo de la última vez.

Al menos tuvo la deferencia de mostrarse un tanto avergonzado.

–Lo dudo –repuso ella.

Lachlan se encogió de hombros, admitiendo la mentira.

–Está bien. Pero mis intenciones son honorables esta vez, Lucy. Amo a Dulcibella y sé que tú querrías que ambos fuéramos felices. Quiero casarme con ella, Lucy. Por favor...

Dejó la frase sin terminar, como si tuviera el corazón demasiado roto para hacerlo. «Un efecto muy artístico», pensó Lucy.

–No –insistió–. Aparte de que dudo que Dulcibella pudiera ser persuadida con esa clase de cartas. Es una dama muy prudente.

–Bueno –sonrió Lachlan–, no creas que tanto.

–No –se negó por sexta vez. En ese momento estaba pensando en Robert Methven–. Están prometidos, Lachlan. Sería además injusto para con...

–Por favor, Lucy –repitió su hermano, ya con un tono de auténtica súplica–. Yo amo realmente a Dulcibella. ¿Cómo podría ella ser feliz casada con Methven? ¡Ese hombre es un salvaje! No es como yo.

–No. Ciertamente que no es como tú –Robert Methven no tenía una pizca del refinamiento de Lachlan. Era todo dureza: una dureza que había estado frotándose contra los sentidos de Lucy durante los tres últimos meses como el acero contra la seda. Una vez más sus nervios experimentaron un familiar estremecimiento de excitación.

–No puedo ayudarte, Lachlan. Será mejor que me dejes en paz.

Lachlan adoptó entonces la expresión extremadamente cerril que Lucy recordaba de cuando era un niño malcriado, cada vez que no se salía con la suya.

–No sé por qué te niegas –insistió–. Nadie se daría cuenta.

–Porque es injusto –replicó con tono enérgico. Sabía que tenía que negarse incluso aunque los sentimientos de Lachlan fueran sinceros. No era justo de ninguna de las maneras sabotear el compromiso matrimonial de Robert Methven. Además, desde un punto de vista práctico, enfadar a un hombre como él tampoco era prudente. Era duro y peligroso, y ella sería una estúpida si hiciera algo que pudiera ponerlo en su contra. Si él llegaba a enterarse, Lucy sabía que podría meterse en un problema muy grave.

–Necesitas el dinero –le recordó de pronto su hermano–. Yo sé que lo necesitas. Te oí comentar a tu doncella el otro día que tu pensión cuatrimestral estaba agotada.

Lucy vaciló. Era cierto que ya se había gastado su pensión, entregada al orfanato de Greyfriars y a la inclusa tan pronto como la hubo recibido. Eso no lo sabía Lachlan, por supuesto. Pensaba que ella era tan derrochadora como él y no veía motivo alguno de vergüenza en ello. No tenía la menor idea de que sus remordimientos por la muerte de Alice la impulsaban a donar hasta el último penique a empresas benéficas. Para intentar compensar una culpa que nunca podría ser aliviada.

–Te compraré el sombrero con lazos verdes que estuviste admirando ayer en Princes Street –dijo Lachlan, inclinándose de nuevo hacia delante.

–Preferiría el dinero, gracias –repuso Lucy. Por un instante se permitió pensar en todo lo que podría comprar con aquella suma: ropa nueva y calzado para los niños, y libros y juguetes también.

Sintió como una vertiginosa sensación de culpa en el estómago cuando se dio cuenta de que iba a hacer lo que Lachlan le pedía. Se esforzó por ignorarla. Intentó decirse que no habría peligro alguno de que lord Methven descubriera su papel en todo aquello, ya que sería el nombre de Lachlan el que apareciera en las cartas y, siempre y cuando su hermano se mordiera la lengua, nadie sospecharía de ella. Se recordó que de esa manera podría comprar más medicinas para los niños de la inclusa. La bronquitis era particularmente grave aquel invierno.

–¿Cuánto? –inquirió Lachlan mientras levantaba su larguirucha figura del sillón.

–Diez chelines por carta –dijo Lucy con tono decidido.

Su hermano la fulminó con la mirada:

–Las escribiré yo mismo.

–Pues que tengas suerte –repuso ella, sonriente.

Lachlan se la quedó mirando. Lucy le sostuvo la mirada sin vacilar. Sabía que su hermano acabaría cediendo: su voluntad era mucho más fuerte que la de él.

—Podrías hacerlo por amor —rezongó.

Lucy volvió el rostro. El amor no era una moneda que ella utilizara.

—Prefiero el dinero en efectivo.

—Cinco chelines, entonces. Y, por ese dinero, mejor que sean buenas.

—Siete —replicó Lucy—. Y lo serán.

Mientras Lachlan se retiraba a buscar el dinero, Lucy abrió el cajón de su escritorio para sacar otra pluma, cuya punta afiló con mano experta, y rellenó el tintero. Le diría a Lachlan que copiara las cartas con tinta verde. La escritura debería tener un aspecto tan romántico como su contenido.

Una ráfaga de aguanieve azotó la ventana, haciendo temblar el cristal. El viento ululaba por el tiro de la chimenea. Lucy se estremeció. No podía sacudirse la inquietud que pesaba como un plomo en su ánimo. Podía ver a lord Methven con los ojos de la imaginación: su rostro duro como la piedra, su mirada azul oscuro tan helada como un torrente de montaña.

Era injusto que fuera a ayudar a Lachlan en su empeño de quitarle a Dulcibella. Lo sabía bien. No solo era moralmente injusto, sino que también agravaría la tensión que existía entre ambos clanes, una tensión que nunca había llegado a desaparecer del todo. Sabía que había algún tipo de pleito pendiente entre su primo Wilfred, conde de Cardross, y el marqués de Methven. Que Lachlan le arrebatara la novia a Methven sería como echar combustible al fuego.

Sabía que debería guardar la pluma y levantarse, pero ansiaba desesperadamente conseguir más dinero para ayudar a la inclusa. Empuñando la pluma, empezó a escribir. Intentó decirse que todo saldría bien. Estaba a salvo. Robert Methven jamás llegaría a descubrir lo que estaba a punto de hacer.

Capítulo 2

Dos meses después, abril de 1812

La novia se retrasaba.

Robert, marqués de Methven, se aflojó discretamente el cuello almidonado. Le apretaba demasiado. Como también le apretaba la inmaculada camisa blanca que se tensaba sobre sus anchos hombros. La pequeña iglesia estaba atestada y hacía calor: la densa fragancia de las lilas impregnaba el aire. Robert siempre había pensado que las lilas eran una flor de funerales.

«Muy apropiado» pensó.

Los invitados se impacientaban. Hacía rato que había pasado el lapso de un retraso convencionalmente razonable. La única excusa para tanta tardanza por parte de la novia podía ser un accidente en su vestuario, o quizá el súbito e inoportuno fallecimiento de un miembro de la familia. Pero Robert dudaba de cualquiera de las dos posibilidades.

Dulcibella. Qué absurdo nombre. Durante los dos meses que había durado su compromiso, Robert había dudado de que alguna vez pudiera terminar acostumbrándose a llamarla así. Pero ahora parecía que ni siquiera iba a tener la oportunidad.

Se volvió. La iglesia estaba abarrotada de invitados, ya que se trataba de la principal boda de la temporada. Doscientos miembros de la nobleza escocesa habían hecho el viaje hacia el norte, hasta aquella diminuta iglesia del señorío de los Brodrie, para ver a la hija de un *laird* casarse con el hombre que se había reincorporado a sus filas tan escandalosamente como las había abandonado ocho años atrás.

—Creo que has sido burlado, amigo mío –le comentó por lo bajo su primo y padrino, Jack Rutherford.

Jack se estaba sonriendo, de hecho, y Robert lo maldijo por ello. Frunció el ceño. La humillación pública le resultaba indiferente, pero lo cierto era que no había querido perder a Dulcibella. Porque ella había sido precisamente la llave del acceso a su herencia.

De repente, una dama sentada cerca del fondo de la iglesia llamó su atención.

Lady Lucy MacMorlan.

Sintió que la sangre empezaba a arderle, como siempre ocurría cuando miraba a Lucy. Solo el hecho de mirarla le hacía reaccionar como si hubiera elegido un pantalón dos tallas más pequeño: una reacción física de lo más inapropiada en una iglesia, cuando supuestamente estaba a punto de casarse con otra dama.

No sabía muy bien cuándo había empezado aquella condenadamente inoportuna atracción hacia lady Lucy. Sospechaba que había empezado a desarrollar cierta *tendre* por ella cuando ambos habían sido jóvenes, ella mucho más que él: un sentimiento que desde entonces jamás lo había abandonado. El beso que le había dado años atrás en el castillo Forres había obedecido a un impulso, ciertamente. Pero su reacción al beso, a su contacto, había sido tan potente e inesperada que acto seguido se había apresurado a apartarse, consciente de que ambos se habrían visto inmersos en graves problemas si no lo hubiera hecho. El tiempo y la tragedia habían intervenido entonces para arrastrarlo lejos de Escocia tanto en mente como en espíritu, pero cuando hubo regresado y visto a Lucy en uno de los eventos de Edimburgo... Había sido como si la chispa que durante años había dormido en su corazón hubiera cobrado una nueva vida, convirtiéndose en llama.

Él había cambiado, pero ella también. La niña espontánea y sin artificio de antaño se había vuelto mucho más cauta. Seguía siendo encantadora, pero ahora con el barniz urbano de la sofisticación. Y Robert se había visto sorprendido por la imperiosa curiosidad de descubrir lo que escondía detrás de aquella fachada.

Sentía otros igualmente urgentes impulsos hacia lady Lucy, también. Pero que estaban destinados a no ser satisfechos.

Ese día, Lucy estaba sentada cerca del fondo de la iglesia entre sus hermanas mayores y su padre, el duque de Forres, y su primo, el abominable Wilfred, conde de Cardross, a quien Robert simplemente no podía soportar. Tenía un aspecto delicado, exquisito y voluptuoso, con aquella llamativa melena rojiza y aquellos ojos azul lavanda llenos de luz y de vida. Era su cabello lo que había causado la perdición final de Robert: quería saber si su tacto entre sus dedos era tan sensual como parecía. Lady Lucy también tenía un precioso rostro en forma de corazón y unos labios rojos como fresas, un cutis de porcelana y unas pecas enternecedoras. Robert quería asimismo saber a qué sabían aquellos labios, y hasta donde se extendían aquellas pecas...

Lucy era la perfección. Todo el mundo lo decía. Era la hija perfecta, la dama perfecta y sería un día también la esposa perfecta. Robert había oído que había estado comprometida, cuando apenas era todavía una colegiala, con un anciano noble que falleció antes de la boda. Desde entonces, lady Lucy había rechazado todas las proposiciones porque, aparentemente, ninguno de sus pretendientes había estado a la altura de su perfección. Robert encontraba eso extraño, aunque sobre gustos no había nada escrito.

Lanzó otra subrepticia mirada al perfecto perfil de lady Lucy. Era una verdadera lástima que no hubiera podido hacerle él mismo una proposición, pero estaba completamente incapacitado en ese sentido por los términos de su herencia. Dulcibella Brodrie era una de las escasas mujeres, si no la única, que cumplía con los requisitos.

Se dio cuenta de que seguía mirando a Lucy. Él no era precisamente un caballero, pero sabía que era de mal gusto mirar con aquella fijeza a cualquier dama que no fuera su novia.

–Vista al frente, Methven –ladró su abuela con voz de sargento mayor en un pase de revista.

La marquesa viuda de Methven estaba sentada sola en el primer banco, una menuda aunque imponente figura forrada de seda roja y diamantes. Cuando su abuelo cortó toda su relación con Robert sin mediar una palabra, ella fue el único familiar que no dejó de creer en él durante todo el tiempo que pasó en el extranjero. Y lo hizo desafiando a su esposo y enviando incluso a su primo Jack al Canadá, con él, cuando el joven expresó su deseo de conocer mundo. Robert la adoraba, aunque se guardaba mucho de decírselo. Ambos, Jack y su abuela, eran la única familia que le quedaba a Robert en el mundo.

La puerta de la iglesia se abrió de golpe y el órgano empezó a tocar *La llegada de la reina de Saba*, de Haendel. Robert pudo sentir el alivio del sacerdote. Se oyó un rumor de sedas mientras los presentes estiraban sus cuellos para ver entrar a la novia.

Pero la música se interrumpió, insegura. Lord Brodrie, el padre de Dulcibella, avanzaba a grandes zancadas hacia el altar. Sin la novia del brazo.

Robert había observado con anterioridad que lord Brodrie era un hombre en estado casi constante de irritación, y en ese momento su cólera resultaba evidente. Tenía el rostro colorado de rabia, el pelo blanco de punta y los ojos azules relampagueantes de ira. En una mano blandía varias hojas de papel. Una de ellas fue a caer a los pies de Robert.

–¡Se ha fugado! –anunció Brodrie.

El asombro que antes había dejado muda a la congregación estalló en un motín de sonidos. Todo el mundo se puso a hablar a la vez, gesticulando, volviéndose cada uno hacia su vecino para diseccionar la escandalosa noticia.

Robert se agachó para recoger la hoja. No era, como había imaginado en un principio, una carta de explicación, ni siquiera una disculpa. Formaba parte de una misiva de amor.

–*No puedo soportarlo más* –empezó a leer–. *Vivo atormentado noche y día. No puedo hablar. No puedo comer. El pensamiento de imaginarte en los brazos de otro hombre me resulta intolerable. El pensamiento de Methven haciéndote el amor cuando eres mía... ¡Tú eres el aliento de mi vida! Huye conmigo antes de que sea demasiado tarde...*

Seguían muchas más frases de la misma guisa, pero Robert se las saltó. Ya había leído las suficientes como para que se le revolviera el estómago. Parecía, sin embargo, que a Dulcibella le habían gustado, dado que el autor de la carta la había convencido de que se fugara en su compañía.

–¿Quién ha escrito esto? –inquirió Jack. Estaba intentando leer algo por encima del hombro de su primo.

–Lo firma un tal Lachlan –dijo Robert.

–Debe de ser Lachlan MacMorlan –dedujo su primo, examinando la firma–. Estaba completamente obsesionado con la señorita Brodrie. Pero no imaginé que haría nada al respecto. Es demasiado vago.

–¡Colgaré sus tripas de las almenas de mi castillo! –estalló Brodrie, violento. Su rostro estaba moteado de rojo y blanco: parecía que fuera a estallarle una vena. Agitaba en el aire un puño, con el que aferraba más hojas escritas–.

¡Corromper a mi hija con poesía romántica! –rugió–. ¡El maldito cobarde! Si tanto la quería, ¿por qué no podía luchar por ella como un hombre?

Robert estrujó a su vez en el puño el papel que había recogido.

–Presumiblemente porque esta táctica le convenía mejor –dijo–. No sabía que la señorita Brodrie fuera de disposición romántica.

En realidad no había sabido casi nada de Dulcibella. Era un poco tarde para reconocerlo, pero la joven no le había interesado en absoluto excepto como medio de acceder a su herencia. Necesitaba una esposa, y un heredero, urgentemente. Si había pedido la mano de Dulcibella había sido por aquella única razón. Había advertido que era bonita. Por lo demás, su risa había sonado chillona a sus oídos y había encontrado irritantes su desvalimiento y su apocado carácter. Nada más.

–La muy boba se pasaba las horas leyendo –dijo Brodrie–. En eso ha salido a su madre. Yo no le prestaba mayor atención. Le gustaban esas noveluchas sentimentaloides, la *Pamela* de Richardson y demás...

Todo aquello estaba empezando a cobrar mucho más sentido para Robert, que golpeaba impaciente la arrugada carta contra la palma de su mano.

–No creo que MacMorlan haya escrito esto –dijo de pronto Jack–. Yo estudié con él. No es precisamente un hombre muy letrado.

–Quizá se mostrara demasiado tímido para darte a leer sus poesías –repuso Robert, sarcástico. Leyó unas cuantas líneas más–. Talento para escribir sí que tiene.

–Si Lachlan MacMorlan es tímido –replicó Jack–, yo soy el papa de Roma.

–Caballeros... –habló el sacerdote, con la angustia escrita en su rechoncho rostro–. ¿Va a continuar la ceremonia...?

–Evidentemente no –respondió Robert–. Con solo que la señorita Brodrie se hubiera atrevido a confiarme sus sentimientos, lord Lachlan habría estado ocupando mi lugar ahora mismo.

Pero tanto lord Brodrie como el sacerdote lo miraban perplejos. Robert se dio cuenta de que se estaban preguntando cómo podía mostrar semejante frialdad e indiferencia... Dulcibella no le había importado un ardite, pero perder su herencia sí que le importaba. Los invitados se removían cada vez más inquietos, esforzándose por entender algo de lo que estaba pasando y transmitírselo a su vecino. Sus expresiones oscilaban entre el asombro, el escándalo y la diversión, dependiendo de la disposición de cada quien. Wilfred Cardross no hacía intento alguno por disimular su regocijo. Él, más que nadie, se alegraría de la ruina de los planes de Robert por la oportunidad que ello le daba de reclamar para sí las tierras de Methven.

Cerró los puños. No pensaba darle a Cardross la oportunidad de que se apoderara de Golden Isle y del resto de sus propiedades norteñas. Eran la parte más antigua de su patrimonio y las retendría por la fuerza, si era necesario.

Su mirada se encontró con la de Lucy MacMorlan. Lo estaba mirando directamente. No parecía asombrada, ni escandalizada ni divertida.

Lucy parecía culpable.

Robert sintió una punzada de interés. Sabía que lady Lucy estaba muy unida a su hermano. Los había visto juntos en distintos eventos sociales y sabía que compartían una cómoda amistad. Por ello, muy bien Lachlan habría podido confiarle lo de la fuga. Ciertamente, ella sabía algo.

Robert se la quedó mirando durante un buen rato. Un leve rubor cubrió las mejillas de la dama. Vio que se mordía el labio inferior. Hasta que rompió deliberadamente el contacto visual con él, volviéndose para recoger su pequeña retícula de cuentas verdes a juego con la cinta de su sombrero y tocar suavemente el brazo de su padre, para avisarlo de que deseaba marcharse. Los invitados se estaban levantando ya de los bancos, apelotonándose inseguros en los pasillos como esperando a que alguien les explicara lo ocurrido.

—¿Y bien? —inquirió Brodrie—. ¿Qué vais a hacer? ¿No pensáis ir tras ellos?

—Señor —respondió Robert—. Vuestra hija se ha tomado grandes molestias en evitar casarse conmigo. Sería una grosería por mi parte salir tras ella para obligarla a volver —se volvió hacia su primo para entregarle la hoja que había recogido—. Anuncia a los invitados que son bienvenidos a disfrutar del almuerzo nupcial, Jack. Sería una lástima desperdiciar una buena fiesta.

Había sido él quien había sufragado los gastos de la celebración, dadas las estrecheces económicas de Brodrie.

—¿Fiesta? —Brodrie se había quedado boquiabierto—. ¿Celebraréis que mi hija se haya fugado con otro hombre, señor?

—Ya hemos dado suficiente carnaza a las conjeturas y murmuraciones —repuso Robert—. Me niego a representar el papel de novio burlado al que han destrozado el corazón— se echó a reír—. Además, la boda ya está pagada. Y vos tenéis una hija casada de la que no habréis de responsabilizaros más. Algo es algo. Celebradlo pues —le hizo una ligera reverencia—. Disculpadme: dentro de poco, volveré a estar con vos. Pero primero hay algo que debo hacer...

—Por Dios, señor, que es frío el corazón de ese hombre —oyó Robert que Brodrie le decía a Jack, mientras se alejaba. Su tono parecía oscilar entre la admiración y la incredulidad.

No llegó a oír la réplica de su primo. Pero ni le molestó ni discrepó del comentario del caballero.

Lachlan se había fugado con Dulcibella Brodrie.

El rumor fue recorriendo los bancos como una ola. Lucy, sentada al fondo de la iglesia entre su padre y sus dos hermanas, fue casi la última en escucharlo.

–Han huido a Gretna Green... Esta misma mañana... Se ha fugado con Lachlan MacMorlan...

Lucy experimentó un escalofrío de aprensión y maldijo en silencio a Lachlan. ¿Por qué no había podido resolver antes aquel asunto? Habían sido necesarios dos meses y casi veinte cartas de amor para persuadir a Dulcibella de que plantara a Robert Methven, y ella había tenido que esperar a hacerlo en el último momento, delante de los invitados a la boda.

Lucy se sentía horriblemente culpable. En realidad no había imaginado que llegaría a sentirse tan mal. Curiosamente, justo hasta aquel preciso instante, se había sentido bastante satisfecha consigo misma. La sorprendentemente acérrima resistencia de Dulcibella a sucumbir al cortejo de Lachlan había supuesto para Lucy un sustancioso beneficio, que le había permitido adquirir y donar mantas, medicinas y ropa nueva para los niños huérfanos. Pero, por supuesto, siempre había un precio que pagar, y lord Methven lo estaba pagando ahora. Lucy tenía la sensación de que lo había fallado de alguna perversa manera, como si le debiera lealtad y lo hubiera traicionado. Quizá fuera porque durante tantos años había cumplido su palabra de no revelar nunca a nadie que la había visto en la terraza de Forres aquella noche. Lucy no había vuelto a pensar en ello en ocho años. No obstante, en ese instante, no podía dejar de recordar que él le había sido fiel, mientras que ella lo había pagado con su engaño.

–Papá –tocó el brazo de su padre, inclinándose sobre Mairi y Christina–. Temo que estamos a punto de hacernos tan populares como una zorra en un gallinero –susurró–. Lachlan se ha fugado con la novia.

El duque de Forres se subió los lentes sobre el puente

de la nariz. Parecía perplejo. Era su estado natural: un erudito ratón de biblioteca que siempre daba la impresión de estar ausente de la realidad.

—¿Lachlan? ¿De veras? Me preguntó dónde estará ahora...

—De camino hacia Gretna, por lo que parece —dijo Mairi—. Típico de Lachlan, siempre deseando lo que tienen los demás.

Lucy alzó la mirada. Por encima de las cabezas de los invitados, podía ver a Robert Methven hablando con sus padrinos y con lord Brodrie. Al volverse ligeramente hacia ella, Lucy alcanzó a ver las hojas que portaba en una mano. Un nudo de terror le cerró el estómago. Aquellas hojas se parecían sospechosamente a las cartas que Lachlan había enviado a Dulcibella.

De repente, sin previo aviso, Methven alzó la cabeza y la miró directamente. Su mirada azul era especialmente intensa. Era como si un invisible hilo se hubiera tendido entre ambos. Lucy sintió el impacto de aquel contacto visual en todo el cuerpo.

«Lo sabe», pensó.

El corazón empezó a retumbarle bajo el corpiño de su vestido. Podía sentir el pánico subiéndole por la garganta, robándole el aliento. Que Robert Methven pudiera efectivamente saber que ella había tomado parte en aquello constituía todo un misterio, y sin embargo no lo dudó ni por un segundo.

Vio que Methven bajaba la mirada a la carta que todavía sostenía en su mano para volver a alzarla y clavarla deliberadamente en ella, con un brillo en sus ojos azules. Hizo algún comentario a su padrino y, con gesto decidido, dio un paso decidido hacia Lucy.

Tenía que salir de allí.

—Papá —dijo—. Discúlpame. Necesito tomar un poco de aire fresco. Te espero en el carruaje.

–Por supuesto, querida –murmuró el duque–. Oh, querida, no sé muy bien qué voy a decirle a Methven... ¡Qué absurdamente lamentable ha sido el comportamiento de Lachlan!

–Perdón –se disculpó de nuevo Lucy, apresurada, mientras empezaba a salir del banco. Por el rabillo del ojo pudo ver a Robert Methven avanzar por la nave de la iglesia hacia ellos. Tuvo una súbita visión en la que lanzaba su guante al suelo y retaba al duque para reparar el deshonor infligido a su nombre y a su familia. Un centenar de años antes, tal idea no habría sido tan disparatada. Tampoco lo parecía en aquel momento, sobre todo con Wilfred Cardross sonriendo de oreja a oreja y haciendo verdadera ostentación de su júbilo por la humillación de Methven.

–No pudo haberle sucedido a un sujeto más merecedor de ello –dijo Wilfred–. Deberé invitar a Lachlan a un whisky la próxima vez que lo vea.

–Oh, cállate, Wilfred –le espetó Lucy irritada–. Siempre tienes que ser tan jactancioso...

–Cuando se trata de ver humillado a Methven... –repuso, alisándose sus puños de encaje y puntillas– por supuesto que lo soy. Además –añadió con expresión radiante–, si Methven no puede cumplir con los términos de su herencia, perderá la mitad de sus tierras... que pasarán a mis manos.

Lucy lo miró con profundo disgusto. Wilfred llevaba varios meses haciendo aquellas insinuaciones desde que regresó de Londres. Ella sabía que existía algún pleito pendiente entre Methven y él, pero dado que el caso continuaba *sub iudice*, su primo no podía hablar abiertamente sobre ello. Pero si Wilfred tenía razón y la herencia de Methven dependía de su matrimonio, entonces aquella burla lo enfurecería doblemente. De pronto, Lucy se puso tan nerviosa que ni siquiera fue capaz de respirar.

Estaba en un grave aprieto.

Pasó por delante de su primo y salió a la nave, abarrotada en aquel momento de invitados que murmuraban y charlaban sin cesar.

—Mis disculpas —dijo apresurada por tercera vez, intentando abrirse paso entre la multitud hacia la puerta más cercana.

Lanzó una mirada por encima de su hombro. Varias personas habían acorralado a Robert Methven en su recorrido, presumiblemente para preguntarle por lo que estaba pasando. Él parecía responderles con la debida cortesía, pero sus ojos seguían ferozmente concentrados en ella. En un determinado instante, le pareció vislumbrar un brillo de sombría diversión en sus azules profundidades. Sabía que estaba huyendo de él y la estaba persiguiendo.

Solo cuando llegó a la puerta de la iglesia, sin aliento y con el corazón acelerado, se dio cuenta de su error. Debió haberse quedado dentro, rodeada de gente. Robert Methven no habría podido interrogarla en aquel ambiente: allí habría estado a salvo. Solo que sospechaba que Robert Methven era la clase de hombre capaz de levantarla en brazos y sacarla de la iglesia en público, caso de que deseara hablar con ella en privado. No le importaba desafiar las convenciones.

Galvanizada por aquel pensamiento, empezó a caminar por el sendero irregular que llevaba a la entrada del cementerio. El camino que veía al fondo estaba bloqueado por los carruajes. El pequeño pueblo de Brodrie no había vuelto a ver una boda de aquellas características desde que el *laird* se casó treinta años antes.

—Lady Lucy.

Oyó unos pasos a su espalda y se quedó helada. Quiso echar a correr, pero eso habría sido muy poco digno. Y habría terminado mal. No podía correr con sus zapatos de seda y Robert Methven la habría alcanzado de todas formas.

Se volvió lentamente.

—Lord Methven —el momento de la confrontación había llegado demasiado pronto. No se sentía en absoluto preparada—. Lo siento —dijo—. Lamento vuestra... —se interrumpió.

—¿Pérdida? —sugirió Robert Methven, irónico—. ¿O lamentáis que vuestro hermano haya sido tan canalla como para fugarse con la prometida de otro hombre?

Su tono áspero arañó sus sentidos como unos patines el suelo helado. Ningún hombre educado, ningún caballero hablaba con un acento escocés tan marcado. Además, había algo en la voz de Robert Methven tan desagradable como su actitud. Quizá el tiempo pasado en el extranjero le había hecho perder el barniz de civilización que hubiera podido quedarle. Fuera lo que fuese, le provocó un escalofrío.

Se había plantado frente a ella, bloqueándole el paso. Como siempre, su altura y la anchura de sus hombros, su pura y viril fortaleza física, la dejaron abrumada. Esa vez, sin embargo, Lucy sabía que no podía dejarse intimidar.

—Lord Methven —lo intentó de nuevo, ensayando su sonrisa especial. Una sonrisa cortés y compasiva, que no daba pista alguna sobre la manera en que le atronaba el corazón. O al menos eso esperaba ella—. Sé que Lachlan se ha comportado pésimamente...:

—Desde luego que sí —lo interrumpió él—. Es un bribón.

Pensó que eso era bien cierto, aunque un poco directo tratándose de un caballero dirigiéndose a una dama. Pero si algo era Methven, era precisamente eso: directo. Lucy podía sentir el acalorado rubor que le cubría las mejillas. Por lo general era demasiado sofisticada para que un caballero le sacara los colores. Quizá fuera porque Robert Methven era tan brusco que se sentía incómoda en su compañía. Lo positivo de la situación, sin embargo, era que estaba culpando a Lachlan de las cartas, con lo que ella se encontraba perfectamente a salvo. Parecía desconocer que ella había estado implicada.

—Tenéis una expresión culpable —le soltó de repente Methven, con perfecta naturalidad—. ¿A qué se debe?

Fue entonces cuando Lucy se dio cuenta de que efectivamente estaba pisando terreno peligroso, después de todo.

—Me disculpo también por ello. Es mi aspecto, no hay más.

Los labios de Methven se curvaron en una burlona sonrisa. Lucy se sintió mortificada. Nunca había perdido la paciencia y jamás había sido grosera con nadie. Eso, simplemente, no formaba parte de las normas de buen comportamiento. Pero Robert Methven parecía poseer la capacidad de sacarla de quicio.

—A mí me gusta vuestro aspecto —repuso Methven, sorprendiéndola aún más.

Alzando una mano, le rozó una mejilla con el dorso de los dedos. La opresión que Lucy sentía en el pecho se intensificó. Era como si le apretara tanto el corpiño que no pudiera respirar. Le ardía la piel bajo su contacto.

—Pensé que teníais una expresión culpable porque sabíais lo de la fuga —dijo Methven, dejando caer la mano a un lado—. Pensé incluso que habríais podido ayudar a la feliz pareja.

Lucy sintió que se le escapaba el aliento. Se sentía expuesta ante su mirada, con sus sentimientos completamente desprotegidos y sus reacciones imposibles de disimular.

—Yo... —se dio cuenta de que no sabía lo que iba a decir. La fría mirada azul de Methven parecía clavarla en el sitio, como una mariposa pinchada en un alfiler. Se sentía impotente.

Inspiró profundo mientras se apretaba las costillas con una mano en un esfuerzo por aquietar el rápido latido de su corazón. Procuró tranquilizarse. Detestaba mentir. Mentir estaba mal. Pero intentó convencerse a sí misma de que ella no había jugado ningún papel en aquella fuga. No de manera directa, al menos.

—Yo no tuve nada que ver en ello —dijo. Podía sentir que su rubor se profundizaba, con sendos coloretes de culpabilidad en sus mejillas—. Sabía que Lachlan estaba enamorado de la señorita Brodrie —confesó, y tuvo la sensación de que ya había hablado demasiado, como si se estuviera deslizando por una resbaladiza pendiente—. Eso es todo. Yo no sabía lo de la fuga, ni lo de las cartas de amor... —se interrumpió, sintiendo que el estómago se le hundía como un plomo cuando tomó conciencia de lo que acababa de decir. Una ola de calor empezó a subir desde las plantas de sus pies para anegar su cuerpo entero.

—Yo no he mencionado carta de amor alguna —dijo Robert Methven. Su tono era amable, pero su mirada se había endurecido.

Se hizo un nuevo silencio, violento en su intensidad. Lucy podía incluso oír el leve susurro de la brisa en la hierba, oler el cerezo en flor. La mirada de Robert Methven la tenía capturada, prisionera.

—Yo... —se había quedado en blanco. No podía encontrar salida alguna.

—Tengo entendido que vuestro hermano no es un hombre muy letrado —pronunció Methven con tono más áspero—. Pero vos, lady Lucy, sois una reputada escritora, ¿verdad?

Un nudo de pánico le apretó el corazón. Lucy podía percibir la acalorada furia que traslucían sus palabras.

—Yo...

—Parece que os habéis vuelto muda de repente —se burló él.

—¡Methven, mi querido amigo! —el duque de Forres se acercaba apresuradamente a ellos por el sendero, seguido de las hermanas de Lucy. El resto de los invitados abandonaban la iglesia en aquellos momentos—. Querido amigo, no sé qué deciros. Me disculpo por el intolerable comportamiento de mi hijo al haberse fugado con vuestra futura esposa. Un comportamiento terriblemente improcedente...

El momento estaba roto. Lucy aspiró profundo y se acercó a Mairi en busca de consuelo y apoyo. Estaba temblando. Pero la mirada de Methven continuaba fija en su rostro.

–Por favor, excelencia, no volváis a dedicar otro pensamiento a ese asunto. Estoy seguro de que encontraré alguna forma de compensación –se inclinó ante Lucy–. Ya continuaremos después esta conversación, *madame*.

«No si yo puedo evitarlo», pensó ella mientras lo observaba alejarse. Su zancada era larga y no se molestó en mirar atrás.

–Muy civilizado por su parte –comentó el duque. Parecía sorprendido. Evidentemente, pensó Lucy, le había pasado desapercibida la implícita amenaza de las palabras de Robert Methven.

A ella no. Porque no había nada siquiera remotamente civilizado en Robert Methven, como tampoco lo habría en su venganza. Porque aquello no había acabado.

Capítulo 3

Lucy no había querido asistir al almuerzo nupcial, pero su padre, por una vez, se había mostrado inflexible.

–Methven nos ha invitado –dijo con tono firme–. Lo menos que podemos hacer es darle nuestro apoyo. De esa manera minimizaremos el escandaloso comportamiento de tu hermano, aparte de asegurarnos de que no haya más mala sangre entre nuestras familias.

Así que se trataba de eso. Lucy no dejó de moverse en su silla durante todo el tiempo, como si estuviera sentada sobre agujas de pino. No tenía apetito. La comida y la bebida le sabían a ceniza. Apenas podía tragar. Soportó las conversaciones sobre Lachlan así como las miradas y susurros con una sonrisa tan radiante como artificial mientras, por dentro, el estómago se le revolvía de aprensión. Aunque estaba sentada bien lejos de Robert Methven, podía sentir el calor de su mirada. Y, sin embargo, cada vez que se arriesgaba a mirar en su dirección, siempre lo veía mirando hacia otro lado como si no le prestara atención alguna. Con lo que terminaba concluyendo que era su propio sentimiento de culpa lo que la ponía tan nerviosa.

Terminó la comida y empezó el baile. Para entonces los invitados estaban especialmente alegres debido a la liberalidad con que había circulado el vino. La fuga de Dulcibella con Lachlan había quedado casi olvidada.

–Una fiesta condenadamente buena –oyó Lucy que le decía un embriagado noble a otro–. La mejor boda del año.

Lucy se sentó con su madrina y las otras carabinas, incómoda y sola en una de las sillas que recorrían toda una pared del gran salón del castillo Brodrie. Lucy detestaba el hecho de que a sus veinticuatro años todavía requiriera de carabinas solo porque no estuviera casada. Era ridículo. Sabía que era una regla de la sociedad, pero de todas formas le hacía sentirse como si todavía fuera una chiquilla. Y dado que no tenía intención alguna de casarse, fácilmente podía imaginar la descorazonadora perspectiva de continuar en aquella situación hasta que se convirtiera en una solterona de treinta y cinco años como poco.

Estaba desesperada por que terminara aquella eterna fiesta, pero tal parecía que era la única, porque todo el mundo se lo estaba pasando de maravilla. Podía ver a su hermana girando entusiasta en el corro que se había formado. Mairi siempre bailaba: era extrovertida por naturaleza. Algunos decían que era una coqueta renombrada. Por supuesto, nadie decía eso de Lucy. Ella tenía fama de ser demasiado seria, demasiado formal, y la tragedia del fallecimiento de su prometido había añadido un punto de melancolía a su reputación.

Su hermana Christina también estaba bailando. Christina no era una coqueta. Se mantenía firmemente en su papel, acompañante de su padre, anfitriona y ama de llaves, destinada a no casarse nunca. Pero, a pesar de ello, estaba bailando mientras Lucy permanecía sentada con las demás damas poco agraciadas del baile. Era una situación que se había producido cada vez con mayor frecuencia durante el último par de años. Lucy sabía que estaba reputada como inaccesible porque había rechazado a demasiados pretendientes. Los caballeros habían dejado de intentarlo, resignados a no poder competir con la santa memoria del difunto lord MacGillivray. Si supieran... Si supieran que nadie podría competir nunca con él porque ningún otro pretendiente aceptaría un matrimonio puramente formal, solo de nombre, con ella...

Para Lucy, la intimidad con un hombre era algo fuera de toda cuestión. No pensaba cometer el mismo error que Alice. Tenía que protegerse. Era precisamente por eso por lo que Duncan MacGillivray había sido el caballero ideal: porque no había sentido absolutamente ningún deseo de acostarse con ella. Había tenido ya un heredero y no había manifestado interés alguno por el sexo.

La mirada de Lucy volvió a la pista de baile. Mairi seguía dando vueltas en el grupo de la contradanza, pasando de mano en mano, toda esbelta y sonriente, una figura luminosa, deslumbrante. Viéndola, Lucy experimentó una dolorosa punzada de emoción en el pecho. A veces Mairi le recordaba a Alice, radiante y encantadora, desbordante de felicidad. Su gemela había tenido el exasperante hábito de escuchar solo lo que quería oír, de ignorar los problemas con una alegre indiferencia, de esquivar las dificultades con su encanto. Así hasta que ya no le resultó posible hacerlo... Lucy se estremeció. De repente las columnas de piedra y la majestuosa suntuosidad del gran salón se disolvieron en otro tiempo, en otro lugar, y volvió a ver a Alice aferrándose a sus manos, con el rostro bañado en lágrimas.

–¡Ayúdame, Lucy! Tengo tanto miedo...

Lucy había querido ayudarla, pero no había sabido qué hacer. A sus dieciséis años se había sentido consternada, aterrada, impotente. Alice le había apretado las manos hasta hacerle daño, con sus palabras brotando en un roto murmullo:

–Le amo tanto... Sería capaz de hacer cualquier cosa por él...

Al final había llamado a gritos a su amado, pero él no

había estado allí, con ella. En su lugar, habían sido los brazos de Lucy a los que se había aferrado mientras agonizaba, susurrándole que lo sentía, que se arrepentía de no haber confiado en ella antes.

–No te lo dije porque tenía miedo de meterme en problemas. ¡Por favor, Lucy, no se lo digas a nadie! Ayúdame...

Pero entonces había sido ya demasiado tarde para ayudarla. Lucy había pensado que no había habido secretos entre ambas, pero no había sido cierto. Aquella terrible noche de la muerte de Alice, Lucy había descubierto la gran pasión que su hermana gemela le había ocultado y lo muy alto que había pagado finalmente el precio de aquel amor.

Se estremeció violentamente mientras el gran salón volvía a aparecer ante su vista, con la música sonando y los bailarines girando en el corro como si nada hubiera cambiado. Pero en su corazón había vuelto a abrirse el helado vacío que siempre la sorprendía cada vez que se acordaba de Alice.

Su madrina, lady Kenton, se estaba dirigiendo a ella:

–Nunca te conseguiremos un marido, Lucy, si nadie te saca siquiera a bailar. Es muy frustrante.

Por desgracia, lady Kenton estimaba que su deber como madrina suya y querida amiga de su madre era conseguirle un hombre. Lucy le había pedido que no se molestara, pero la dama seguía esforzándose, y cada vez más conforme iban pasando los años.

–Pienso hablar con tu padre de tu matrimonio –le estaba diciendo–. Desde la muerte de lord MacGillivray se ha mostrado demasiado remiso a la hora de despachar el asunto. Ya va siendo hora de que te busquemos otro pretendiente.

Lucy soltó un profundo suspiro. Su padre se mostraba indulgente hacia ella, y estaba segura de que jamás la obligaría a casarse contra su voluntad. Siete años atrás, en cambio, había estado altamente deseoso de casarla al poco tiempo de abandonar la escuela, como si al hacerlo hubiera podido borrar el horrible recuerdo de la desgracia de Alice: su vergüenza, su muerte. En ese momento, sin embargo, el duque se había sumido en una libresca melancolía para pasar la mayor parte de su tiempo encerrado en su biblioteca.

Lady Kenton se irguió de repente en su silla y le tocó el brazo a Lucy.

–Me parece que lord Methven va a pedirte un baile –parecía entusiasmada–. Curioso. No le he visto bailar en toda la tarde.

–Quizá no lo considere correcto después de que su novia se haya fugado con otro –repuso Lucy, con la garganta seca. Tenía la sensación de que el corazón iba a saltársele del pecho mientras veía la alta figura de Methven abrirse paso entre la multitud hacia ella.

Su actitud indicaba sin la menor duda que tenían un asunto pendiente entre ellos, y que deseaba zanjarlo. No, no quería bailar: Lucy estaba segura de ello. Quería interrogarla sobre las cartas de amor, tal y como antes había amenazado con hacer.

Pero un hombre se interpuso de pronto entre ambos.

–Prima Lucy.

Un estremecimiento de naturaleza completamente distinta le recorrió la espalda. No tenía deseo alguno de bailar con Wilfred. Le estaba haciendo una reverencia vestido con lo que a buen seguro pensaba que era la moda londinense, con los dedos cargados de diamantes y encajes de puntilla en los puños y en el pañuelo de cuello. Un pavo relleno: eso fue lo que le recordó a Lucy. Evidentemente había estado bebiendo con liberalidad, porque olía a brandy, y tenía polvos de rapé en las solapas.

La sonrisa de Wilfred le recordó asimismo la de un zorro, exhibiendo sus defectuosos dientes amarillos y con un brillo absolutamente depredador en los ojos.

–Queridísima prima –tomándole una mano, le rozó el dorso con los labios–. ¿Te he dicho lo divina que estás esta noche? ¿Querrás honrarme concediéndome esta danza escocesa?

Lucy no podía pensar en nada que le gustara menos, pero todo el mundo la estaba mirando y lady Kenton le hacía ostentosos gestos empujándola hacia la pista de baile. Además, podría servirse de Wilfred como escudo contra lord Methven. Definitivamente era el menor de dos males.

Al cabo de veinte minutos, sin embargo, estaba reconsiderando su opinión. Durante la larga, lenta y elegante danza, Wilfred no cesó de hablar con ella como presumiendo de compartir una relación mucho más íntima que la que tenían en realidad. Sí, eran primos lejanos y se conocían desde que eran niños, pero nunca había habido nada ni siquiera remotamente romántico en su relación. En ese momento, empero, Wilfred no perdía la oportunidad de susurrarle al oído lo muy divina que estaba, ese era el adjetivo que usaba una y otra vez, hasta que a Lucy le entraron ganas de gritar. Le apretaba también los dedos de forma elocuente, dejando descansar la mano sobre su brazo o en su cintura con desagradable posesividad. Por lo demás, no acertaba a explicarse aquel inexplicable cambio de comportamiento. Wilfred siempre se había mostrado obsequioso con ella, pero nunca antes había proyectado la impresión de que existiera algún tipo de entendimiento entre ambos.

–Queridísima prima –le dijo cuando la danza tocaba a su fin–. Espero que podamos disfrutar mucho más de nuestra mutua compañía de ahora en adelante.

Nada habría podido gustarle menos a Lucy, que estaba empezando a sospechar que quizá fuera más bien de su fortuna de la que deseara disfrutar Wilfred. Corría el rumor de que sus bolsillos se estaban vaciando y, apenas unos días atrás, durante el desayuno, su padre le había comentado que esperaba que Cardross hiciera una boda provechosa, y pronto, para apaciguar a sus acreedores. Solo que Lucy no había esperado que *ella* pudiera ser la elegida...

–No sería tan mala cosa que te casaras con tu primo Wilfred –le dijo lady Kenton después de que Lucy rechazara otro baile y su primo, todo decepcionado, volviera a dejarla en manos de su madrina–. Es un partido muy aceptable y reforzaría los vínculos entre las dos familias. Me encargaré de comentárselo a tu padre.

–Por favor, no lo hagáis, tía Emily. No puedo soportar a Wilfred. De hecho, casi lo odio.

Lady Kenton no replicó nada, pero Lucy sintió una especie de frialdad en el aire: una frialdad que venía a insinuar que los mendigos no podían elegir, ni mostrarse selectivos. Ningún otro caballero se acercó para pedirle un baile. El tiempo iba pasando. Otro corro siguió a la danza escocesa, a la que siguió una nueva contradanza. Al cabo de media hora pudo sentir las miradas como dagas de las otras jóvenes y percibir el discreto triunfo de sus respectivas carabinas. Podía ser bella, podía ser la hija de un duque y podía ser heredera, pero nadie quería bailar con ella. Robert Methven había vuelto a evaporarse. Lucy sabía que debería alegrarse, pero en lugar de ello se sentía tensa y cansada, desesperada por retirarse a la posada de Glendale donde la familia pasaría la noche antes de regresar a Edimburgo.

–Disculpad un momento, *madame* –le dijo a lady Kenton, levantándose–. Debo tener una conversación con lord Dalrymple. Dentro de un par de semanas hablará en Edimburgo sobre economía política y le he prometido que asistiría a la conferencia.

Lady Kenton soltó un profundo suspiro.

–Bueno, pero que nadie te oiga hablando de esas cosas, querida, o tu reputación se verá perjudicada. Ya sabes que yo te animo con tus estudios, pero no todo el mundo admira a las intelectuales.

No bien hubo terminado de hablar con lord Dalrymple, Lucy se dirigió al reservado de las damas. Estaba vacío, a excepción de una doncella que bostezaba en una silla. Se lavó la cara y las manos, y frunció el ceño al ver su demacrada expresión en el espejo de pie. No le extrañaba que hubiera ahuyentado a los bailarines.

Cuando salía del reservado, vio a Robert Methven caminando por el pasillo enfrascado en una conversación con el atractivo joven que había hecho de padrino de boda. Se quedo helada, y su primera reacción fue esconderse detrás de una enorme armadura medieval. Aunque estaba segura de no haber hecho sonido alguno, vio que Methven alzaba bruscamente la cabeza. Su mirada azul barrió el pasillo para clavarse de manera inquietante justo en el lugar donde ella se había ocultado. Lucy lo vio intercambiar unas rápidas palabras con su acompañante antes de dirigirse hacia ella con la misma decisión con que lo había hecho en la iglesia.

El pánico se apoderó de Lucy. No se detuvo a pensar. Tanteó sin mirar el picaporte de la primera puerta que encontró y se metió rápidamente. Parecía un corredor de la zona del servicio, con suelo de piedra y débilmente iluminado. Llevaba recorrida la mitad y ya se estaba arrepintiendo de su impulsivo intento de fuga cuando oyó el furtivo sonido de una puerta al abrirse y cerrarse. Era Robert Methven, que la seguía. Estaba segura de que era él. No podía ya volver sobre sus pasos.

Se apresuró. Detrás de ella podía oír el tranquilo paso de las botas de Methven. El corazón se le aceleró, en un irregular latido que solo sirvió para aumentar su pánico. Ya era demasiado tarde para dar media vuelta y enfrentarlo. Se sentía como una estúpida por estar huyendo, presa de una horrible vergüenza, incómoda y nerviosa.

El corredor daba un brusco giro y, por un terrible instante, Lucy pensó que no tenía salida hasta que descubrió una estrecha escalera de caracol en una esquina. Subió los peldaños tan rápido como una ardilla escalando un tronco de árbol, jadeante, dando vueltas y más vueltas hasta que la escalera acabó ante una puerta de madera tachonada de clavos. Estaba cerrada. Lucy casi se dislocó la muñeca al girar la pesada llave de hierro y la abrió para encontrarse en el mismo adarve del castillo, flanqueado de almenas.

El viento la azotó en cuanto hubo salido, haciendo ondear su melena. Se estremeció de frío. La oscuridad había caído y el cielo estaba despejado, con la luna brillante. Todo rastro de calor del día había desaparecido. Todavía estaban en abril y la fuerte brisa tenía una mordedura helada.

Recorrió apresurada el adarve hasta llegar a la puerta de la torre opuesta. Giró el picaporte: la puerta permanecía obstinadamente cerrada. Tiró con fuerza, pero no cedió. Se dio cuenta de que la llave debía de estar al otro lado, por dentro, como la de la otra puerta que había abierto.

Se giró en redondo. Podía distinguir la silueta de Methven avanzando hacia ella a lo largo del adarve. No se daba prisa, pero su paso tenía la seguridad depredadora del hombre que sabía bien cuál era su objetivo y lo que pretendía hacer. Lucy apretó con fuerza las palmas contra el frío roble de la puerta... y casi se cayó cuando esta se abrió bruscamente y se precipitó al otro lado. Bajó las escaleras, continuó por un laberinto de corredores apenas iluminados por la luz de las antorchas y atravesó de nuevo la puerta que llevaba al gran salón, corriendo sin cesar, jadeante y con el corazón acelerado...

Se detuvo a recuperar el resuello detrás de un gran macetero de helechos, apoyándose en el frío flanco de una armadura para no caer. Habían sido cinco minutos de loca huida por el castillo de Brodrie, pero al fin había logrado librarse de Robert Methven...

—Hace una noche demasiado fría para salir a pasear por el adarve, lady Lucy.

Lucy se volvió de repente. Dio tal respingo que la armadura hizo un ruido estrepitoso.

Methven había aparecido justamente detrás de ella, mirándola con expresión sardónica.

—Me temo que no sé lo que queréis decir.

En silencio, estiró una mano hacia ella. En la palma tenía varios de sus alfileres de pelo, con cabeza de perla.

—¡Oh! —Lucy se llevó una mano a la cabeza, recogiéndose detrás de la oreja los mechones que se le habían soltado. No se había dado cuenta de que el viento le había alborotado tanto el pelo—. Gracias —dijo—. Yo... sí, he salido a ver el adarve. Siempre me ha interesado mucho la arquitectura del siglo XV.

—Curiosa oportunidad esta de cultivar vuestra afición —comentó Methven—. De haberlo sabido, os habría organizado una visita. A la luz del día —se removió—. Y yo que creía que si habíais salido era porque estabais huyendo de mí...

—Yo no estaba... —se disponía a negarlo cuando vio que el brillo de cinismo divertido de sus ojos se profundizaba mientras esperaba su mentira, y se interrumpió de golpe—. Está bien —rezongó, irritada—. Estaba huyendo de vos.

—Así está mejor. ¿Por qué?

—Porque no me gustáis —respondió—. Y porque no deseaba hablar con vos.

Methven se echó a reír.

—Mucho mejor así —aprobó—. ¿Quién habría imaginado que poseíais el don de ser tan clara y directa?

—Generalmente procuro ser cortés antes que dolorosamente brusca —dijo Lucy.

—Bueno, conmigo no hace falta que os toméis la molestia —repuso Methven—. Yo prefiero la franqueza.

—Dudo que tengamos oportunidad de mantener conversaciones de cualquier tipo —le dijo ella con tono helado—, francas o no.

—Entonces es que no sois tan inteligente como dicen. Empecemos ahora.

Extendió una mano para tomarla del brazo, pero justo en aquel momento una figura un tanto inestable se dirigió hacia ellos, derribando casi la armadura.

—¡Lady Lucy! ¡Qué alegría encontraros!

Una fugaz expresión de disgusto cruzó por el rostro de Methven ante la interrupción. Lucy reconoció a lord Prestonpans, uno de los compañeros de juerga de Lachlan. Esa noche parecía tener peor aspecto que de costumbre: subido de color, con el pelo rubio despeinado y un olor a alcohol impregnando toda su persona. Se inclinó con excesiva familiaridad hacia Lucy, que a su vez se apartó bruscamente.

—Os he estado buscando durante toda la velada, *madame* —le dijo—. Necesito vuestra ayuda. Necesito que me escribáis una de vuestras cartas.

Lucy se quedó de piedra. Pudo sentir la mirada de Robert Methven recorriendo su rostro con gesto cortésmente inquisitivo, un punto divertido incluso.

—¿Una de vuestras cartas? —repitió con tono dulce.

«El desastre», pensó Lucy, sintiendo frío por todo el cuerpo. ¿Cómo podía acallar a Prestonpans o desviarlo de alguna manera del peligro? ¿Cómo podía evitar que Methven lo oyera todo? Podía sentir el sudor corriéndole por la espalda mientras su reputación se deshacía ante sus ojos.

—Por supuesto, milord —se apresuró a asegurarle a lord Prestonpans a la vez que se disponía a retirarse—. ¿Una carta al Abogado de Su Majestad? Estaré encantada de ayudaros. Venid a verme la próxima semana a Edimburgo.

Le sonrió mientras empezaba a alejarse, esperando que Prestonpans captara la indirecta, pero no fue así. En lugar de ello se dedicó a seguirla, mordisqueándole los talones como un terrier. Lucy aceleró el paso, enfilando la puerta del salón de baile. Pero Prestonpans trotó detrás de ella, alzando la voz con desastrosa claridad.

—¡Oh, no una de vuestras cartas legales! —estaba intentando alcanzarla, resbalando ligeramente con el suelo bien encerado—. No, una de vuestras *otras* cartas. Vuestro hermano me dijo que habíais escrito para él unas cartas bien especiales, erro... —arrastró la palabra— eróticas...

—Debéis disculparme, milord —lo interrumpió Lucy en voz alta, intentando ahogar su frase, y ansiando desesperadamente que Robert Methven no hubiera oído las últimas palabras pese a que habían resonado hasta en las vigas—. Mi carabina se estará preguntando dónde estoy...

—¡Os haré una visita! —exclamó Prestonpans, despidiéndose alegremente con la mano mientras se dirigía a la sala de descanso—. ¡Os pagaré buenos dineros!

Se hizo un largo silencio. Lucy no fue consciente de nada que no fuera el atronador latido de su propio corazón en los oídos y de la insoportable tensión de sus nervios mientras veía a Robert Methven acercarse lentamente.

Fue él quien dejó que el silencio se prolongara, hasta que finalmente inquirió, con el mismo tono engañosamente dulce:

—¿Cartas eróticas?

—Habéis oído mal —le dijo Lucy, desesperada—. Lord Prestonpans se ha referido a cartas *exóticas*. Cartas singulares, escritas con...

—¿Tinta verde? —sugirió Methven—. Ese sería un detalle exótico.

Tinta verde. Lucy recordó haber aconsejado a Lachlan que copiara las cartas para Dulcibella con tinta verde para que parecieran más románticas.

—¿O quizá —continuó Methven— lord Prestonpans se refería más bien a cartas poéticas, cartas de amor...?

Su expresión permanecía impasible mientras esperaba educadamente su siguiente mentira. A través de la puerta entornada del salón de baile, Lucy podía ver que se estaban formando nuevos corros de contradanzas escocesas.

La orquesta afinaba sus instrumentos. La gente pasaba a su lado para ocupar sus lugares en la pista. Lo veía todo como si perteneciera a otro mundo. Un mundo al que no se reincorporaría pronto, dado que Robert Methven acababa de tomarla del brazo; no con demasiada fuerza, pero sí con la suficiente para que hubiera montado una escena de haber intentado liberarse.

—Creo que ya va siendo hora de que vos y yo tengamos una conversación adecuada.

—No podemos hablar aquí —protestó Lucy, forzando una sonrisa artificial pata ahuyentar las miradas de curiosidad de los invitados que pasaban a su lado. Pero detrás de aquella pretensión, el corazón le martilleaba en el pecho. Solo había algo peor que el hecho de que Robert Methven hubiera conocido su talento a la hora de escribir cartas, y era que *todo el mundo* lo supiera también. Entonces su reputación quedaría absolutamente arruinada: la perfecta lady Lucy MacMorlan que, al final, había resultado no ser tan perfecta.

—Entonces iremos a cualquier otra parte —dijo Methven—. A vuestra conveniencia —añadió. Más que una invitación, era una orden.

A Lucy se le secó la garganta.

—Sería altamente inapropiado que me quedara a solas con vos... —empezó a decir, pero su carcajada la interrumpió.

—¿Escribís poesía amorosa y erótica, lady Lucy... y sin embargo consideráis altamente inapropiado quedaros a solas conmigo? Curioso criterio el vuestro sobre lo que constituye un comportamiento apropiado y lo que no.

La estaba llevando hacia una de las puertas que se abrían en el gran salón. Lucy intentaba resistirse, pero sus zapatos de seda resbalaban en la madera encerada del suelo como si estuviera patinando sobre hielo. Se esforzaba por clavar los talones, pero no había nada en lo que clavarlos.

—Podría cargaros en brazos —le advirtió Methven por lo bajo—, si lo preferís así —añadió con un oscuro y perverso rastro de diversión en la voz.

—No —dijo Lucy, luchando por aferrarse a los últimos restos de su compostura. No debía permitir que viera lo muy nerviosa que estaba—. Gracias, pero que me carguen de esa forma es algo que nunca me ha gustado.

Su mente exploró desesperada sus diversas opciones. Tenía que escapar. Quizá podría decirle que necesitaba visitar urgentemente el reservado de las damas y luego escapar por la ventana...

—Ni se os ocurra volver a escapar —le dijo en ese instante Methven, haciéndole dar un violento respingo por la exactitud con que le había leído el pensamiento. Su tono era ominoso—. Podemos volver a correr por el adarve si así lo queréis, pero al final el resultado será el mismo.

Lucy maldijo para sus adentros. Realmente no tenía escapatoria. Iba a tener que enfrentarse a él, explicarle lo de las cartas y rogarle que guardara silencio. Estaba francamente aterrada ante aquella perspectiva. Robert Methven no daba precisamente la impresión de ser un hombre muy comprensivo.

—Aceptad mi brazo si no queréis montar una escena —dijo Methven—. Podemos hablar en la biblioteca. Lord Brodrie jamás entra allí. Dudo que haya abierto un libro en toda su vida.

Lucy vaciló, con una mano suspendida a un par de centímetros sobre su manga. No quería tocarlo. Tenía la sensación de que hacerlo sería demasiado peligroso, pero al mismo tiempo le irritaba ser tan consciente de él. Ruborizada, apoyó por fin la mano sobre su brazo, demasiado ligeramente como para sentir el músculo bajo la tela de la chaqueta. Mantuvo al mismo tiempo la distancia suficiente para que sus cuerpos no se tocaran en ningún momento. No hubo roce de sus faldas contra su muslo, ni de su cabello contra su hombro. Y, a pesar de esa perfecta prevención contra el contacto físico, fue como si una corriente empezara a circular entre ellos, profunda, oscura y turbulenta. Quiso ignorarla, pero no pudo. No podía *ignorarlo*.

La guio hasta la biblioteca. Evidentemente estaba familiarizado con el castillo Brodrie, sin duda del periodo de su cortejo de Dulcibella... el mismo que ella había saboteado con tanta habilidad.

Lucy sintió que el corazón se le encogía en el pecho. No: sabía que Methven no iba a ser clemente con ella. No se necesitaba una brillante deducción intelectual para concluirlo. Ella había colaborado en la destrucción de su compromiso y, con ello, también de los planes que hubiera podido tener para asegurar su herencia. No estaría por tanto de humor para perdonarla.

Methven cerró la puerta a su espalda. La hoja de roble se cerró con un levísimo clic, apagando los distantes sonidos del baile, las voces y la música, y sumiéndolos al mismo tiempo en un súbito silencio que hizo que Lucy se sintiera todavía más consciente de su presencia. Mientras lo veía acercarse, pudo incluso escuchar el rumor de su profunda respiración por encima del siseo del fuego de la chimenea. Como también alcanzó a oler el leve aroma de su colonia imponiéndose al de los leños de pino que ardían en el hogar.

–Fuisteis vos quien escribió las cartas que vuestro hermano usó para seducir a la señorita Brodrie y alejarla de mí –dijo Methven, e insistió al ver que no respondía–. ¿Y bien?

Lo brusco de su tono le hizo dar un respingo.

–Perdón –dijo–. No era consciente de que se trataba de una pregunta –se interrumpió, suspirando profundamente–. Sí. Yo las escribí. Yo escribí las cartas de Lachlan.

Capítulo 4

Lucy vio el brillo de satisfacción en los ojos de Methven ante aquel reconocimiento de su culpa. El corazón le latía en ese momento a toda velocidad. Se preguntó si parecería tan asustada como lo estaba. Sabía que sería la comidilla de Edimburgo durante meses. Se le cerró el estómago. Detestaba la perspectiva de convertirse en carne de escándalo.

Pero él no la traicionaría. Seguro que no. Ningún caballero traicionaría la confianza de una dama.

—¿Tenéis idea de lo que habéis hecho? –le preguntó Methven, con la mirada clavada en ella.

Lucy podía percibir su furia, contenida por el más estricto autocontrol, pero visible de todas formas como un hilo candente detrás de sus palabras.

—¿Entendéis las consecuencias de vuestros actos, lady Lucy? –el desprecio de su voz resultaba abrasador–. Habéis destruido mi compromiso.

—Bueno, eso no es estrictamente cierto –lo corrigió–. Dulcibella destruyó vuestro compromiso fugándose con Lachlan. Yo no la obligué a que se fugara. La decisión fue suya. Quizá –añadió– ella no quería casarse con vos.

Aquel despliegue de lógica no pudo impresionar menos a Methven, que dejó caer la mano con tanta fuerza sobre la repisa de la chimenea que Lucy dio un respingo.

—¿No aceptáis por tanto vuestra responsabilidad? —inquirió—. ¿Os consideráis inocente?

—Yo escribí las cartas —admitió Lucy con tono firme—. Y asumo la responsabilidad de ello —era consciente de lo poco conciliatorias que eran sus palabras, así como de que no estaba tomando la dirección adecuada para aplacarlo. Cuando había optado por justificarse, no había pretendido provocarlo; el problema era que en Robert Methven había algo que la sacaba de quicio.

—¿Por qué? —gruñó él. Sus ojos eran imposiblemente azules, imposiblemente furiosos—. ¿Por qué lo hicisteis?

—Lo hice porque Lachlan me pagó —respondió, desafiante.

Vio que los ojos de Methven se abrían de sorpresa.

—¿De modo que lo hicisteis por dinero? —preguntó, y el desprecio de su tono restalló como un látigo.

—Lo decís como si fuera una cortesana —se quejó ella—. No fue así.

Methven sonrió de pronto. Lucy advirtió que su sonrisa formaba sendas arrugas a lo largo de sus bronceadas mejillas, a la vez que profundizaban las que tenía alrededor de los ojos. Sintió entonces una extraña sensación en el estómago, que la dejó levemente temblorosa.

—A vuestra particular manera, os habéis vendido —le recordó él con tono suave—. Os suplico me perdonéis, pero considero que es exactamente eso.

Lucy no dijo nada. Ciertamente no iba a revelarle a un hombre tan cínico que el dinero obtenido con las cartas había ido a parar a obras de caridad. Eso habría significado acercarse demasiado a lo que realmente era importante para ella. Y eso no podía mencionarlo, ni siquiera para exonerarse a sí misma. Ella nunca hablaba de Alice: le resultaba demasiado doloroso. Además, Robert Methven solamente se reiría de ella. Y probablemente ni siquiera lo creería.

—Yo no tengo dinero —dijo—. Por eso necesito ganármelo.

—Sois heredera —repuso Methven.

—Heredera es alguien que heredará dinero, no que actualmente lo posea. Puede haber herederas que no tengan un penique.

—Esa es una buena justificación —concedió él—, pero difícilmente una excusa —se pasó una mano por el pelo—. Yo pensaba que pudisteis haberlo ayudado porque creíais en el amor.

Lucy sintió que la sangre se le congelaba en las venas.

—Yo no tengo tiempo para el amor.

Los ojos de Methven escrutaron su rostro.

—Entonces tenemos algo en común —una amarga sonrisa se dibujó en sus labios—. Aunque yo amaba ciertamente lo que la señorita Brodrie habría podido reportarme —suspirando, se irguió—. ¿Sabíais que vuestro primo Wilfred Cardross y yo estamos enfrentados en un pleito legal?

Su tono era perfectamente natural, pero su mirada era especialmente penetrante. De repente, Lucy tuvo la sensación de que su respuesta le importaba más que cualquier otra cosa que ella hubiera dicho antes.

—Sí —respondió sincera, y vio que la burla y el disgusto volvían a reflejarse en sus ojos.

—Así que también lo hicisteis para ayudar a vuestro primo —concluyó él—. Quisisteis ayudarlo para que me robara mi patrimonio.

Le dio la espalda. El contorno de sus hombros y de su espalda, su tensa pose, evidenciaba una furia reprimida, aunque Lucy percibió algo más: una frustración, un espíritu poderosamente protector que parecía de algún modo contrariado, como si ansiara desesperadamente algo que sabía que no podría conseguir. Lo percibió de un modo tan instintivo que incluso estiró una mano hacia él... hasta que tomó conciencia de lo que estaba haciendo y la dejó caer.

–Os equivocáis en eso –le dijo con voz ligeramente ronca–. Yo no hice nada para ayudar a mi primo Wilfred. No le daría ni la hora si me la preguntara, y mucho menos mi asistencia. Si lo que he hecho ha redundado de alguna forma en su beneficio, yo no puedo menos que lamentarlo.

Methven se volvió entonces bruscamente y la tomó de los hombros, con su contacto abrasándole la piel a través de la tela de su vestido.

–¿Es eso cierto? –exigió. Había un ardor en sus ojos que le arrancó un estremecimiento. En seguida se dio cuenta de ello y la soltó con la misma brusquedad, dejando caer las manos–. Estuvisteis hablando con él antes –le recordó.

Su tono volvía a sonar frío, como si aquel relámpago de calor nunca se hubiera producido.

–Pero no por gusto –replicó Lucy–. No puedo soportarlo. Ya desde que éramos niños... –se interrumpió, pensando que probablemente los recuerdos infantiles estaban fuera de lugar en aquella conversación.

Los ojos de Methven, indagadores, volvieron a escrutar su rostro casi como si lo tocaran.

–De modo que en verdad no lo sabéis –dijo, y añadió rotundo–: Destruyendo mi compromiso, habéis hecho a Cardross el mayor servicio imaginable, y no lo sabíais.

Un escalofrío de aprensión recorrió la espalda de Lucy.

–No entiendo –musitó.

Methven no respondió de inmediato. En lugar de ello, se acercó a la mesa y sirvió dos copas de vino de la licorera. Le entregó una; sus dedos se rozaron por un segundo, lo cual distrajo momentáneamente a Lucy. Se dio cuenta de que le estaba haciendo señas de que se sentase, y eligió un sillón de terciopelo, de aspecto baqueteado. Methven se sentó frente a ella, apoyando los codos sobre las rodillas e inclinado hacia delante, acunando la copa entre sus dedos.

–Wilfred Cardross y yo estamos enfrentados en una disputa sobre las tierras de nuestros clanes –empezó–. Que se remonta siglos atrás, hasta el reinado de Jacobo IV –alzó la mirada–. Sabéis que los Methven y los Cardross siempre han estado enemistados, ¿verdad?

–Y los MacMorlan –dijo Lucy–. Hablamos de ello hace ocho años, vos y yo.

Una sonrisa asomó fugazmente a los ojos de Robert Methven, como un rayo de sol reflejándose en el agua.

–Cierto –reconoció en voz baja.

Lucy se sintió de pronto muy acalorada. Bajó la vista, alisándose las faldas.

–Cardross se aferra a esa vieja enemistad –explicó él–. Él y yo... –se encogió de hombros–. Basta con señalar que él siempre ha estado esperando la oportunidad de reclamar las tierras que considera deberían ser suyas. Yo estaba en Canadá cuando falleció mi abuelo, así que tardé en regresar y reclamar mi herencia. Eso le dio la oportunidad que necesitaba.

–No veo qué puedo tener que ver yo en todo ello... –empezó a decir Lucy, pero Methven la interrumpió, recordándole con su incisivo tono que su paciencia estaba empezando a agotarse.

–Ya lo veréis. Según los términos del tratado original, los Methven recibieron tierras confiscadas al condado de Cardross. Esas tierras constituyen la mitad de mis propiedades.

–Me doy cuenta de eso debe de gustarle muy poco a Wilfred...

–Así es –sonrió fríamente–. El tratado se firmó originalmente porque los hombres del clan Methven habían vencido en batalla a los de Cardross. Jacobo IV así lo ordenó en el siglo XV y desde entonces ha estado en rigor.

Una súbita ráfaga de aire hizo crepitar el fuego de la chimenea al descender por el tiro.

–La única cláusula provisoria –continuó Methven con tono suave, sin dejar de mirar a Lucy– fue que si algún futuro marqués tardaba más de doce meses en reclamar su herencia, tendría que satisfacer ciertos requisitos so pena de perder esas tierras. Yo tardé trece meses en volver.

—¿Por qué tardasteis tanto? —inquirió Lucy—. ¿Y por qué os hallabais vos, el heredero Methven, en Canadá?

Vio que algo relampagueaba en sus ojos. Algo doloroso, un oscuro secreto largamente guardado.

—Eso no os concierne —dijo. Aquellas palabras fueron como un portazo en pleno rostro—. El caso es que me retrasé a la hora de reclamar mis tierras y mi título, de modo que Cardross tuvo su oportunidad de invocar la cláusula del antiguo tratado. Según los términos de la misma, estoy obligado a contraer matrimonio en el término de un año y a tener un heredero en dos —se interrumpió brevemente—. Supongo que ahora entenderéis por fin lo que habéis hecho al colaborar en la destrucción de mi compromiso.

Lucy lo entendía, efectivamente. Había destruido todo lo que él se había esforzado por salvaguardar. Había puesto en riesgo la seguridad de sus tierras y de su clan. Por un terrible instante, estuvo a punto de desmayarse al imaginar las desastrosas consecuencias de su intervención.

—Yo no sabía... Seguro que podréis encontrar otra novia... —balbució, pero en seguida se quedó callada ante el abrasador desprecio de su mirada.

—El rey Jacobo, en su deseo de reconciliar a tan acérrimos enemigos, estableció otro requerimiento: que el heredero había de casarse con una descendiente de los condes de Cardross.

—Oh —Lucy se esforzó frenéticamente por recordar el árbol genealógico de Wilfred. No tenía hermanas... e indudablemente, de haberlas tenido, les habría prohibido casarse con Robert Methven. Dulcibella era una prima lejana. Y luego estaba ella, pero por la línea materna. No creía que hubiera nadie más. Prácticamente Wilfred no tenía parientes. Lo cual era una mala noticia para lord Methven.

—Lo siento —dijo, aun a sabiendas de lo inadecuadas que eran esas palabras. Ya se había sentido suficientemente culpable antes, pero ahora que conocía el verdadero alcance del daño infligido, se sentía absolutamente desgraciada.

—Ya podréis imaginar —dijo Methven con tono amargo— lo mucho que me conmueve vuestro arrepentimiento —levantándose bruscamente, dejó sobre la mesa su copa de clarete, que no había probado.

—No hay necesidad de ser sarcástico —protestó Lucy. Podía sentir el rubor que le hacía arder las mejillas—. Verdaderamente que lo lamento. Yo no sabía...

—La ignorancia no es excusa —la interrumpió, áspero—. Y tampoco puede decirse que las cartas escritas en nombre de vuestro hermano hayan sido algo puntual, sin precedentes.

Un estremecimiento de aprensión le puso la carne de gallina. Concentrada como había estado en el relato de la herencia de Methven, consumida por la culpa, se había olvidado por un momento de la forma en que la había delatado lord Prestonpans, un rato antes.

—No lo negáis —observó Methven al cabo de un momento—. De modo que es cierto. Vos escribisteis las cartas eróticas que escandalizaron a la buena sociedad el año pasado.

Se acercó a la chimenea y apoyó un brazo todo a lo largo de la repisa. Cada movimiento suyo hablaba de un latente poder y autoridad. Lucy se sentía completamente intimidada, pero igualmente decidida a disimular su reacción. Se levantó del sillón, porque estar sentada cuando él se hallaba de pie la colocaba en una acentuada situación de desventaja.

Le sudaban las palmas de las manos. Tuvo que secárselas en las faldas de su vestido.

—Yo no sabía de qué manera los amigos de Lachlan iban a utilizar aquellas cartas. No tenía la menor idea.

—La ignorancia es una excusa que ya habéis utilizado

esta tarde –dijo Methven con tono agradable–. Cansa ya un poco. Vuestra culpabilidad es cada vez mayor, ¿no os parece, lady Lucy? ¿De qué manera esperabais que alguien usara unas cartas eróticas?

El rostro de Lucy estaba ardiendo.

–Estoy de acuerdo en que mi ingenuidad ha sido mayúscula –pronunció con los dientes apretados.

Methven se apartó de la chimenea para acercarse hacia ella. Tomándola suavemente de los hombros, la hizo volverse hacia la luz que proyectaba la vela más cercana. No la soltó: Lucy podía sentir el calor de sus dedos en la piel desnuda que asomaba por encima de sus guantes largos, mientras que su mirada le hacía sentirse implacablemente expuesta.

–¿Sois virgen? –le preguntó.

–¡Milord! –se había quedado verdaderamente consternada. Le ardían las mejillas.

–Es una pregunta justa y lógica –dijo Methven–, bajo las presentes circunstancias –parecía impertérrito ante su expresión ofendida, divertido incluso–. Las cartas eróticas denotan una experiencia muchísimo mayor que la de la debutante media. Lo que no quiere decir –añadió pensativo– que os considere una medianía, precisamente. Más bien todo lo contrario.

–Mi experiencia o mi carencia de la misma no es asunto vuestro, milord –replicó Lucy–. Es una pregunta escandalosa. Ningún caballero se atrevería a formularla.

Methven inclinó la cabeza con gesto irónico.

–Entonces yo no lo soy. De todas formas, me gustaría saber la respuesta. ¿Puede alguien escribir sobre esas cosas sin saber lo que se siente al hacer el amor? Yo creo que no.

–No hay ninguna experiencia personal detrás de mi escritura –dijo Lucy.

Se sentía extraña. Sentía la cabeza pesada y ligera al mismo tiempo, como si hubiera estado bebiendo champán.

Tomó repentina conciencia de que las manos de Methven resbalaban por sus brazos para tomarla ligeramente de los codos. Quiso pedirle que la soltara porque su contacto era demasiado turbador. Pero luego él le acarició la parte interior de un codo con el pulgar, en una caricia tan dulce que le robó el aliento, y Lucy tuvo la sensación de que la sangre se le espesaba, fluyendo lentamente como miel por sus venas.

—Debéis de poseer una imaginación extremadamente vívida —dijo Methven con tono suave.

—No tengo ninguna imaginación —repuso ella, intentando concentrarse—. Para mí, escribir es un ejercicio puramente académico.

Vio que sus palabras le sorprendían. Seguía sin soltarla. En sus ojos había una mirada de curiosidad y especulación.

—La palabra «pureza» no es la más adecuada para describir vuestra escritura —entrecerró los ojos—. ¿Me estáis diciendo la verdad? Esas palabras tan provocativas... ¿no os afectaron de ninguna forma?

—No sé lo que queréis decir —le espetó Lucy, impaciente, y se encogió de hombros con indiferencia—. Lachlan quería cartas de amor, así que me documenté acerca de lo que debería ser una y le escribí varias. Entiendo que alguna gente las encuentre estimulantes para los sentidos, pero yo... —se interrumpió. No iba a decirle que había encerrado todos sus deseos a cal y canto en su interior, con tal de evitar el sufrimiento.

—¿Pero vos...? —la animó a continuar.

—Yo no las encuentro ni remotamente excitantes —le confesó, sincera.

Vio que asentía lentamente. No entendía la expresión de sus ojos.

—Qué interesante. Así que esas cartas no proceden de experiencia personal alguna.

—Por supuesto que no. Proceden en todo caso de la biblioteca de mi abuelo.

Aquello le hizo sonreír, y en ese momento Lucy vio llegada su oportunidad. Su actitud para con ella parecía haberse suavizado un tanto. Tenía que arriesgarse.

—¿Vais a denunciarme? —inquirió. Pensó que lo mejor era ser directa. Porque suplicar estaba descartado.

Por una vez, Methven no respondió de inmediato. Su expresión era pensativa. Al cabo de un momento, dijo:

—Quizá deberíais haber calculado mejor las consecuencias de vuestras acciones, lady Lucy.

Tenía razón, por supuesto. Debió haberlo hecho. Se preguntaba en ese momento si, más que ingenua, no habría sido deliberadamente imprudente. En lo más profundo de su ser había sido consciente de lo que sucedería en caso de que llegara a saberse lo de las cartas, y sin embargo las había escrito. No tenía explicación alguna para el motivo que la había llevado a hacerlo. Excepto que aquellas cartas habían sido como una pequeña rebelión, excitante, peligrosa. Había desafiado todas las agobiantes normas que la constreñían, y la sensación resultante había sido de júbilo.

Además, se había creído a salvo. No se le había ocurrido pensar que alguien terminaría desenmascarándola.

—Tenéis razón —admitió a regañadientes—. Fue una estupidez por mi parte.

—Fue algo temerario y peligroso —añadió él con tono implacable, en absoluto compasivo—. Os habéis entrometido en la vida de varias personas e infligido un enorme daño.

Lucy se sentía en ese momento como una colegiala castigada.

—Me doy cuenta de que fue un error —le confesó. Intentó esbozar de nuevo su sonrisa especial, la más inocente que tenía, la que generalmente hacía que los hombres se derritieran como la mantequilla—. Ya me he disculpado.

No le funcionó. Methven sonrió también, pero con gesto sombrío.

—Estás intentando manipularme. Soy demasiado susceptible a vos, lady Lucy, os lo aseguro. Creo... —se interrumpió—. Creo que la gente a la que engañasteis debería ser informada.

—¡No! —una cruda, negra sensación de pánico se apoderó de pronto de ella, amenazando con tragársela. Quizá lo de suplicarle no estuviera tan descartado como pensaba... Se esforzó por permanecer tranquila—. Vos no pudisteis demostrar que las cartas las había escrito yo.

La sonrisa de Methven se profundizó.

—Pero acerté en mis suposiciones, y ahora mismo me encantaría hacerlo.

—Por favor... —escuchó el tono de súplica de su propia voz. Esa vez no había rastro de astucia o de artimaña en ella—. Yo sé que merezco...

—¿Ser castigada?

Sus palabras, ardientes y perversas, parecieron removerla en lo más profundo. Era una sensación que Lucy jamás había experimentado antes, tan fiera y repentina que la dejó sin aliento. Un sorprendente estallido de calor y placer se extendió por todo su cuerpo. Alzó rápidamente la mirada hasta su rostro, para encontrarse con aquel turbulento ardor reflejado en sus ojos. Lo oyó exclamar algo en voz baja y, al momento siguiente, ella se encontraba en sus brazos y él la estaba besando.

A Lucy no habían vuelto a besarla desde aquella noche en el castillo Forres. No era la clase de actividad que invitara a los caballeros a practicar con ella. Nunca había vuelto a pensar en lo que se sentiría al besar a alguien, ni siquiera movida por una curiosidad intelectual.

Aquel beso no era como el que antaño había compartido con Robert Methven. Fue un beso feroz, tórrido y complicado, sin concesión alguna a su inexperiencia. Sintió la presión de su lengua y abrió ella misma los labios, de manera que él se apoderó completamente de su boca. Su lengua la devoró entonces, la paladeó como si fuera miel, y un poderoso calor la barrió por dentro, abrasándola. Inmediatamente se sintió perdida y desorientada. Había demasiadas cosas allí: demasiado oscuro placer, demasiada promesa carnal, abrumadora, imposible de comprender. Todo había sucedido demasiado rápido y, en ese momento, el asombro y el miedo hicieron presa en su ser casi con la misma rapidez. Le asombraba que, después de lo que le había sucedido a Alice, pudiera ella sentir algo semejante: aquella pasión, aquel deseo. Y una fracción de segundo después hizo también su aparición la culpa, junto con aquel terror tan familiar, con lo que se quedó literalmente paralizada en sus brazos.

Methven se dio cuenta y se apartó. Lucy lo oyó soltar una maldición. Quiso huir, aterrada por sentimientos que no podía acertar a comprender, pero él continuaba abrazándola, con su hombro contra su mejilla, los labios contra su pelo, y gradualmente el miedo fue remitiendo. Dentro del círculo de sus brazos se sentía segura y protegida, como cuando con dieciséis años atesoró la promesa que él le hizo en su corazón. Era una sensación tan inesperada que se relajó, soltó el aliento en un suspiro y su cuerpo se fue ablandando. Solo entonces habló él:

–Lo siento.

Su tono era más áspero que antes, pero no la asustó. Sabía que su furia no estaba dirigida contra ella. Por fin la soltó. Lucy no podía mirarlo, presa de un súbito acceso de timidez. Así que él le puso un dedo bajo la barbilla y la obligó suavemente a alzar la cabeza, para que pudiera encontrarse con sus ojos.

–Lo siento –se disculpó de nuevo–. He ido demasiado lejos, y demasiado rápido.

Había ternura y arrepentimiento en su mirada, y Lucy sintió que el suelo se movía bajo sus pies mientras el estómago le daba un vuelco.

La confusión se apoderó entonces de ella, porque recordó que al margen de lo que hubiera sentido antes, años atrás, estaban en el presente y ella lo había traicionado, lo cual a él no le había gustado nada. Pero, a pesar de todo, algo acababa de suceder entre ambos. Algo peligroso, que no lograba comprender.

–Creo –murmuró con un hilo de voz– que deberíais iros.

Se la quedó mirando durante un buen rato, los ojos oscuros y la expresión opaca, de manera que Lucy no tuvo la menor idea de lo que estaba pensando. Hasta que al final asintió bruscamente.

Se inclinó ante ella y salió. Lucy oyó el ruido de la puerta de la biblioteca al cerrarse.

Se dejó caer en una de las altas sillas de madera de cerezo, para levantarse casi al momento, acercarse al aparador y servirse otra copa del mejor clarete de lord Brodrie. Necesitaba una bebida. El ardor del líquido en la garganta consiguió templarla un tanto. Apuró la copa y se sirvió otra.

De repente tenía demasiado calor. Fue al banco de la ventana y presionó los dedos contra los fríos cristales del vitral. Era como si su cuerpo estuviera en llamas, sensibilizado al límite, deseoso de algo...

–¿Lucy?

No había oído abrirse la puerta de la biblioteca, pero vio a Mairi de pie al borde de la alfombra turca, observándola. La luz de las velas hacía brillar los hilos de plata de su vestido.

–Vi a lord Methven saliendo de aquí –dijo.

–Estábamos hablando de literatura –explicó Lucy. Bebió otro trago de clarete sintiendo como el líquido se filtraba por sus venas, serenándola.

–Por supuesto –repuso Mairi, irónica–. Yo siempre encuentro las conversaciones de literatura tan excitantes que me dejan tan acalorada como tú estás ahora.

−Es la bebida.
−Y los besos. Deberías verte.

Lucy alzó la mirada al gran espejo que colgaba encima de la chimenea. Sus ojos tenían un tono azul oscuro ligeramente velado. Los labios los tenía en sangre y ligeramente inflamados. Cuando se los tocó con la punta de los dedos, experimentó un eco de sensación por todo el cuerpo. La melena había escapado libre de los pocos alfileres que todavía le quedaban, e ignoraba en qué momento había sucedido eso. No sabía qué era lo que la perturbaba más: si el beso o aquellos dulces momentos que le habían seguido en los brazos de Methven, cuando se sintió segura, protegida.

«Ahora ya sabes lo que sintió Alice».

Sintió inmediatamente el antiguo y frío terror. Era imposible. Ella nunca había sentido deseo físico: no cuando había leído los relatos eróticos, ni cuando escribió su propia poesía sensual. Y, sin embargo, unos pocos segundos en los brazos de lord Methven le habían despertado emociones desconocidas, sentimientos que la horrorizaban porque sabía a dónde podían conducir.

Y no quería sentir ninguno.

Se encogió sobre sí misma. Alice se había entregado al amor y a la pasión, había entregado su corazón, había entregado todo su ser, en cuerpo y alma. Aquella entrega había terminado en vergüenza, desgracia y dolor, y ella nunca jamás cometería el mismo error que había cometido su hermana gemela.

−No volverá a suceder −pronunció en voz alta.

Una mezcla de diversión y cinismo se dibujó en los ojos de Mairi.

−Qué ingenua eres −dijo con tono suave, tomándola dulcemente del brazo y guiándola hacia la puerta−. Cuando ha sucedido una vez, por supuesto que volverá a suceder. La pregunta relevante es cuándo.

Capítulo 5

—Robert necesita encontrar otra novia ahora que su primera elección ha volado —irradiando energía y desaprobación, la condesa viuda de Methven se sentó con ceremonia en la silla de respaldo recto que Robert le había sacado. Tenía la costumbre de hablar de la gente como si no estuviera presente, cosa que a Robert le producía la sensación de que nada de lo que él dijera importaba en absoluto.

Había transcurrido una semana desde la fallida boda y se hallaban en la biblioteca del castillo Methven. El señor Kirkward, el abogado de la familia, había viajado desde Edimburgo para aconsejarlos. Se hallaba sentado en un aparatoso sofá de colores crema y oro y parecía de lo más incómodo. Lady Methven se había sentado frente a él y Jack había elegido otra silla algo retirada. Robert, que había preferido quedarse de pie, se asomó a la ventana: una espesa niebla gris se adhería a las lejanas montañas, humedeciendo el día y proyectando oscuras sombras sobre el valle.

Así era como recordaba el castillo de su abuelo: como un húmedo y lóbrego edificio del que había sido desterrado el placer. En aquellos días había sido su hermano mayor, Gregor, quien había traído luz y risas a aquel viejo lugar, pero ahora Gregor estaba muerto. Como siempre, Robert experimentó un profundo dolor al recordar a su hermano. La muerte de Gregor había cambiado su vida y su futuro. Él había sido el hermano pequeño, el segundón. Methven nunca habría debido ser suya. Su abuelo así se lo había asegurado: aquel feroz anciano que nunca se había molestado en ocultar que consideraba a Robert un pobre sustituto para su hermano.

—La fuga de la señorita Brodrie es ciertamente un suceso altamente desafortunado —añadió el señor Kirkward con un tono seco y preciso que parecía combinar bien con aquella habitación llena de libros e incómodo mobiliario—. Semejante volubilidad en una novia es capaz de arruinar los planes de cualquiera.

—Mejor que se haya manifestado antes que después —terció Robert, lacónico.

Vio que los ojos grises de Kirkward parpadeaban rápidamente detrás de sus gruesos lentes. Al igual que lord Brodrie y el sacerdote de la frustrada boda, el abogado lo tenía evidentemente por un ser frío e impasible.

—Cierto.

El señor Kirkward revisó los papeles que había sacado de su cartera y Robert advirtió su incomodidad. La había visto antes en otros hombres que se habían mostrado igual de inseguros a la hora de lidiar con él. Sus maneras bruscas y su falta de calidez intimidaban a mucha gente: él era bien consciente de ello. De hecho, sabía que podía resultarle útil. Era por eso por lo que nunca había sentido la necesidad de cambiar. El encanto era un concepto que le resultaba del todo ajeno.

—¿Alguna preferencia para tu próxima elección, Rob? —le preguntó Jack al tiempo que le lanzaba una mirada teñida de maliciosa diversión. Jack era el único hombre que conocía que no se dejaba intimidar en absoluto por él. Lógico, dado que su primo lo conocía mejor que nadie.

—No puedo permitirme el lujo de elegir —replicó Robert,

tenso–. Por lo que tengo entendido, no hay nadie que satisfaga el requisito. He de desposarme con una descendiente del primer conde de Cardross y, por desgracia, la estirpe no ha sido muy fecunda. Solo la señorita Brodrie y alguna que otra prima serían candidatas.

–Esa otra prima sería lady Annabel Channing –dijo lady Methven, asintiendo–. Bonita, pero un tanto ligera de cascos. Nunca sabrías si el heredero es tuyo o de otro.

El señor Kirkward hizo un ruido como si se ahogase. Se sacó los lentes para limpiárselos febrilmente con un pañuelo blanco. Jack se echó a reír.

–A mí no me importaría una novia tan desvergonzada –dijo–. Podría tener sus ventajas.

A Robert sí le importaba, pero poco era lo que podía hacer al respecto.

–Todos mis intentos de encontrar una novia conveniente han fallado –reconoció–. Quizá tenga que resignarme a una inconveniente, dado que es la única que queda.

Si no hubiera besado a Lucy MacMorlan... Un simple beso le había hecho anhelar desesperadamente acostarse con ella, cuando lo que estaba obligado a hacer era tomar a otra mujer como novia. En cuanto a lo de gustarle como persona, la verdad era que no le gustaba mucho: su intromisión le había costado cara. Y ciertamente tampoco confiaba en ella. Pero el gusto poco tenía que ver con el deseo, y la deseaba con locura.

–No harás algo tan ofensivo para el apellido Methven como casarte con una chica de cascos ligeros, Robert –lo amonestó su abuela.

–Haré lo que tenga que hacer –replicó con tono hosco–. Abuela, no hay alternativa –se casaría con un burdel entero si ese era el precio a pagar para conservar sus tierras.

–Lamento informaros de que lady Annabel se casó el mes pasado en Londres –informó de pronto el señor Kirkward con tono remilgado.

—Entonces estamos en dificultades —concluyó Robert. Sentía una violenta furia por la trampa que le había tendido el destino. Durante toda su vida había tenido el control, o había luchado por tenerlo cuando le había faltado. Verse vencido por un real decreto de tres siglos de antigüedad, no ser capaz de hacer nada para asegurar sus tierras y el futuro de su clan le resultaba intolerable.

—Simplemente no *podemos* permitir que el abominable Wilfred Cardross se apodere de las tierras de los Methven —dijo lady Methven. Había una nota quejumbrosa en su voz, como si temiera que Robert pudiera retirarse de la pelea—. Es un hombre horrible que echará a nuestra gente de la propiedad, destruirá sus comunidades y lo venderá todo para jugárselo a las cartas.

—Yo no tengo intención de consentirlo —le aseguró Robert, que sabía también que el conde era un despiadado terrateniente que obligaría a los pequeños granjeros a abandonar sus hogares tradicionales y sus medios de sustento. Buena parte de las familias de hombres que habían luchado por el clan Methven durante generaciones se verían así expulsadas, arrojadas a la pobreza, divididas, violentado su fuerte espíritu comunitario... Y aquellos que todavía continuaran viviendo en las lejanas islas del norte, que también formaban parte de su patrimonio, se morirían simplemente de hambre en aquellos duros tiempos de crisis.

Nunca lo permitiría. Su deber como *laird* era velar por el bienestar de su gente, y no pensaba fallarles al primer obstáculo con que se topaba. En primer lugar, era culpa suya que se encontraran en aquella situación. Si años atrás no hubiera dado la espalda a Methven y a sus obligaciones como heredero, no se habría encontrado en Canadá cuando murió su abuelo y no habría tardado tanto en reclamar su herencia. Se dio cuenta de que estaba apretando los puños. Cada músculo de su cuerpo destilaba tensión. No podía permitir que Wilfred Cardross triunfara. Y sin embargo... ¿cómo evitarlo?

El señor Kirkward se aclaró la garganta.

–Milord, si me permitís mencionarlo...

Parecía acobardado. Robert llegó a preguntarse si el abogado le tendría realmente miedo. Seguro que su reputación no podía ser tan mala.

–Por supuesto, señor Kirkward.

–Existe otra rama de la familia que no hemos explorado –rebuscó entre los papeles de su cartera con dedos nerviosos, hasta que sacó un árbol genealógico–. Descubrimos esto hace unas semanas, pero dado que ya estabais comprometido con la señorita Brodrie, me pareció irrelevante... –puso el pergamino sobre la mesa y lo alisó con la mano–. Hay un pequeño problema, milord, pero quizá, dado lo... perdonad la palabra... desesperado de vuestra situación...

Robert experimentó una punzada de irritación. Siempre prefería los modos directos a los circunloquios.

–Soltadlo de una vez, Kirkward –le advirtió.

–Tendríais que convertiros en cuñado del mismo hombre que os robó a vuestra novia –murmuró el abogado–. Un sacrificio, aunque quizá menor, teniendo en cuenta que la mitad de las propiedades de los Methven están en juego...

Robert lo interrumpió con gesto tajante.

–Kirkward –dijo–, no tengo ni la menor idea de lo que estáis diciendo.

El abogado blandió el árbol genealógico.

–Desde un principio nos dedicamos a interpretar los términos del real decreto en un sentido estricto, buscando a los descendientes directos del condado Cardross por la rama masculina –dijo–. Sin embargo, cuando miramos en la femenina, descubrimos otra línea de descendencia.

Robert se apartó el pelo de la frente con un brusco gesto de impaciencia.

–¿Satisfaría eso los términos del tratado original?

El señor Kirkward suspiró.

–Todas las consultas que hemos realizado sugieren que así sería efectivamente, milord.

Aquello llenó de esperanza a Robert. Fue entonces cuando recordó las anteriores palabras del abogado.

–Cuando dijisteis que tendría que convertirme en cuñado del mismo hombre que me robó la novia...

–El señor Kirkward se está refiriendo a Lachlan MacMorlan –intervino lady Methven. En ese momento estaba examinando el pergamino del árbol genealógico dándole la vuelta, cabeza abajo–. Las hijas del duque de Forres están emparentadas con Cardross.

Robert alzó rápidamente la mirada.

–Sabía que los Forres eran parientes, pero pensaba que demasiado lejanos.

El señor Kirkward estaba sacudiendo la cabeza.

–Parientes directos de la línea que empezó con la hija menor del primer conde de Cardross –sus ojos volaron del rostro de Robert al de lady Methven, y después al de Jack–. Existe, sin embargo, un impedimento.

–Naturalmente –comentó Robert, irónico–. ¿Cuándo ha sido esto alguna vez fácil?

–No deberás casarte con dama alguna mayor de treinta años o viuda –murmuró Jack, citando de memoria una de las cláusulas del tratado original–. Ni con dama alguna menor de diecisiete, ni extranjera, ni, muy especialmente, con dama que sea de sangre inglesa...

–No necesito que me lo recuerden, gracias –repuso secamente Robert. Tanto le habían sorprendido los absurdamente rígidos términos del tratado real cuando los leyó por primera vez en compañía de Jack, que hasta se había reído.

–Lady Christina MacMorlan tiene treinta y un años –informó lady Methven–. Y lady Mairi es viuda, de manera que ambas están descartadas.

Lo que significaba que solo quedaba lady Lucy.

Lady Lucy MacMorlan era su única posibilidad.

Lady Lucy, que escribía cartas eróticas como una libertina y que besaba como una inocente. La misma lady Lucy que había arruinado su compromiso, que le había mentido, que había causado escándalo tras escándalo, que era mentirosa y manipuladora, y que todo lo había hecho por dinero.

Lady Lucy, a la que deseaba con una lascivia tan feroz como inexplicable.

Jack se removió en su silla.

—Va a resultar que hoy es tu día de suerte, Rob... —comentó, irónico.

Se hizo un abrupto silencio en la sala. Todo el mundo se volvió para mirar a Robert.

—¿Qué has querido decir, Jack? —le preguntó lady Methven.

—Solo que lady Lucy MacMorlan le gusta bastante a Rob —respondió sonriente.

—Gracias, Jack —le espetó Robert con tono seco—. Una constructiva intervención la tuya, como siempre —se levantó—. Pero te equivocas. Lady Lucy no me gusta en absoluto y no confío lo más mínimo en ella.

Lady Methven se mostró escandalizada.

—¡Robert! Es una joven muy dulce.

—Es una pequeña manipuladora —soltó brutal.

Pensó en Lucy. Tenía todo el derecho a estar furioso con ella, pero no podía negar que seguía sintiéndose atraído. Pensó en su sabor y en la sensación de tenerla en sus brazos. Podía ser una pícara mentirosa, pero entre ellos ardía una chispa tan rápida en saltar como la de una yesca. Aquel calor y aquel deseo eran exactamente lo que habría esperado de la mujer a la que se llevara al lecho.

Si solo pudiera confiar en ella...

El señor Kirkward se aclaró la garganta.

—Lady Lucy es heredera de sesenta mil libras, que serían aportadas como dote del matrimonio.

Jack silbó por lo bajo.

—Una suma nada despreciable. Claro que a ti dinero no te falta, Rob.

Así era. Había hecho una gran fortuna gracias a su propio esfuerzo en Canadá, comerciando con maderas. Pero casarse con una rica heredera nunca estaba de más.

—También es una generosa donante de obras de caridad —continuó el señor Kirkward.

Robert alzó rápidamente la mirada.

—¿Con qué dinero?

El señor Kirkward se mostró extrañado.

—Con las ganancias que le reporta su escritura, milord. Lady Lucy es benefactora tanto de la inclusa como del orfanato de Greyfriars. Realiza sus donaciones de forma anónima, pero no es difícil de descubrir.

—Vuestras habilidades detectivescas me impresionan, Kirkward —comentó Robert. Recordó que Lucy le había dicho que escribía por dinero. Lo que no había hecho era justificar sus acciones diciéndole que ese dinero lo destinaba a obras de caridad. Se preguntó por los motivos que habría tenido para ocultárselo.

—¿Lo ves? —exclamó lady Methven con expresión triunfante—. Ya te dije que era una joven dulce y generosa —suspiró—. Aunque te concederé que lady Mairi habría podido ser una mejor opción. Es mayor y viuda, y por tanto no alberga falsas ilusiones sobre el matrimonio...

—Gracias, abuela —dijo Robert—, por el voto de confianza.

Lady Methven chasqueó los dedos.

—Sabes lo que quiero decir, Robert. Además, lady Lucy es muy exquisita. Ha tenido dos temporadas en Londres y tres en Edimburgo, y ha rechazado a todos los pretendientes —arrugó la nariz—. Se dice que el corazón de lady Lucy se rompió cuando murió su prometido, y que desde entonces no ha conocido a otro hombre comparable, pero personalmente considero eso un absurdo. Duncan MacGillivray era un vejestorio nada adecuado para una damisela como ella. En cualquier caso, desde entonces ha rechazado muchas proposiciones de matrimonio.

—Conmigo no tendrá posibilidad de rechazarme —le aseguró Robert con tono suave—. No toleraré una negativa —se apartó el cabello de la frente. Sabía que no le quedaba otra opción de casarse con ella—. ¿Sabéis si lady Lucy regresaba a Forres o a Edimburgo después de la boda, abuela? —le preguntó a lady Methven.

El señor Kirkward se aclaró delicadamente la garganta.

—Milord, estuve realizando discretas investigaciones sobre las costumbres de las hijas del duque una vez que descubrimos que podían ser candidatas... —removió más papeles—. Parece que pertenecen a la Sociedad de Damas Cultivadas de las Tierras Altas de Escocia. Se trata de una elitista y prestigiosa sociedad para damas escocesas con credenciales académicas, que se reúnen cada mes en un castillo diferente.

—Eso he oído —dijo Robert. La Sociedad de Damas Cultivadas de las Tierras Altas de Escocia era tan famosa por su hermética naturaleza como por sus intereses académicos. Nadie que no fuera miembro podía asistir a sus reuniones, y tampoco nadie sabía en qué consistían aquellos encuentros. Robert se imaginaba a un estrafalario grupo de damas discutiendo de áridas cuestiones históricas y literarias antes de cambiarse para comer y proseguir luego por la tarde con más conversaciones intelectuales.

—Por desgracia —continuó el señor Kirkward—, he sido incapaz de determinar dónde piensan reunirse este mes. Es información secreta.

—¿Abuela? —inquirió Robert. Lady Methven no era miembro de la sociedad, pero seguro que conocería a muchas de las damas que la componían.

Lady Methven se alisó las faldas.

–En verdad, Robert, la Sociedad de las Damas de las Tierras Altas de Escocia es *secreta*. La clave está en esta última palabra. No puedes esperar, por tanto, que te proporcione detalle alguno.

–¿Ni siquiera para salvar Methven? Necesito encontrar rápidamente a lady Lucy para hacerle una proposición de matrimonio.

–¡Qué apresuramiento tan poco romántico! –su abuela lo fulminó con la mirada–. ¡Deberías intentar cortejarla, Robert, y no arremeter contra ella!

–No tengo tiempo para romanticismos –dijo Robert.

–A mí me gustaría verte al menos intentarlo –murmuró Jack por lo bajo.

Lady Methven soltó un exagerado suspiro.

–Oh, está bien, pero no le cuentes a nadie lo que te he dicho o me veré desterrada de Edimburgo –al ver que Robert alzaba las cejas, añadió–: Se reunirán en el castillo Durness.

Robert consiguió tragarse la instintiva maldición que estuvo a punto de aflorar a sus labios. De todas maneras, no habría podido ofender a su abuela con su lenguaje: ella ya lo tenía por un zafio y un grosero. Durness estaba en un remoto lugar, en el extremo norte de Escocia. Tardaría varios días en llegar hasta allí, más si el tiempo empeoraba. Y, peor aún, Wilfred Cardross poseía la propiedad contigua a Durness, lo cual parecía algo más que una simple coincidencia. Había visto a Cardross cortejar a Lucy en el castillo Brodrie, y en ese momento no podía menos que preguntarse cuáles serían los planes del conde.

–A las Damas de las Tierras Altas de Escocia les gusta viajar –dijo lady Methven–. Ensancha el espíritu.

Robert suspiró. Algunas de sus propiedades, incluida la norteña fortaleza de los Methven en Golden Isle, se hallaban en la misma zona. No había vuelto allí desde la muerte de Gregor.

El día pareció oscurecerse de pronto, con los grises nubarrones amenazando lluvia.

–Casarte con un miembro de la Sociedad de Damas Cultivadas de las Tierras Altas de Escocia te será beneficioso, Robert –le comentó su abuela, pensativa–. Una mujer cultivada tendrá una civilizadora influencia tanto sobre tus modales como sobre tu mente, después de tantos años como has pasado en los bosques del Canadá. Podrá instruirte en los refinamientos sociales así como en todos aquellos estudios de los que andas tan falto: Literatura, Matemáticas, Astronomía, Geografía...

A su espalda, Robert oyó a Jack soltar una carcajada mal disimulada y tomó nota mental de amenazar a su primo. Si una sola palabra de aquella conversación llegaba a oírse en las posadas y clubes de Edimburgo, Jack sería hombre muerto.

Medio esperó que su abuela empezara a acribillarlo con instrucciones sobre cómo satisfacer el otro requisito del tratado, el de la necesidad de producir un heredero en el lapso de dos años, pero no lo hizo. Que lo aconsejara en ese aspecto habría sido exagerado hasta para ella.

Por lo que a él se refería, Lucy MacMorlan le aportaría un regalo muchísimo más valioso que el de su erudición: la posibilidad de conservar y asegurar sus tierras. Lo único que tenía que hacer para ello era persuadirla de que se casara con él.

Lady Lucy le debía una novia. Y ahora él iba a saldar esa deuda.

Capítulo 6

La cervecería La Cabeza del Carnero, al final de Candlemaker Row, no era la clase de posada frecuentada por la aristocracia, la mayor parte de la cual había huido de las estrechas y bulliciosas callejuelas del casco medieval de Edimburgo muchos años antes. Era estrecha y oscura, y olía fuertemente a tabaco y cerveza rancia. Un hombre no reconocería ni a su propia madre en aquella oscuridad, y aun en el caso de que lo hiciera, se quedaría de piedra al encontrarla allí... razón por la cual Wilfred Cardross la había elegido precisamente. Había cambiado también su extravagante vestimenta por algo un poco menos llamativo. Ese era uno de los motivos por los que estaba de tan mal humor: detestaba no ser el centro de atención.

El otro motivo de que estuviera tamborileando irritado con los dedos en la gastada mesa de madera era el retraso de su invitado. Le disgustaba sobremanera que le hicieran esperar. No era algo apropiado para un hombre de tan elevada condición como él. Así que cuando el señor Stuart Pardew se hubo sentado frente a él, lo recibió con el ostentoso gesto de leer la hora en su reloj de bolsillo sin invitarle a tomar nada.

El señor Pardew parecía completamente indiferente al mal humor del conde. Sacudió el agua de su capote y estiró las piernas hacia el fuego con un suspiro de placer. Hizo luego una seña a un criado y ordenó una jarra de cerveza. Miró pensativo la copa casi vacía del conde sin molestarse en preguntarle si quería otra.

No bien se hubo retirado el mozo, Cardross hizo a un lado su vaso y se inclinó hacia delante, con los codos sobre la mesa.

–¿Y bien?

El señor Pardew lo miró con expresión bobalicona. Tenía una cara redonda y abierta, que recordaba la de un perro bonachón. Era su principal arma en una vida presidida por el crimen, porque parecía tan honesto y sincero que nadie sospechaba de él.

–Methven quiere casarse con una de las hermanas Mac-Morlan.

Cardross frunció los labios.

–¿Le valdrá eso de algo en los tribunales?

–Kirkward piensa que sí –Pardew se encogió de hombros–. Es descendiente por la rama femenina. El abogado está seguro de que cumplirá el requisito –bebió un largo trago de cerveza y chasqueó los labios con gesto aprobador.

De repente, Cardross esbozó una mueca. Se hizo un silencio. Pardew, pensaba el conde, medía cada gota de información que suministraba por su valor en dinero. Echó mano al bolsillo de su manto y extrajo una bolsa, que depositó sobre la mesa con un tintineo de monedas. Por un momento los ojos del hombre relampaguearon, revelando el verdadero alcance de su codicia.

–¿Qué hermana? –preguntó Cardross en voz baja, acercándose más.

Pardew se tomó su tiempo en contestar.

–Lady Lucy. Ninguna otra es candidata según los términos del tratado.

Cardross se echó hacia atrás, aliviado.

–Lucy nunca aceptará. Está en contra del matrimonio –se recordó que todo el mundo sabía que Lucy MacMorlan había rechazado a incontables pretendientes.

Pardew bostezó.

–En ese caso, Methven hará lo que sea para convencerla –ladeó ligeramente la cabeza y miró pensativo a Cardross–. Es implacable a la hora de proteger su herencia. Vos lo sabéis bien.

Cardross lo sabía, efectivamente. Desde el momento en que Robert Methven regresó para tomar posesión de su patrimonio, había vivido para el único objetivo de restaurar la antigua prosperidad de las tierras que su abuelo había descuidado de manera sistemática. Cardross lo maldijo por ello. El anciano marqués se había mostrado tan negligente que los hombres del clan Cardross lo habían tenido fácil para introducir su ganado aquí, apropiarse de unas tierras allá... Habían quemado aldeas y saqueado cosechas. Hasta que volvió Robert. Su siguiente incursión había encontrado una resistencia tal que los hombres de su clan habían huido con el rabo entre las piernas.

–Algo habrá que hacer –estaba pensando Cardross en voz alta–. No puedo fiarme del destino y esperar que Methven pierda a su novia por segunda vez.

–Demasiado arriesgado –convino Pardew, con la mirada clavada en la bolsa del dinero.

–Cierto. Pero tampoco puedo hacer nada demasiado obvio –había una nota quejumbrosa en su voz por los problemas que Robert Methven le estaba causando–. El duque de Forres es un hombre rico e influyente. No puedo permitirme enajenarme su apoyo.

–Quizá podríais casaros vos mismo con lady Lucy –Pardew volvió a mirarlo con expresión bobalicona–. Si pudierais conseguirlo.

Cardross lo miró desconfiado, pero no logró detectar sarcasmo alguno en la expresión de Pardew.

–Lady Lucy jamás me aceptaría –reconoció–. Me odia.
–Lástima –repuso Pardew. Por un instante, a Cardross le pareció ver una chispa de burla en los ojos de su interlocutor–. Me temo, milord, que tendréis que rebajaros a ensuciaros las manos después de todo. Todo ello para conseguir el mayor bien, por supuesto.

Cardross se estremeció. Ensuciarse las manos en sentido literal o metafórico simplemente no era su estilo, pero sabía que Pardew tenía razón.

–Encontrad algunos hombres que puedan organizar un secuestro –le dijo–. Hombres experimentados en...

–¿Violencias, milord? –sugirió Pardew con tono afable.

Cardross sacudió la cabeza, consciente de lo mucho que a Pardew le gustaba provocarlo.

–Hombres experimentados en secuestros –terminó–. Pero con el suficiente autocontrol para no dañar al secuestrado.

–Ah –exclamó Pardew, con un brillo de comprensión asomando de pronto a sus ojos–. Entiendo –se interrumpió, mirando de nuevo la bolsa del dinero–. Eso os costará mucho, milord. El secuestro es fácil, pero el autocontrol es muy caro.

–Por supuesto –dijo Cardross con tono de fastidio. Empujó la bolsa de monedas hacia él y el hombre se la guardó con un rápido movimiento, como una araña engullendo su presa.

–Gracias, milord –murmuró con engañosa deferencia.

–¿Ha dado Methven alguna señal de querer visitar Golden Isle? –quiso saber Cardross.

Pardew bajó su jarra. De repente la expresión de sus ojos se tornó llamativamente sagaz.

–No, milord.

–Necesito mayor información de mi contacto allí.

–Ah –Pardew pareció resignarse–. Eso requerirá asimismo un mayor... financiamiento. Los oficiales del rey son, como no puede ser menos, muy cuidadosos a la hora de otorgar su confianza.

Cardross reprimió una maldición. Más dinero. Todo terminaba costándole siempre más dinero.

A regañadientes, sacó otra bolsa de monedas y la empujó también hacia Pardew, que se volvió para quedar de espaldas a la habitación, ocultándola a posibles miradas indiscretas. Aflojó el cordón de la bolsa. Cardross alcanzó a distinguir el brillo del oro.

–Está todo ahí –explicó con tono irritado–. Aunque si queréis contarlo como un maldito usurero, por mí no os reprimáis.

–No será necesario –dijo Pardew, sonriente.

La segunda bolsa desapareció también en su bolsillo. Cardross oyó el tintineo de las monedas.

–Todo esto es muy satisfactorio, milord. Tendré muy pronto nueva información de mi contacto que facilitaros –apuró su cerveza y se levantó–. Es un verdadero placer hacer negocios con Su Excelencia.

Una vez que Pardew se hubo marchado, Cardross pidió otro brandy y se quedó contemplando el fuego, algo bebido y embargado por una vaga sensación de lástima de sí mismo. Se le antojaba tan injusto que hubiera derrochado su fortuna en el juego y se viera en ese momento obligado a vender sus secretos a los franceses, para poder pagar sus deudas... Todavía no sabía muy bien cómo había podido terminar en una situación tan comprometida. Y todavía era más injusto que el lucrativo negocio que había montado en las islas del norte, vendiendo a sus habitantes a las patrullas de reclutamiento de la armada y contrabandeando con sus mercancías, pudiera peligrar en caso de que Robert Methven decidiera recuperar el control de dicho territorio.

Si él lograba casarse con lady Lucy MacMorlan, no solo volvería a frustrar los planes de matrimonio de Methven, sino que además se embolsaría las sesenta mil libras de su dote. Se estremeció de codicia con solo pensarlo. Necesitaba ese dinero. Se lo merecía.

Tendría que actuar rápido. Afortunadamente, había sido lo suficientemente previsor como para colocar un espía en el hogar del duque de Forres desde bastante tiempo atrás. Había llegado el momento de que la mujer en cuestión se ganara su dinero.

–Querida, no hay nada siquiera remotamente inapropiado en ello –lady Kenton apoyó una mano en el brazo de Lucy con gesto consolador–. La práctica del masaje tiene una larga y noble historia como tratamiento médico y terapéutico. Todas las antiguas civilizaciones lo utilizaban.

Se inclinó hacia ella y bajó la voz, para que las demás mujeres de la Sociedad de Damas Cultivadas de las Tierras Altas de Escocia no pudieran oírlas. Estaban tomando té en el invernadero del castillo Durness. El tintineo de la porcelana y el rumor de las conversaciones se alzaban hasta las bóvedas de cristal, flotando en el aire.

–Mi masajista, Anton, fue instruido por un médico sueco, el doctor Ling –le explicó lady Kenton–. Es un experto. Te lo recomiendo –volviendo a retreparse en su silla, tomó un sorbo de té.

Lucy jugueteaba con su cucharilla, evitando la mirada de lady Kenton. Su madrina era miembro de la sociedad y dama tan respetable como la que más, pero ella seguía sin poder sacudirse la idea de que aquel masaje era algo decididamente inapropiado, en absoluto correcto. El simple pensamiento de sentir las manos de un hombre sobre su cuerpo, un hombre que además no era su marido, la llenaba de consternación. Solo que el hombro y la espalda le dolían terriblemente como consecuencia de las largas horas que había pasado escribiendo, y estaba desesperada por encontrar un remedio.

–Decís que está instruido en la medicina –repitió Lucy, cauta.

–Por cierto que sí –le aseguró lady Kenton, sonriente–. Él mismo es prácticamente doctor. Y si albergas algún escrúpulo más, querida, déjame decirte que Anton no es hombre que... –se interrumpió delicadamente– esté interesado por las mujeres, si entiendes lo que quiero decir. Además, tu doncella estaría presente para guardar las formas. Puedo enviártelo esta tarde, si lo deseas. Me acompaña a todas partes.

–Gracias –dijo Lucy–. Bueno, desde luego parece muy útil –la pasión por los viajes de lady Kenton era legendaria. En cada salida de la Sociedad de Damas Cultivadas de las Tierras Altas de Escocia, se hacía acompañar de su maestro pastelero, su doncella de lavandería, una manicura, una peluquera y ahora también su masajista.

Lucy flexionó los dedos de las manos.

–Confieso que estoy muy incómoda de empuñar la pluma durante tantas horas. El hombro no deja de dolerme.

–¿Qué andas escribiendo en este momento? –inquirió lady Kenton mientras rellenaba las tazas y le entregaba una a Lucy–. La última vez que nos vimos estabas trabajando en un ensayo sobre los sonetos de Shakespeare.

–El señor Walsh ha aceptado publicarlo en la edición invernal de la *History Review* –explicó Lucy.

–¡Excelente! –exclamó lady Kenton, radiante–. Siempre ha sido un buen amigo nuestro, y dispuesto a publicar nuestros trabajos.

La propia lady Kenton era una afamada autora de relatos inspirados en el folclor de las Tierras Altas de Escocia. Muchas de las componentes de la sociedad eran poetas y escritoras que publicaban en una amplia variedad de revistas. Lucy se enorgullecía de ser la más joven de las autoras publicadas.

–¿Has vuelto a pensar en un posible compromiso con tu

primo Wilfred? –inquirió lady Kenton–. Estoy convencida de que tu querida madre lo habría aprobado.

Otra vez volvían al tema favorito de su madrina. Solo había sido una cuestión de tiempo. Lady Kenton era una mujer con una misión.

–No puedo casarme con Wilfred, *madame* –dijo, decidiendo que las maneras demasiado directas podían ofender a su madrina, pero que en todo caso eran preferibles a la mentira–. Ya os lo dije. No me gusta.

Una expresión de insatisfacción apareció en el mofletudo rostro de lady Kenton.

–Te aferras al fantasma de lord MacGillivray –pronunció con desagrado–. ¡Tu padre fue un estúpido al permitir un compromiso semejante, prometiéndote a un vejestorio erudito lo suficientemente mayor como para ser tu abuelo! –sus dedos dibujaron un furioso tatuaje sobre el brazo de la silla–. De verdad, Lucy... ¡haberte arrojado a los brazos de un hombre que ya tenía un pie en la tumba...! Yo solo pude alegrarme de que falleciera *antes* del matrimonio, porque la noche de bodas lo habría seguramente matado, lo cual habría sido tan escandaloso como desagradable para ti.

Lucy podía sentir el color que había comenzado a extenderse por sus mejillas. No iba a decirle a su madrina que lord MacGillivray y ella habían previsto pasar su noche de bodas sumergidos en animada conversación sobre los poemas épicos de James MacPherson. Abrió su abanico para refrescarse el rostro. Sentía en el pecho una extraña opresión, como si le apretaran demasiado los lazos del vestido. Lo sentía cada vez que alguien sacaba a colación el tema de su compromiso.

La puerta del invernadero se abrió de pronto dando paso a Robert Methven. Era la última persona a la que Lucy había esperado ver en aquel lugar, y el corazón le dio un vuelco de estupor. Tenía aspecto de haber cabalgado directamente hasta allí. La lluvia había empapado su capote de viaje, del que se despojó con gesto enérgico para revelar la bien cortada chaqueta que llevaba debajo. No parecía hombre de puertas adentro: al contrario. Tenía un no sé qué demasiado físico, demasiado inquietante, que casaba mal con el elegante mobiliario del invernadero, con los tonos pastel de los vestidos de las damas, con el tintineo de la porcelana y el civilizado rumor de las conversaciones.

–¿Qué diantre está haciendo *él* aquí? –exclamó Lucy, demasiado descompuesta para formular la pregunta con su habitual cortesía.

Los caballeros nunca eran invitados a las reuniones de la Sociedad de Damas Cultivadas de las Tierras Altas de Escocia, salvo que se tratara de eminentes eruditos, y estaba segura de que Robert Methven difícilmente podía postularse como tal. Y sin embargo parecía que lo era, porque ante la mirada de Lucy, lady Durness se acercó para saludarlo, ofreciéndole su mano con gesto cálido. Él se inclinó y depositó galantemente un beso en su palma. Las conversaciones de la sala cesaron por un momento para volver a alzarse en un excitado murmullo.

La mirada de Methven barrió la habitación hasta que se posó en Lucy. El corazón le dio un vuelco. El abanico escapó de sus manos para ir a caer a la alfombra junto a sus pies.

–Ah –lady Kenton parecía especialmente complacida–. El conferenciante de la tarde ha llegado.

–¡Conferenciante! –Lucy se estaba apresurando a recoger su abanico, agradecida de que su colorado rostro quedara oculto al agacharse.

–Permitidme, lady Lucy.

Methven había clavado una rodilla en tierra para recoger el extraviado abanico, que le entregó con gesto solemne. Alzando la mirada, Lucy creyó distinguir una furtiva sonrisa en sus ojos mientras contemplaba su ruborizada apariencia. Lo maldijo para sus adentros.

—Gracias —Lucy fue consciente de lo antipático de su tono. Recuperó el abanico asegurándose de que sus dedos no se rozaran. Vio que se erguía y le hacía una reverencia.

—¿Me permitiréis que os haga compañía?

Era lo último que deseaba. Se sentía extremadamente descompuesta.

—Creo que sería mejor, milord —dijo, bajando la mirada de forma elocuente a sus botas llenas de barro— que os cambiarais de atuendo después del cansado viaje que parecéis haber hecho. No estáis correctamente vestido para departir en el salón.

Methven acercó una silla libre.

—Entonces es una gran suerte que nos encontremos en el invernadero —repuso—. Estoy convencido de que disculparéis mi estado de desarreglo.

Hirviendo de disgusto, Lucy apartó las faldas de sus sucias botas. Lady Kenton hizo una seña a un criado, que se presentó con una taza más y rellenó la tetera.

—¿Cómo os gusta el té, lord Methven? —le preguntó lady Kenton.

—Caliente y fuerte —respondió mientras miraba a Lucy, que de tan furiosa como estaba no se había dado cuenta de lo colorada que se había puesto.

—He oído que sois el conferenciante de la tarde, lord Methven —le dijo—. Qué cosa tan curiosa.

—¿No me juzgáis lo suficiente cualificado para instruiros en algo, lady Lucy? —replicó él con tono suave—. ¿O desconfiáis quizá de mi capacidad de discurso?

Estiró las piernas y Lucy tuvo que desviar la mirada de los abultados músculos que se dibujaban en su pantalón salpicado de barro. Hasta ese momento no había sido consciente de que se había quedado mirando fijamente sus muslos, algo muy poco apropiado por su parte.

—No sois la única —añadió Methven—. Mi abuela me tiene por un completo lerdo.

–Yo no podré hacer comentario alguno al respecto –dijo Lucy– hasta que no conozca el tema. Sabed, de todas formas, que en la Sociedad de Damas Cultivadas tenemos unos estándares muy altos.

–Me doy por advertido –dijo Methven– y prometo no defraudarlos.

En vano esperó Lucy a que la iluminara sobre el tema de su especialidad. Su silencio le provocó una nueva punzada de irritación. Él sabía que ella quería saberlo, razón por la cual se reservaba la información. Lucy suponía que la curiosidad que sentía era vulgar y que la insinuación que le había hecho acerca de que no lo consideraba suficientemente cualificado había sido una grosería, pero, de alguna manera, no podía evitarlo. Aquel hombre tenía la capacidad de destrozar su serenidad.

–¿Cómo habéis sabido de la reunión de la Sociedad de Damas Cultivadas, milord? –le preguntó.

–Son tantas las preguntas que me hacéis, lady Lucy... –sonrió Methven–. Vuestro interés me halaga.

–No me interesáis tanto vos –replicó– como la fuente de vuestra información.

–Ah –parecía divertido–. ¿Quizá porque las Damas de las Tierras Altas de Escocia componen una sociedad secreta?

–Efectivamente.

–Pues entonces podéis confiar en mi discreción, que no os diré nada.

De nuevo le negaba la respuesta, y Lucy volvió a experimentar una punzada de irritación. Observó como terminaba su té y dejaba cuidadosamente la taza de porcelana sobre la mesa. Se levantó y le hizo una reverencia.

–Disculpadme. Debo ir a preparar mi conferencia. Espero veros allí, lady Lucy.

–Eso dependerá del tema.

Methven se echó a reír.

–¿Sois siempre tan impaciente? No tenía ni idea –apoyando una mano en el respaldo de su silla, se inclinó de manera que casi le rozó la oreja con los labios–. A veces –le dijo en voz baja–, la expectación es lo mejor.

Y, dicho eso, se irguió y se retiró.

–¡Qué provocador que es este hombre! –estalló Lucy.

Normalmente jamás se expresaba de aquella forma sobre un conocido, y menos en público, pero Robert Methven la había tomado desprevenida. Vio que justo en ese momento se había vuelto para mirarla y experimentó una sensación semejante a una llama abrasadora. Aunque no desagradable, sí inquietante. Sintió también un cosquilleo de excitación en la sangre que jamás había experimentado antes de conocerlo.

–Me pregunto por qué te desagrada tanto –comentó lady Kenton, mirándola pensativa.

–Es como una bota en el pie equivocado –respondió Lucy. Se había puesto a juguetear de nuevo con su cucharilla, evitando la mirada de su interlocutora–. No me gusta.

–Es demasiado directo, quizás –concedió lady Kenton–. No es como vuestros galanes de Edimburgo. Pero no he detectado indicio alguno de que tú le desagrades a él. Muy al contrario.

–No me siento cómoda en su compañía –era lo más cerca que se le ocurriría de admitir que Robert Methven tenía algo que la inquietaba y fascinaba a la vez. O, más precisamente, era su propia reacción ante él lo que la inquietaba.

–Has vivido demasiado tiempo entre eruditos –le dijo lady Kenton–. No es que un hombre de buen gusto y educación esté mal, pero todo ello debe ser atemperado por algo más terrenal, más masculino. Y, en ese sentido, Robert Methven es un hombre muy viril. Rico, agradable, inteligente y apostaría a que muy lascivo en el lecho. Seguro que podría proporcionar un gran placer a una mujer.

Lucy cerró los ojos y se estremeció. Lady Kenton procedía de una generación mucho más desinhibida en su lenguaje, pero escuchar aquel comentario de su madrina sobre la capacidad sexual del marqués de Methven cuando justo en ese momento la estaba mirando desde el otro lado de la sala... resultaba ciertamente perturbador.

—Yo nunca busqué la lascivia en mi matrimonio, tía Emily —le dijo—. Yo buscaba un encuentro de mentes, que no de cuerpos. Lord MacGillivray era sobrio de conducta y estaba muy concentrado en sus estudios.

Lady Kenton ahogó un gran bostezo.

—Soy muy consciente de ello, querida, y precisamente por ello lo consideraba una persona mortalmente aburrida para ti. Diantres, en mi época aspirábamos a mucho más: un héroe recién llegado del campo de batalla con una espada en la mano... Me temo que la juventud de hoy ha rebajado mucho sus expectativas.

«Un héroe recién llegado del campo de batalla...», repitió Lucy para sus adentros, impresionada. Sí, eso era. Había algo primitivo en lord Methven; algo perturbador que evocaba a los guerreros del pasado siglo, los hombres violentos de las islas del norte que llevaban sangre vikinga en las venas junto con su feroz herencia escocesa. Un largo y lento estremecimiento le recorrió la piel. No era eso lo que ella quería. Ella nunca había querido pasión. Su vida era tranquila y ordenada, con una apariencia perfectamente calmada... que era lo que debía ser y lo que iba a seguir siendo.

Capítulo 7

La conferencia de Robert sobre astronomía y navegación, ilustrada con anécdotas de sus viajes, tuvo una entusiasta acogida. Las Damas de las Tierras Altas de Escocia le dedicaron una cálida ronda de aplausos e insistieron en que se quedara a cenar. Dado que lo único que le estaba esperando era una cena fría y un incómodo lecho en la posada de Durness, Robert aceptó encantado. Su cortejo de lady Lucy MacMorlan progresaría mejor en aquella proximidad.

Había pensado mucho sobre aquel cortejo, y al final no se le había ocurrido plan alguno. Su curso de acción preferido habría sido el más directo, pero proponer matrimonio directamente a lady Lucy habría sido como invitarla a un rechazo igualmente directo. También llegó a acariciar la idea de secuestrarla. Tenía su atractivo, especialmente a la luz de aquellos tórridos momentos robados en el castillo Brodrie. El secuestro era algo muy mal visto en aquellos días, pero con todo y eso probablemente lo habría superado. El problema era que ello habría hecho que Lucy se sintiera todavía menos inclinada a casarse con él, y arrastrar a la fuerza a una mujer hasta el altar no entraba, bajo circunstancias normales, en su manera de actuar. Aunque sus presentes circunstancias no eran precisamente normales...

Las damas tenían otra sesión educativa entre su conferencia y la cena. Podían elegir entre dos clases, pero a ninguna de ellas estaba Robert invitado. Ignoraba de qué trataban y no podía evitar sentirse algo curioso. Mientras deambulaba por los suntuosamente amueblados pasillos del castillo de Durness, alcanzó a oír los acordes de una música procedente de uno de los salones. Era una música exótica, oriental, salpicada de voces y risas. Se dirigió hacia el origen del sonido... hasta que inmediatamente un fornido criado le cerró el paso.

—¿Puedo ayudaros, milord?

La expresión del hombre desmentía su tono cortés. Sus brazos firmemente cruzados sobre el pecho y su pose agresiva venían a dejarle claro que no iba a descubrir lo que estaba sucediendo detrás de aquella puerta cerrada. Las actividades de la Sociedad de las Damas Cultivadas de Escocia eran indudablemente un libro cerrado. Lo cual excitaba su curiosidad en extremo.

Salió a la terraza. El aire era frío y presagiaba nieve, pese a que estaba bien entrada la primavera. Las contraventanas del salón habían sido cerradas contra las miradas curiosas, pero a través de sus rendijas, Robert podía distinguir luces y sombras ondulantes. Podía escuchar también a alguien marcando el ritmo de la música: una música sensual que desplegaba su encanto de tentaciones y promesas. No queriendo pecar de *voyeur*, volvió a entrar en la casa y buscó la biblioteca. La puerta también estaba cerrada. Otro corpulento criado se materializó para informarle cortésmente de que las damas estaban recibiendo una clase de dibujo. Que tal actividad necesitara desarrollarse a puerta cerrada bajo llave era un misterio, pero Robert optó finalmente por retirarse a su cámara, resignado.

En el salón contiguo al comedor, las damas parecían encontrarse de muy buen humor. Robert no era el único varón presente: había un rollizo caballero de aspecto feliz con un enorme mostacho gris que le fue presentado como el señor Florence, profesor de arte, y dos jóvenes muy atractivos cuyo papel no le quedó del todo claro. Robert empezaba a sospechar que la razón del secretismo de la Sociedad de las Damas Cultivadas no era otra que el mayor riesgo de algunas de sus actividades. La imagen que se había hecho de las damas discutiendo sobre áridos tratados antes de cenar no se correspondía evidentemente con la realidad.

Encontró a lady Lucy sentada con su hermana lady Mairi MacLeod en uno de los divanes de terciopelo plateado, y solicitó reunirse con ellas. Lucy pareció inclinada a negarse. Mairi, en cambio, se mostró encantada de verlo y palmeó el asiento a su lado.

–Hemos disfrutado tanto con su conferencia, lord Methven... –le confesó Mairi con un brillo de entusiasmo en sus ojos azules–. Lucy se ha quedado particularmente impresionada. Me comentó que jamás había imaginado que podíais llegar a resultar tan interesante.

Vio que Lucy apretaba los labios, convirtiéndolos en una fina línea. Le sonrió.

–Estaré siempre encantado de desmentir vuestros prejuicios, lady Lucy –le dijo. Miró luego a los dos jóvenes que se hallaban en ese momento rodeados de una verdadera manada de admiradoras–. Espero –añadió–, que hayáis disfrutado de la subsiguiente clase tanto como de mi conferencia. Dibujo al desnudo, ¿verdad?

La mirada azul de Lucy voló inmediatamente hasta sus ojos.

–Yo no asistí a la clase. Soy una pésima dibujante.

–Mayor razón para practicar –intervino Mairi–, especialmente con modelos tan bien dispuestos –se llevó una almendra azucarada a la boca–. ¿No os parece, lord Methven?

—Estoy seguro de que los caballeros concernidos se habrán exhibido a placer, lo cual habrá sido suficiente para inspirar a cualquier dama.

Mairi soltó una risita, pero Lucy permaneció imperturbable.

—El dibujo al desnudo es una especialidad muy seria —declaró—. Una actividad intelectual.

—Y muy divertida, también —matizó su hermana, y lanzó una detenida mirada a Robert—. Deberíais posar alguna vez para nosotras, lord Methven. Estaríamos encantadas.

Mairi MacLeod, pensó Robert, era una coqueta a la que le encantaba el flirteo. Con el sexo masculino tenía la confianza de una viuda: una confianza, a buen seguro, nacida de la experiencia. Lucy, por contraste, no lo era en absoluto, pero tampoco era una ingenua debutante. Pensó en su reacción a su beso, tan espontánea como ardiente. Pero inmediatamente deseó no haberlo hecho, dado la forma harto elocuente con que Mairi estaba mirando su pantalón. Se removió incómodo.

—Me honra que me planteéis la posibilidad de posar para las damas de vuestra sociedad —respondió—. Temo, sin embargo, no poder estar a la altura de sus expectativas.

—Dudo que tengáis motivos para temer nada en ese aspecto, lord Methven —replicó Mairi, todavía mirándolo—. Me parecéis un hombre muy bien dotado en todos los sentidos.

Robert sonrió, volviéndose hacia Lucy:

—Si no asististeis a la clase de dibujo, lady Lucy... —dijo—. ¿Supongo que estaríais aprendiendo danzas orientales?

Lucy abrió mucho los ojos. En aquel preciso momento pareció efectivamente una ingenua y escandalizada debutante.

—¿Cómo sabíais lo que estábamos haciendo? —inquirió—. ¿Estuvisteis espiando?

—No he estado mirando por el ojo de ninguna cerradura

—dijo Robert–. Reconocí el tipo de música y supuse simplemente que habíais estado bailando. ¿Lo disfrutasteis?

Le interesó ver que se ruborizaba.

—Fue... diferente.

—¿Diferente de la cuadrilla y del cotillón?

—Sí, e incluso de la energía de los corros escoceses. Fue... –Lucy se interrumpió, mientras el rubor de sus mejillas se intensificaba–. Yo siempre había pensado que la música era en el fondo pura matemática. Y sin embargo esa... –clavó su ardiente mirada azul en los ojos de Methven, antes de desviarla–. Esa música era extrañamente sensual.

En aquel momento, Robert deseó que lady Mairi no estuviera presente. Deseó que Lucy y él estuvieran en cualquier otra parte, preferiblemente algún lugar cálido y cómodo donde pudieran continuar en soledad con aquella conversación, llevara a donde llevara. El frío e intelectual interés de Lucy por todas las cosas apasionadas resultaba tan ingenuo como enigmático. Recordaba haber pensado en el castillo Brodrie que tenía una actitud vital más racional que emocional. En ese momento, sin embargo, parecía compartir los mismos rasgos que atribuía a la música de la que estaba hablando: una música conmovedora, vívida y sensual.

Ya iba siendo hora de que Lucy MacMorlan despertara de una vez a todas las maravillosas posibilidades que la pasión ofrecía.

Pero, para frustración de Robert, aquel no era el momento adecuado. La sala estaba demasiado iluminada y demasiado llena de gente. Percibiendo quizá algo de aquellos sentimientos, Mairi se levantó ostentosamente y murmuró algo acerca de que debía hablar con lady Kenton antes de la cena. Robert vio que Lucy estiraba una mano hacia ella como para detenerla y evitar así que los dejara a los dos juntos. Entreabrió los labios. Parecía a punto de protestar.

Y medio se levantó de su silla, como si fuera a abandonarlo también.

—Espero —dijo él—, que no me dejaréis solo a merced de tantas damas, lady Lucy.

—Estoy segura de que os desenvolveríais admirablemente bien —repuso ella—. Tendríais que apartarlas a manotazos.

—Que es precisamente lo que no quiero que suceda —replicó Robert—. Imaginad lo muy rudo y grosero que eso quedaría. Se ofenderían.

Lucy casi sonrió. En seguida pareció relajarse, sentándose de nuevo.

—Creía que no teníais reparo alguno en mostraros siempre muy sincero, a costa de ofender a los demás.

—Incluso yo me veo obligado a marcar un límite. Me parece —añadió Robert— que estáis algo incómoda en mi compañía. Es por eso por lo que intentáis escapar de mí.

Sus miradas se encontraron. La de ella era completamente inexpresiva.

—Os aseguro que me siento perfectamente cómoda con cualquiera —dijo con frialdad.

—¿De modo que no veis en mí nada especial? Qué decepcionante —Robert volvió a recostarse en los cojines mientras la miraba pensativo—. Pensaba quizá que después de nuestro último encuentro...

El rubor de Lucy se profundizó a la par que desviaba rápidamente la vista. De inmediato todo barniz de sofisticación desapareció de golpe y se mostró consternada.

—Lo lamento de veras —dijo—. Me arrepiento profundamente de haber arruinado vuestro compromiso.

Parecía absolutamente sincera. La vulnerabilidad que veía en su manera de apretar los labios y el gesto de abatimiento de sus hombros le provocaron una violenta punzada de ternura, de lo más inapropiada. Hasta ese momento habría podido asegurar que no le importaba en absoluto que se arrepintiera o no, o si él creía o no en su sinceridad. Pero, en aquel preciso instante, estaba sintiendo algo por completo distinto: el impulso de protegerla.

Nunca le habían importado los sentimientos: siempre acababan enturbiando las cosas. Él no tenía tiempo para sentimientos; lo único que quería era conseguir una novia.

—Ya no estoy enfadado —le espetó de pronto.

Vio que ella abría mucho los ojos.

—Tenéis todo el derecho a estarlo.

—Quizá —se encogió de hombros, fijando la mirada en la multitud de gente que llenaba la sala. Cualquier cosa con tal de evitar volver a mirar a Lucy y experimentar aquella extraña emoción.

—He pensado que quizá podría ayudaros —se inclinó hacia delante—. Podría tal vez escribir algunas cartas en vuestro nombre para que las usarais para cortejar a otra dama... —se interrumpió.

Él la miró, y vio que volvía a tener aquella expresión desamparada y suplicante en el rostro. Una expresión que le hacía sentirse como un canalla, porque sabía perfectamente de qué manera podía ella ayudarlo.

—Probablemente sería mejor que no lo hicierais.

—No, supongo que no. Qué falta de tacto la mía —se mordió el labio—. Bueno, si se os ocurre algo...

—Me aseguraré de hacéroslo saber —sonrió Robert, cambiando deliberadamente de tema—. Lord Brodrie se molestó bastante cuando descubrió lo mucho que había mermado su clarete, por cierto —enarcó una ceja—. Supuso que me lo había bebido yo. Me disculpo si mis besos os empujaron a la bebida. La escena no acabó como yo habría deseado.

Lucy estaba tirando de las borlas de plata de los cojines. Sus dedos nerviosos delataban su incomodidad.

—¿Es necesario que hablemos de eso?

—¿Tan malo es? —inquirió Robert.

Lucy alzó la cabeza y se encontró con sus ojos.

–Me bebí el clarete por la impresión tan fuerte que me había llevado.

–Peor aún. Ignoraba que mis técnicas fueran tan poco delicadas.

Lucy miró subrepticiamente a su alrededor.

–Os rogaría que no lo mencionarais. Mi reputación...

–Sufriría todavía más si se supiera que recibís clases de danza oriental o de dibujo al desnudo con modelos masculinos –la interrumpió Robert–. ¡Qué interesante sociedad es la vuestra! Ahora entiendo por qué sus actividades son tan secretas.

Dos vivos coloretes se dibujaron en las mejillas de Lucy. Parecía deliciosamente contrariada.

–Las Damas de las Tierras Altas de Escocia están deseosas de aprender y ensanchar su espíritu –declaró–. Nuestros objetivos son puramente educativos.

–Bueno, supongo que es una manera de llamarlo.

–Veo que adolecéis de una doble moral. Nadie reprochaba a Rubens que pintara desnudos. Nadie reprocha a los caballeros de Edimburgo que frecuenten sus clubes. La gente se apresura demasiado a juzgar a los demás.

Robert se la quedó contemplando detenidamente. Estaba preciosa aquella tarde con su vestido de recatada debutante, en seda blanca con hilos de plata, y el cabello de un rojo vivo recogido en lo alto de la cabeza con alfileres de diamante. Tan elegante, tan discreta...

–Es curioso, lady Lucy –empezó–, que exteriormente os mostréis tan discreta y tan formal, y, sin embargo, escribáis poesía amorosa, bebáis clarete y encontréis tan sensuales la danza y la música. ¿Es acaso vuestra formalidad una simple fachada?

–Yo *soy* formal –replicó–. Una perfecta dama. Todo el mundo lo dice.

Sus nerviosos dedos pasaron a juguetear con las varillas de su abanico. Robert las oyó crujir en protesta.

—Todo el mundo *piensa* que sois formal —la corrigió Robert—. A no ser, por supuesto, que os dediquéis a engañaros a vos misma junto a todos los demás, y penséis sinceramente que no hay pasión alguna en vuestra persona —se inclinó hacia ella. Rozó con los dedos la piel desnuda que asomaba por encima de su largo guante y la sintió estremecerse. Sonrió. Sospechaba que lady Lucy negaba sus propios apasionados deseos. Y él estaría encantado de ayudarla a tomar conciencia de lo que verdaderamente deseaba—. Decidme, ¿qué es lo que buscaríais en el hombre que eligierais para casaros?

Pareció sobresaltarse. En seguida bajó las pestañas, velando su expresión.

—¿Por qué lo preguntáis?

—Tengo curiosidad —respondió Robert—. Complacedme. Habéis rechazado a muchos pretendientes. ¿Por qué?

Había una extraña expresión en los ojos de Lucy. De pronto eran de un azul frío, como si acabara de alzar una barrera destinada a evitar que leyera en ellos cualquier emoción.

—Es cierto que tengo reputación de selectiva —le dijo—. Estuve comprometida una vez. Lord MacGillivray era mi ideal perfecto de caballero. No pienso volver a casarme en la misma medida en que no espero encontrar otro igual.

Hablaba con perfecta fluidez, como si hubiera repetido aquella frase muchas veces antes. Robert se preguntó por qué no le creía. Había algo que le sonaba a falso. No era que pensara que le estaba mintiendo. Era más bien como si se hubiera acostumbrado tanto a pronunciar esas palabras que ella misma hubiera empezado a creérselas.

—¿Un ideal perfecto? —lo intentó, pero fracasó a la hora de disimular el escepticismo de su tono—. Disculpadme, pero en mi vida había oído semejante absurdo. No existe tal cosa como un ideal perfecto.

Lucy se tensó. Robert vio la sorpresa reflejada en sus

ojos, y también la confusión. Resultaba evidente que jamás antes nadie la había llevado la contraria con aquel argumento.

–Gracias por compartir vuestros comentarios conmigo, lord Methven –dijo al cabo de un momento, con tono duro–. Me había olvidado de lo muy abrasivo que podíais llegar a ser.

–¿Porque soy sincero?

–Porque sois rudo y brusco –lo corrigió ella–. Vuestros modales no son ni finos ni elegantes.

Aquello divirtió a Robert.

–Imagino, entonces, que yo no encajo en vuestro ideal de marido perfecto.

–Ciertamente que no –contestó Lucy–. Sois demasiado franco y poco refinado.

–¿Y qué más? Seguro que tendré otros defectos –Robert enarcó una ceja con gesto perverso, tentándola. Esperó, viéndola debatirse entre sus innatas buenas maneras y el deseo de darle un buen escarmiento.

Y ella acabó cediendo a la provocación.

–Sois demasiado alto. Y demasiado ancho de hombros.

Robert tuvo que morderse el labio para reprimir su sonrisa.

–Estoy de acuerdo –dijo– en que soy alto y ancho de hombros, pero es poco lo que puedo hacer para evitarlo.

–No sois un erudito –añadió Lucy.

Una vez que había empezado a enumerar sus defectos, parecía como si fuera a desgranar toda una lista. Le interesó a Robert que hubiera pensado en su persona con tanto detalle.

–Yo solo podría casarme con un hombre con atributos intelectuales. Serio, académico, más interesado por lo cerebral que por lo físico. Y vos sois demasiado físico.

–Me subestimáis –replicó Robert–. En muchos aspectos. Puede que no sea un erudito, pero me gusta leer. He leído, por ejemplo, vuestras cartas de amor –sin dejar de mirarla a los ojos, empezó a recitar–: *Exquisita belleza más allá de la imaginación, trampa sensual para cualquier hombre...*

Vio que se quedaba de pronto sin aliento. Se removió en el diván, como si sus palabras la estuvieran incomodando de alguna forma. Por encima del escote de su recatado vestido de seda, su pecho se alzaba y bajaba con cada brusca inspiración.

Observándola, Robert prosiguió con tono suave:

–*Robaros un beso, atreverme a tocaros, a saborear y deleitarme con cada dulce caricia...*

Lucy se humedeció el labio inferior con la lengua en un rápido y nervioso gesto. Había un fulgor en su mirada cuando la alzó hasta su rostro.

–*Mordisquear, lamer, pellizcar y paladear a fondo aquella dulzura vuestra* –Robert bajó la voz sin apartar la mirada de sus ojos–. *Hundirme profundamente y embeberme de cada gota, saquearos en sensual exceso...*

Lucy emitió un levísimo gemido que hizo que el cuerpo de Robert se endureciera en instantánea excitación. Ansió de pronto cargarla en brazos y llevarla escaleras arriba, despojarla de aquel recatado vestido y hacerle el amor.

Justo en ese instante sonó el gong anunciando la cena. Robert vio que Lucy daba un respingo. La oscura y desenfocada mirada de sus ojos desapareció de golpe. Entreabrió los labios con gesto aturdido y perplejo, lo cual no hizo más que intensificar su deseo.

Podía ver a lady Durness acercándose con la intención de reclamarlo como pareja para la cena. Se levantó cortésmente para recibirla, esperando que fuera capaz de moverse sin demasiada incomodidad o embarazo.

–Este ambiente nuestro es muy informal –le dijo la dama en un murmullo, agarrándose a su brazo– pero considero un privilegio reclamaros como mi acompañante en la cena, mi querido lord Methven –le apretó suavemente el brazo como para subrayar sus palabras–. Espero –añadió, volviendo sus ojos grises hacia Lucy– que a lady Lucy no le importe liberaros.

–Haré todo lo posible por soportarlo –repuso ella. Había recuperado la compostura con mucha rapidez. No quedaba ya rastro alguno de la emoción que Robert había visto un momento antes. Ejecutó la más ligera y desdeñosa de las cortesías–. Espero que disfrutéis de la cena, lord Methven.

Durante la comida, Robert aprendió mucho más sobre las actividades de la Sociedad de Damas Cultivadas de las Tierras Altas de Escocia. Para tratarse de una sociedad secreta, parecía poseer un alto número de miembros muy indiscretos. Las actividades abarcaban desde las conferencias académicas sobre artes y ciencias hasta las menos intelectuales y más físicas de equitación, cetrería y contemplación de combates de luchadores desnudos: esta última actividad, según le contaron, reservada únicamente a damas viudas y casadas. Indudablemente le pareció a Robert que, unido a las clases de dibujo al desnudo, no debían de ser pocas las damas de la sociedad especialmente interesadas en contemplar la mayor cantidad posible de hombres desnudos y en las más variadas y excitantes posturas posibles. De alguna forma sospechaba que lady Mairi asistiría de buen grado a los combates de aquellos luchadores, al contrario que Lucy, que se vería impedida tanto por su condición de soltera como por sus concepciones sobre el decoro y la corrección.

Antes de la cena, Robert había entregado al mayordomo una discreta suma para asegurarse de que Lucy fuera sentada junto a él, pero cuando fueron a ocupar sus asientos, le divirtió descubrir que ella lo había burlado. Evidentemente debía de haberse dado cuenta y había cambiado su asiento por otro, a considerable distancia.

La vio comer como hacía todo lo demás: con precisión, tacto y elegancia. Conversaba fácilmente con sus compañeras y compañeros de mesa, y cuando se vio enfrascada en una conversación con uno de los jóvenes modelos, esquivó sus flirteos con exquisita cortesía, ni demasiado cálida ni demasiado fría. Robert empezaba a comprender la razón de que tuviera aquella reputación de dama perfecta. Aparentemente era todo corrección y buen gusto, y se preguntó si no sería precisamente por eso por lo que su pasión buscaba escapar por otras vías. Porque ser un auténtico dechado de respetabilidad debía de ser terriblemente aburrido.

No miró ni una sola vez en su dirección, y a Robert le sorprendió descubrir que su indiferencia lo irritaba sobremanera, así como las atenciones que le prodigaba el joven modelo. Nunca antes le había importado lo más mínimo una mujer, jamás había experimentado clase alguna de celos. Aquella mujer, sin embargo, era diferente. Aquella mujer era *suya* aunque ella no fuera consciente de ello, aunque lo considerara el marido menos adecuado del mundo.

Había tenido intención de volver a hablar con Lucy después de la cena, con la vaga idea de «cortejarla» según la acepción de su abuela, pero estaba comenzando a darse cuenta de que su causa estaba perdida si se acercaba a ella siguiendo las convenciones habituales. Él no le era en verdad indiferente: se sentía atraída con tanta intensidad como él, pero luchaba contra ello por razones propias y personales. Por lo que podía ver Robert, se mostraba absolutamente reacia a casarse y menos aún con él.

Su sentido del honor se sublevaba ante la idea de obligar a cualquier mujer a casarse, pero por primera vez en su vida se enfrentaba a un dilema entre su honor y la supervivencia de su clan. Y sabía bien con cuál de los dos tenía que quedarse.

No se entretuvo con el oporto y rechazó cortésmente las

peticiones del profesor de arte para que posara en una de sus clases. Cuando los caballeros se reunieron con las damas en el salón, vio que Lucy se marchaba ya. Se preguntó si su retirada obedecería a un deseo de acostarse temprano, pero había algo en su paso decidido que excitó su curiosidad. Esperó unos segundos y la siguió luego discretamente fuera de la habitación. La vio subiendo la escalera principal para perderse en uno de los anchos corredores del primer piso; cuando llegó hasta allí, había desaparecido.

Justo en ese momento se abrió sigilosamente una puerta, al fondo del todo. Cada vez más intrigado, Robert esperó. Al umbral se asomó una doncella que, después de barrer el pasillo con la mirada en ambas direcciones, reparó en él y lo miró ceñuda. Sin darle oportunidad a hablar, hizo un enérgico gesto con la cabeza indicándole que entrara en la habitación.

–Llegáis temprano –le espetó–. Mi dama aún no está preparada. Esperad aquí –otro gesto con la cabeza y le señaló una puerta que se abría a la derecha.

Robert se sintió como si alguien le hubiera arrojado un cubo de agua fría por la espalda. Un feroz y doloroso estupor hizo presa en él. Lucy estaba esperando un visitante en sus aposentos. Un visitante masculino. No le extrañaba que se hubiera dado tanta prisa en retirarse del salón, ni la actitud furtiva y sigilosa con que lo había hecho. Evidentemente, aquella conversación en apariencia formal con el modelo de dibujo al desnudo había sido de todo menos respetable. Debían de haber estado concertando un encuentro.

Le sobrecogió la helada furia que lo acometió. Menos de una semana atrás, se había prometido a sí mismo que se casaría hasta con una libertina con tal de salvar Methven: solo que no había podido imaginar que aquella libertina sería lady Lucy MacMorlan. En el castillo Brodrie, ella le había jurado que era inocente. Y su propia intuición le había asegurado que decía la verdad.

Cerró los ojos por un segundo. Las palabras de las cartas eróticas bailaban detrás de sus párpados cerrados, burlándose de él. Por supuesto que lady Lucy no era inocente. ¿Cómo habría podido serlo? Había intentado engañarlo antes, lo había manipulado con su encanto y con su ingenio. El engaño le corría por las venas y él había sido un estúpido por confiar en ella. La doncella estaba esperando a que se moviera de una vez, enarcando una ceja con gesto exasperado.

Como un autómata, Robert entró en lo que parecía un vestidor y oyó a la doncella cerrar la puerta con firmeza a su espalda. Inmediatamente pegó el oído a la hoja de madera. A su través pudo escuchar un rumor de voces ahogadas.

–El caballero ya está aquí, milady –dijo la doncella, aunque la palabra «caballero» era, en ese caso, un vulgar insulto–. Le he dicho que espere en el vestidor.

–Gracias.

La voz de Lucy sonaba tan serena como de costumbre. Evidentemente había estado esperando a aquel visitante. Robert sintió que se le aceleraba el corazón.

Siguió un rumor de ropas y volvió a oírse la voz de la doncella.

–Eso no está bien, milady. Sé que no me corresponde a mí juzgarlo, pero tengo que decíroslo.

–Tonterías, Sheena –la suavidad del tono de Lucy parecía ya levemente alterada. Estaba nerviosa–. Es algo terapéutico. Lady Kenton, que es una dama altamente respetable, así lo recomienda.

–No me gusta –insistió la doncella–. Es algo absolutamente bárbaro, pagano... eso es lo que es.

–Oh, Sheena... –su voz, de tono indulgente, sonaba en ese momento más apagada, como si se hubiera dado vuelta–. Basta de tonterías. Ayúdame a desvestirme, por favor.

¿Desvestirse? Robert tuvo que apoyarse en el borde de

una mesa para sujetarse. Lady Lucy MacMorlan se estaba desvistiendo para recibir a un visitante masculino en su cámara. A esas alturas, el corazón, más que latir, le galopaba en el pecho, y lo mismo su imaginación. Licenciosas imágenes de Lucy recibiendo a su amante completamente desnuda desfilaron precipitadamente por su cerebro. Y también visiones del blanco cuerpo de Lucy enredado en las sábanas, liberada su melena de los alfileres de diamante y derramada sobre sus hombros y sus senos... Podía ver a su amante a su lado, estirando las manos hacia ella... Juró ferozmente por lo bajo.

–*Madame*... –la doncella parecía estar haciendo un último esfuerzo, suplicante.

–Hazle pasar, por favor –ordenó Lucy, tensa.

Un momento después se abrió la puerta y entró la doncella, toda vestida de negro. Estaba roja como la grana y evitaba su mirada.

–Milady dice que podéis pasar –le espetó, dejándole claro que, si por ella hubiera sido, lo habría echado del castillo y probablemente también de la ciudad.

Robert la siguió a la cámara. Era una enorme habitación con una gran ventana mirador que daba al mar. Los gruesos cortinajes de terciopelo habían sido descorridos, con lo que los rayos del último sol de la tarde atravesaban los vitrales en un resplandor de oro. La luz se derramaba sobre la mujer tendida en el centro de un ancho diván, tiñendo su piel de un tono rosa dorado.

Por un instante, Robert estuvo seguro de que acababa de entrar directamente en una fantasía de su propia imaginación.

Lucy descansaba boca abajo con la cabeza ladeada, cerrados los ojos como si estuviera dormida. Una sábana la cubría modestamente de cintura para abajo, pero dejando la espalda desnuda. Reparó por un instante en que la espalda formaba un arco tan elegante como el de la ventana. La línea de su cuello formaba otra exquisita curva contra el cojín de terciopelo, vulnerable y tentadora. Deseó delinear el delicado dibujo de su columna y recorrer con los labios la redondez de un hombro, saboreando su piel.

Se le secó la garganta. Su mente era un amasijo de pensamientos e imágenes. La curva de su trasero y la larga línea de sus piernas resultaban visibles bajo la sábana de seda. Los brazos descansaban esbeltos y cremosos a los costados. No abrió los ojos, ni se dirigió a él. Por un enloquecido instante se preguntó si no estaría esperando a que su amante empezara sin más a hacerle el amor.

Entonces habló la doncella.

—¿Y bien? ¿No vais a empezar con el masaje? Mi señora agarrará el resfriado de su vida mientras vos seguís ahí perdiendo el tiempo.

Justo en aquel momento, Robert descubrió la ampolla de aceite sobre la mesa que había al lado del diván. Reconoció un dulce y leve aroma a lavanda. Y vio la toalla doblada sobre una pequeña silla de madera.

Un alivio inmenso lo invadió.

Le habían confundido con un masajista. Debía de tratarse de otro de los extravagantes pasatiempos de las Damas de las Tierras Altas de Escocia.

—¿Y bien? —repitió la doncella.

Un caballero se habría apresurado a explicar que se trataba de una confusión de identidades. Un caballero habría dado un paso atrás, habría presentado sus excusas y se habría retirado.

Robert dio un paso adelante.

Capítulo 8

Lucy había tenido la intención de saludar al masajista con fría cortesía, pero en el último momento la timidez la había dejado paralizada. Oyó sus suaves pasos avanzando por la gruesa alfombra hacia el diván y oyó también el desaprobador rumor de las faldas de Sheena mientras lo escoltaba. Su doncella había estado con ella desde que abandonó la escuela. Era extraordinariamente protectora e igual de conservadora. Para Sheena, la sugerencia de lady Kenton de prestarle a su masajista había sido tan indignante como escandalosa. Y, en ese momento, cuando era ya demasiado tarde, Lucy se sentía inclinada a darle la razón.

Tendida en el diván forrado de terciopelo, consciente de la frialdad del aire en los hombros y la espalda desnuda y convencida de que el hombre la estaba contemplando, Lucy se sintió horriblemente expuesta. Lady Kenton le había asegurado que el masajista era un profesional al que, además, no le interesaban las mujeres, pero incluso así se sentía incómoda y avergonzada. Decidió que, en dos segundos, recogería su bata, se sentaría y despacharía al hombre sin mayores explicaciones.

Dos segundos. Uno...

La tocó. Sus manos eran cálidas, y no frías como había

imaginado. Partiendo del cuello, recorrieron en un solo movimiento los hombros y los omóplatos. Podía oler la lavanda del aceite que Sheena había preparado poco antes, pero en la piel de él, o en la suya propia, se había calentado y olía ahora a otras hierbas, a otros aromas igualmente dulces y embriagadores. Experimentó una repentina sensación de bienestar. Comenzó a relajarse. Sus manos volvieron a recorrer su espalda, esa vez todo a lo largo de la columna, hasta la cintura. Sus tensos músculos empezaron a aflojarse mientras el masajista aumentaba el ritmo, frotando toda la línea del cuello y de la espalda, para luego extenderse por las costillas y volver atrás, hacia arriba y hacia abajo, adelante y atrás como una relajante ola... Así hasta que Lucy perdió toda noción del tiempo y no fue consciente más que de aquellas sensaciones.

–Es muy agradable... –pronunció con los ojos cerrados mientras aquellas manos seguían moviéndose por su espalda. Se estaba adormeciendo, disueltos definitivamente los antiguos dolores en la sensación de placer. Su propia voz sonaba lejana a sus propios oídos.

Dio un pequeño respingo cuando Sheena se removió cerca de ella, escandalizada. Debió de haber escuchado el timbre de abandono de su voz, porque dijo:

–Es algo terapéutico, *madame*. ¿Recordáis? –y luego, volviéndose hacia el masajista–. Es el hombro izquierdo el que le molesta a la dama, nada más.

–Y la espalda –murmuró Lucy–. Me duele.

El masajista cambió de posición y poco después pasaba a masajearle con fuerza el hombro izquierdo, con los nudillos: la sensación osciló de tal manera entre el dolor y el placer que por un instante se sintió tentada de detenerlo. Y sin embargo el persistente y doloroso latido que la había atormentado comenzaba ya a remitir, derritiéndose bajo aquellas manos tan diestras. Soltó un suspiro de alivio y oyó su risa ronca.

−¿Mejor? −la palabra no era más que un bajo murmullo.

−Oh, sí. Gracias.

Oyó a Sheena murmurar algo con tono desaprobador, pero no le importó. El masaje continuó, alternando entre el intenso amasamiento de los hombros, ya plenamente placentero, y un barrido más suave todo a lo largo de la espalda hasta la cintura. Sentía sus anchas manos deslizándose bien abiertos los dedos, rozando en un determinado momento el borde de sus senos. Pudo haber sido un roce accidental; o quizá no. Lucy se quedó muy quieta, con el aliento contenido. Lo hizo otra vez. Sintió entonces que su cuerpo se aferraba ávidamente a la sensación, y cuando sucedió por tercera vez, un dulce y delicioso calor se extendió por todo su cuerpo.

Era una depravada. Se suponía que aquella debía ser una actividad puramente terapéutica. Se dio cuenta, consternada, de que deseaba apartar del todo la sábana para experimentar el contacto de aquel hombre por todo su cuerpo. Cuando volvió a sentir sus manos recorriendo sus costados, casi gimió. Los pezones se le habían endurecido contra el terciopelo del diván: el frotamiento contra el áspero material resultaba exquisitamente excitante. De hecho, su cuerpo parecía estar despertándose de una singular manera que jamás antes había experimentado. Sentía vivo hasta el último centímetro de su piel, extremadamente sensible. Siempre había vivido antes con la mente que con el cuerpo. Nunca había sido verdaderamente consciente de su cuerpo físico, aparte de las ocasiones en que se había herido o lastimado: una caída del caballo o aquel dolor en el hombro. En ese momento, sin embargo, su cabeza estaba llena de lo que estaba sintiendo, no de lo que pensaba. Únicamente era consciente de la manera en que aquel contacto la recorría y de la avidez con que su cuerpo parecía elevarse hacia aquellas manos, suplicando más.

Sheena se ocupó de subirle el borde de la sábana. Lucy, repentinamente consciente de que se había estado retorciendo bajo las manos del masajista con el mayor abandono, intentó adoptar una completa inmovilidad. Pero fue demasiado tarde. No podía ya disimular las sensaciones. Parecían alzarse como olas en su interior, esperando para romper en una lluvia de placer.

Hubo una llamada a la puerta. Las manos del masajista se detuvieron por un segundo antes de proseguir con los lentos frotamientos. Más que el ruido de la llamada, fue la momentánea interrupción del contacto lo que sacó a Lucy de su refugio de placer. Abrió los ojos. Sheena se había acercado a la puerta. Parecía estar discutiendo con alguien: la veía mover la cabeza con energía. Hizo entrar luego al recién llegado y volvió apresuradamente al diván.

–*Madame* –lo perentorio de su tono acabó de golpe con su languidez como una cascada de agua helada–. Hay un caballero aquí que dice que lo ha enviado vuestra madrina. Afirma ser el masajista. En cuyo caso... ¿quién es este? –inquirió Sheena, volviéndose para señalarlo.

Lucy se sentó rápidamente, recogiendo la sábana y apretándola contra su pecho... y alzó la mirada para encontrarse con los ojos de Robert Methven.

Por un instante no pudo creer que fuera él. Era imposible. Imposible que fuera el mismo hombre que la había estado tocando tan íntimamente hasta hacía apenas un segundo. Y sin embargo no había nadie más en la habitación. Tenía que ser él.

Vio que recogía la pequeña toalla que Sheena había dejado a un lado y se secaba las manos con ella. No parecía ni sorprendido ni molesto de que lo hubieran sorprendido haciéndose pasar por un masajista.

–¿Qué diantres estáis haciendo? –le preguntó Lucy con una voz que sonó como un indignado chirrido. Se sentía en evidente desventaja sujetando aquella sábana para cubrir todo lo posible su desnudez. Nuevamente era muy consciente de su propio cuerpo, solo que en esa ocasión no de una manera placentera.

—Vuestra doncella me confundió —dijo Methven.

—Eso ya lo he adivinado yo —le espetó Lucy—. El misterio es por qué vos no la sacasteis de su error.

—Dudo que eso tenga misterio alguno —sonrió perverso—. Para un caballero no, al menos.

La barrió con la mirada de la cabeza a los pies, haciendo perfectamente explícito el significado de la frase. Lucy se sintió todavía más acalorada por dentro.

—Os estaba ayudando con el dolor de vuestro hombro y espalda —añadió él—. Y me halaga haber comprobado que lo estaba haciendo bastante bien. Tengo algo de experiencia en tales asuntos, habiendo aprendido la técnica del masaje en mis viajes...

Lucy lo interrumpió con un seco y exasperado gesto y él se quedó callado, aunque persistía el divertido brillo de sus ojos azules.

—Despacha al masajista de lady Kenton, por favor, Sheena —dijo Lucy. La cabeza estaba empezando a dolerle. Quiso frotarse las sienes con los dedos, pero eso habría significado soltar la sábana. Se volvió hacia Methven—. En cuanto a vos, señor... marchaos también. Vuestro indignante comportamiento... —se interrumpió al tomar conciencia de que le temblaba la voz.

—Estáis alterada —observó Robert.

—No estoy alterada —le espetó ella—. Estoy furiosa.

Mentía. Estaba alterada, turbada, perpleja... Pero lo que más la inquietaba era el recuerdo de sus manos sobre su piel y la manera en que su cuerpo había reaccionado a su contacto. Quizá... no, estaba segura de que la gente no se excitaba hasta tal punto mientras recibía un masaje. Se trataba de algo terapéutico. Así se lo había dicho todo el mundo, pero ella se había olvidado y en lugar de ello se había comportado con el mayor abandono. Incluso en ese momento, sus nervios seguían ardiendo de excitación, el cuerpo le dolía por el deseo frustrado y parecía además incapaz de disimularlo.

Esperó que Methven se disculpara por su intolerable comportamiento, pero no lo hizo. Lo miró ceñuda.

–¿A qué estáis esperando? Os he ordenado que os retiréis.

Nunca más sería capaz de volver a mirarlo a la cara. El beso en la biblioteca del castillo Brodrie ya había sido bastante malo, inexplicable, absurdo. Pero aquello era algo completamente distinto.

Vio que se acercaba a la ventana. Tranquilamente. Le enfurecía verlo así. Estaba perfectamente tranquilo y controlado, mientras que ella seguía allí sentada sintiéndose absurdamente avergonzada. Era terriblemente injusto que sus papeles estuvieran tan cambiados cuando había sido él quien había cometido tan indignante incorrección.

–Me gustaría complaceros –murmuró, volviéndose para mirarla–. Pero creo que antes deberíamos tratar del perjuicio a vuestra reputación que acaba de causar este incidente.

–Vos no pensasteis en el perjuicio a mi reputación cuando decidisteis haceros pasar por el masajista de mi madrina –replicó Lucy.

Se hizo un extraño silencio.

–De hecho –dijo Methven con tono muy dulce–, sí que lo pensé. Comprometer vuestra reputación era exactamente lo que pretendía. El destino me había regalado una oportunidad y yo... –se encogió levemente de hombros– la aproveché.

Oh. Lucy sintió que el corazón le daba un vuelco de asombro, como si hubiera dado un paso en falso en la oscuridad.

Había pretendido comprometerla deliberadamente. Lo había hecho a propósito.

Un frío estremecimiento de terror recorrió su pecho, dejándola sin aliento. Se sintió consternada, aterrada y desesperadamente temerosa.

–No entiendo...

–Yo creo que sí –dijo él.

La mirada helada e implacable de sus ojos volvió a dejarla consternada. La sensación de pánico que le cerraba el pecho se intensificó.

–¿Es esta vuestra venganza por lo de las cartas? –le preguntó. Intentó mantener un tono de voz tranquilo, pero un pequeño escalofrío la traicionó–. ¿Habéis hecho esto deliberadamente para arruinarme?

Por un instante pareció sorprendido, y sonrió irónico.

–Ni siquiera yo soy tan villano como para hacer eso.

Lucy no podía leer su expresión, lo cual la inquietaba todavía más. Se sentía repentinamente perdida, desorientada.

–Reconozco que he comprometido vuestra reputación con mi escandaloso comportamiento de esta noche –dijo Methven–. Considero por tanto un gran honor pedir vuestra mano en matrimonio.

Nunca le había sucedido antes a Lucy el recibir una proposición de matrimonio... estando desnuda. Jamás había imaginado nada parecido. Simplemente no era posible. Ella era demasiado formal, demasiado perfecta. Y sin embargo allí estaba, cubierta únicamente por una sábana y sus calzones, emplazada a casarse con el marqués de Methven.

No podía casarse con él. Eso estaba descartado. No podía casarse con nadie. Nunca podría dar un heredero a hombre alguno. La sola idea la aterraba.

Como tampoco podría explicar nunca las razones que tenía para ello, si quería guardar el secreto de Alice y mantener el pasado encerrado a cal y canto. Intentó concentrarse y serenar sus alocados pensamientos.

–Creo –dijo– que bien podéis tener un punto canalla para haberos aprovechado de semejante manera de mí.

Robert le hizo una reverencia.

–Y yo creo –repuso– que bien podéis estar en lo cierto.

–Sois un hombre sin honor –comentó, acalorada.

–Eso es demasiado duro... –pareció dolido por sus palabras.

–Tal vez estéis acostumbrado a casaros con mujeres a las que apenas conocéis –le espetó indignada–, pero no es esa mi costumbre.

Esa vez Robert tuvo el atrevimiento de reírse.

–*Touché*. Es cierto que yo no conocía muy bien a la señorita Brodrie, pero vos y yo... –señaló el diván y su figura cubierta por la sábana–, bueno, pensaba que estábamos empezando a conocernos bastante bien.

La conversación no se estaba desarrollando como Lucy había pretendido. Se sentía acalorada, avergonzada y absolutamente perpleja.

–¡No puedo concentrarme cuando estoy prácticamente desnuda ante vos! –estalló. Se esforzó por bajar del diván al tiempo que intentaba envolverse en la sábana, que casi se le cayó de lo mucho que le temblaban las manos–. Si hacéis el favor de retiraros mientras me visto, luego podremos hablar.

–Por supuesto –dijo Methven–. Estáis encantadora y yo no tengo queja alguna de vuestro aspecto, pero si insistís... Se os está cayendo la sábana –añadió, solícito.

Con un gruñido furioso, Lucy se aseguró bien la sábana y entró corriendo en el vestidor, donde Sheena la estaba esperando. Medio esperó que la doncella se pusiera a regañarla, a recordarle que ya la había advertido de que el masaje era un asunto peligroso y que no debería haber tomado parte en ello. No estaba segura de que pudiera soportar una reprimenda de esa clase.

–Os dije... –empezó la doncella.

–¡Ya lo sé! –la cortó Lucy.

Los labios de Sheena formaron una fina línea. Sin pronunciar otra palabra, le fue entregando la ropa: primero la camisola y luego el corsé. Lucy se estremeció al ponerse las prendas: estaban frías. Le temblaban levemente las manos cuando intentó ayudar a Sheena con los botones del corpiño del vestido azul. Descubrió que necesitaba vestirse rápidamente, para recuperar cuanto antes el control. Se le antojaba extraño que después de no haber llevado nada más que una sábana y sus calzones, se sintiera de repente desnuda con un vestido tan discreto y recatado.

–Puedo responder de que nada indecente ha tenido lugar, *madame* –le aseguró Sheena.

–No creo que puedas –replicó Lucy con tono sombrío. Sabía perfectamente que el testimonio de su doncella no contaría para nada ante el escándalo. Su reputación había quedado irremediablemente comprometida, y la única manera de salvarla sería desposándose con Robert Methven.

Se sentía atrapada, estremecida, temerosa. El marqués de Methven había perdido una novia y ahora quería otra. La había elegido a ella. La había comprometido.

Cuando Alice murió, Lucy había expulsado de su mente todo pensamiento relacionado con el amor y el matrimonio. Su futuro había cambiado con la muerte de su hermana gemela. La tristeza, la vergüenza y la amargura de su final pesaban cada día en su ánimo. Nunca podría imaginarse una vida con un marido y una familia. No lo quería; le daba demasiado miedo. Nunca podría yacer con un varón, nunca podría darle un heredero, y habría sido injusto casarse con cualquier hombre bajo aquellas circunstancias. En su interior no quedaba más que una fría y hueca oscuridad.

Sheena le estaba recogiendo el cabello con una simple cinta.

–No podéis casaros con él, *madame* –le dijo–. Es imposible...

—Lo sé —le espetó Lucy.

Era poco lo que había que añadir y nada que pudiera retrasar por más tiempo la confrontación con Robert Methven. Ya había pasado cerca de media hora y Lucy sospechaba que si no salía pronto del vestidor, Methven acabaría entrando para asegurarse de que no había escapado por la ventana.

Sheena terminó de atarle la cinta. Lucy revisó su aspecto frente al espejo. Parecía la misma de siempre, perfectamente serena y elegante. Exteriormente no había indicio alguno de que tenía el estómago revuelto y sentía incluso náuseas.

Methven seguía justo donde ella lo había dejado, con las manos en los bolsillos de la chaqueta, contemplando la bahía que se divisaba desde el mirador. Tenía el ceño fruncido. Su aspecto era intimidante, y un frío temor se apoderó del corazón de Lucy. Era tan distinto a ella y de tantas formas: dominante, físico, resuelto. Querría un heredero para sus propiedades, que tan decidido estaba a conservar.

Debía encontrar alguna manera de salir de aquel apuro, aunque no se le ocurría cómo podría hacerlo sin destrozar su reputación.

En cuanto la vio, se acercó a ella y le tomó ambas manos entre las suyas.

—Estáis preciosa —dijo—. Aunque yo habría preferido la sábana.

Lucy se liberó y se apartó de él. Su contacto ya la estaba confundiendo, distrayéndola de sus intentos por ordenar sus pensamientos de una manera lógica. Su proximidad la hacía sentirse aturdida y acalorada. Hasta que Robert Methven entró en su vida, nunca había imaginado que podría llegar a sentir pasión, a experimentar deseo. Él era capaz de hacerle sentir ambas cosas, pero el miedo que la atenazaba era mucho más fuerte.

—El matrimonio es un acuerdo de negocios, lord Methven —dijo en un esfuerzo por recuperar la compostura, alisándose las faldas antes de sentarse—. Hablemos pues de negocios.

Vio que fruncía los labios. Había un brillo de diversión en sus ojos.

—Qué pragmática que sois, lady Lucy —dijo—. ¡Por supuesto! Hablemos de negocios —se sentó en una silla frente a ella, estiró las piernas y cruzó los tobillos, esperando cortésmente a que comenzara.

—¿Vinisteis a Durness específicamente con la intención de comprometerme? —quiso saber Lucy.

Methven inclinó la cabeza.

—Vine para haceros una proposición de matrimonio.

—¿Por qué no hacerlo entonces de manera honorable? —inquirió Lucy. Inspiró hondo e intentó tranquilizarse. No era fácil, no con aquella sagaz mirada azul que parecía leerle directamente el alma.

Methven no vaciló en responder:

—Porque me habríais rechazado.

Tenía razón. Lo habría hecho. No podía negarlo.

Al ver que seguía sin decir nada, Methven abrió los brazos en un gesto de disculpa.

—Perdonadme, pero no me quedaba más remedio que forzaros la mano.

—No os perdono —se le quebró la voz. Ella misma estaba sorprendida del alcance de su decepción—. Esto es chantaje. Carecéis completamente de honor.

—Mi honor está con mi clan —la corrigió él, tenso—. Esa ha de ser siempre mi primera lealtad.

Se hizo un silencio. No le había presentado excusa alguna, ni motivo que justificara sus actos.

Lucy se presionó las sienes con los dedos. Le dolía la cabeza. Quería rechazarlo en aquel preciso momento, decirle que nunca se casaría con él, que la sola idea estaba descartada. Por desgracia, dudaba que él aceptara un rotundo rechazo. Querría saber por qué estaba tan dispuesta a sacrificar su reputación antes que casarse.

Estaba atrapada. De alguna forma tenía que convencerlo de que la dejara en paz. Ignoraba cómo podría hacerlo, pero era su única esperanza.

Alzó los ojos hasta su rostro. Tenía una expresión tan implacable que casi perdió el valor, pero se clavó las uñas en las palmas y se obligó a tranquilizarse.

—Recuerdo que vuestra elección de novia estaba gravemente restringida por los términos de vuestra herencia, milord —le dijo—. ¿En qué medida eso ha cambiado?

—Únicamente en que vos sois también candidata a la elección —repuso Methven y sonrió, con aquella sonrisa suya que siempre la tomaba por sorpresa—. ¿Conocéis bien vuestro árbol genealógico?

—No con detalle —respondió Lucy—. ¿Tenéis alguna copia con vos?

—Me temo que no. Tendréis que fiaros de mi palabra. He puesto a trabajar en el asunto a los mejores abogados de Edimburgo.

«Por supuesto», pensó Lucy. Difícilmente habría cometido algún error en un asunto tan trascendente. Se mordió el labio. Evidentemente, por ese lado no había escapatoria alguna.

—No tenía idea de que yo figurara en vuestra lista de potenciales esposas —le espetó con frialdad.

«Bastante por detrás de Dulcibella Brodrie». El pensamiento la asaltó de golpe, irritándola todavía más. Era irrelevante. Peor que eso: era estúpida. Ignoraba por qué le importaba tanto, pero, por alguna razón, así era. Era demasiado orgullosa para guardar cola detrás de Dulcibella.

La sonrisa de Methven se amplió como si hubiera sorprendido su reacción de contrariedad.

—Yo tampoco tenía idea de ello. Porque, de haberlo sabido, podéis estar bien segura de que os habría propuesto a vos antes que a la señorita Brodrie.

Aquello hizo que Lucy alzara rápidamente la mirada. La estaba observando, todavía con aquel brillo de diversión en sus ojos azules, detrás del cual distinguía un extraño ardor que consiguió acelerarle aún más el pulso. Se aclaró la garganta mientras intentaba ordenar sus pensamientos.

–No puedo casarme con vos –la frase le salió peor de lo que había pretendido. En cualquier caso, se sintió aliviada de haberle espetado la verdad–. Tendréis que buscaros otra esposa.

Vio que su mirada se agudizaba. Seguía habiendo diversión en ella, pero había también algo más duro, implacable, determinado.

–Me estáis rechazando –dijo. Una lenta sonrisa volvió a dibujarse en sus labios–. Confieso que no esperaba que lo hicierais –se inclinó hacia delante y apoyó los antebrazos en los muslos, sin apartar en ningún momento la mirada de su rostro–. Había supuesto que después de haber estado ahí desnuda, permitiéndome que me tomara todas aquellas libertades con vuestro cuerpo, reconoceríais la necesidad de un rápido compromiso matrimonial.

Lucy se concentró en bloquear de su mente las palabras «desnuda», «libertades» y «cuerpo», especialmente combinadas entre sí. No tuvo éxito. Sintió un cosquilleo de calor en el bajo vientre, que acabó por encenderle la sangre. Parpadeó rápidamente.

Necesitaba concentrarse: no en su reacción física a él, algo que era tan obstinado como inútil, sino en su argumentación racional.

–Yo no deseo casarme –le dijo–. Y es injusto que vos me chantajeéis para que lo haga.

Tenía que concentrarse en la única cosa que era importante, porque cuando lo miraba a los ojos, tendía a perder hasta el último ápice de razón.

—Soy consciente de que el chantaje es injusto —reconoció Methven con tono tranquilo—. Sin embargo, si hablamos de injusticias, vos cometisteis una conmigo al escribir aquellas cartas que me hicieron perder a mi novia. Esto viene a ser una especie de compensación: una novia por otra —volvió a recostarse en su silla, a la espera de su respuesta.

—Reconozco que fui en parte responsable de la fuga de Lachlan con la señorita Brodrie —admitió ella—, pero no puedo casarme con vos para compensaros de la pérdida. Tendréis que buscaros otra esposa —inspiró hondo mientras llegaba al punto más importante de su negativa—. Sería muy poco caballeroso por vuestra parte publicitar la manera en que me habéis comprometido esta noche. Ningún caballero arruinaría deliberadamente la reputación de una dama a cambio de una ganancia personal. De modo que... —se obligó a mirarlo fijamente a los ojos— solo puedo suplicaros que aceptéis mi negativa, después de lo cual no tendremos ya nada que decirnos.

Se hizo un silencio, tenso y opresivo. Caía la tarde y el resplandor del crepúsculo bañaba el mar. Las largas sombras de la habitación hacían que le resultara aún más difícil leer la expresión de Robert Methven. Se sentía inquieta e incómoda, pero se obligó a permanecer inmóvil en su silla mientras esperaba su respuesta.

Vio que se levantaba bruscamente para acercarse al ventanal. Se volvió para mirarla de nuevo como si fuera un enigma, un acertijo que estuviera intentando descifrar. La última luz de la tarde le caía en el rostro, y solo en ese instante pudo Lucy leer en sus ojos lo que estaba pensando. Le divertía su rotunda negativa a ceder a su chantaje: eso podía verlo en el brillo de humor de su mirada. Admiraba su fortaleza. Pero, al mismo tiempo, la estaba maldiciendo por su terquedad. Y podía también percibir su frustración.

—Si fracaso a la hora de satisfacer las condiciones de

ese tratado del siglo XV –dijo lentamente Methven–, vuestro primo Wilfred Cardross se apoderará de la mitad de mis propiedades. Ya lo sabéis –volvió a mirarla, y el corazón de Lucy dio un vuelco ante lo que vio en sus ojos–. No os llaméis a engaño –añadió–, conservar las tierras ancestrales de mi clan me importa más que cualquier otra cosa en este mundo, lady Lucy. Lo que tengo, lo retengo.

Un largo y lento estremecimiento recorrió la espalda de Lucy. En el fondo de su mente, resonaron las palabras de lady Kenton: «un héroe recién llegado del campo de batalla...»

Robert Methven lucharía por lo que quería y por conservar a salvo lo que era suyo. Nunca había visto semejante determinación en un hombre. Apartó la mirada del fulgor de resolución de sus ojos, que parecía abrasarla.

–Vos sois mi única posibilidad –continuó–. No hay ninguna otra dama con quien pueda casarme.

El corazón de Lucy dio un vuelco de sorpresa. No había esperado aquello. Sus ojos volaron hasta su rostro.

–¡Tiene que haberla! Seguro que... –alzó una mano– si yo soy candidata, también debería serlo Mairi, o Christina...

Algo en su expresión le hizo interrumpirse.

–No lo son por varias razones –su voz seguía siendo suave, tranquila–. Solo estáis vos, Lucy.

Era la primera vez que la llamaba por su nombre. La intimidad del trato le provocó un escalofrío. Como también lo hizo el pensamiento de que ninguna otra dama podría ayudarlo, porque eso significaba que se mostraría aún más implacable a la hora de reclamarla a ella. Se frotó los brazos desnudos para entrar en calor antes de recoger el chal que había dejado a un lado del sofá. La fría tarde de mayo seguía requiriendo un fuego y no había tenido tiempo de mandar encender uno.

Methven se acercó entonces a ella y se inclinó hasta

apoyar las manos en ambos brazos de su silla, acorralándola. Estudió su rostro con singular intensidad. No la tocaba, pero Lucy era demasiado consciente de él, intimidada como estaba por su presencia física, casi abrumada por su poderosa masculinidad. Le aceleraba el corazón y le removía todo el cuerpo por dentro.

–No puedo renunciar a vos, Lucy. ¿Es que no os dais cuenta? Pero preferiría mil veces persuadiros de que os casarais conmigo que obligaros a ello anunciando a todo el mundo vuestra deshonra.

Lucy se levantó. De repente sintió la necesidad de hacerlo con tal de recuperar un mínimo de control. Fue un error, sin embargo, porque eso significó acercarse más a él en lugar de ganar distancia. Con tan estrecha proximidad, aquel hombre era todavía más físico y viril.

–Por favor, Lucy –le pidió–. Ayudadme.

Había tanta pasión y súplica en sus ojos... Lucy pensó por un momento en Wilfred apoderándose de las tierras Methven y expulsando a los hombres de las mismas, condenando a mujeres y niños a la miseria y al hambre. Cerró los ojos con fuerza para desterrar esas imágenes, pero no pudo escapar a ellas.

–No puedo... –pronunció impotente–. De verdad. Ojalá pudiera, pero... –la voz se le quebró de desesperación.

Robert estaba tan cerca... Dio otro paso hacia ella hasta que su cuerpo rozó el suyo. Lucy estaba ya temblando, clavada en el sitio. Alzó los ojos hasta su rostro. Le sorprendió lo severo de su expresión, con la profunda hendidura de su mentón y la sombra de barba que oscurecía su cuadrada mandíbula. Experimentó el violento impulso de alzar una mano y acariciarle una mejilla, para deleitarse con la aspereza de su piel. La atracción que sentía por él volvió a asaltarla con la fuerza de una ola. Tenía la sensación de que podía disolverse bajo aquella marea. De repente se le secó la boca y el pulso empezó a atronarle en la garganta.

–Ayudadme –murmuró él de nuevo, con el aliento acariciándole la mejilla.

Sus labios estaban ya a unos pocos centímetros de los suyos. Un curioso estremecimiento la recorrió. Abrió la boca para decirle que no podía, pero no pronunció palabra alguna. Él levantó una mano y le apartó el pelo de la mejilla. Sus labios llegaron a tocar una comisura de su boca. Lucy se dio cuenta de que le temblaban las rodillas.

Le rozó los labios con los suyos. Lucy temió que pudiera derretirse si no la besaba, y que pudiera explotar si lo hacía. Hasta que él se apoderó de su boca y ese fue su último pensamiento en mucho tiempo.

Capítulo 9

Robert había ansiado besar a Lucy desde el instante en que acabó el masaje y ella abrió sus ojos azules, velados de sensual placer, para mirarlo con aquella expresión de confusión e inocente deseo. Había estado esperando aquel momento, temiendo que no llegara nunca, y por fin lo había hecho. Tendría que tener buen cuidado en no estropearlo porque, si no podía persuadir a Lucy de que se casara con él después de aquello... entonces sí que no tendría ninguna esperanza.

En ese instante sus ojos estaban cerrados, con sus pestañas formando una especie de oscuro creciente contra la perfecta curva de su mejilla. Volvió a apoderarse de sus labios pero manteniendo la ternura del beso, guardando un implacable control sobre su deseo, porque bien podía ver que todo aquello era nuevo para ella, toda una revelación, y quería enseñarle lo perfecto que podía llegar a ser. Cuando la besó en la biblioteca del castillo Brodrie, se había preguntado si habría besado a alguien antes que él, y su vacilación y su inexperiencia le habían sugerido que no. Evidentemente su compromiso anterior había sido algo completamente desapasionado y no había tenido una experiencia directa de la sensualidad.

En Brodrie le había dado a probar aquella pasión. Ahora había llegado el momento de despertarla apropiadamente, de despertar su pasión. Su cuerpo, ya duro, se había excitado aún más con ese pensamiento, pero ignoró la exigencia de sus sentidos para concentrarse en Lucy. Sus labios seguían moviéndose sobre los de ella con persuasión, entreabriéndoselos ligeramente para que se mezclaran sus alientos.

Lucy aceptó con gesto vacilante, abriéndose a él. Robert deslizó entonces la lengua por su labio inferior hasta alcanzar la de ella, y la oyó suspirar de placer.

–Quizá podría convenceros –murmuró–. No tenemos por qué estar en desacuerdo.

Lucy abrió los ojos. En aquel momento eran del color del cielo de Escocia a medianoche, de un azul profundo, dulce y soñoliento. Parecía aturdida, como perdida en un mundo poco familiar. Robert sintió entonces una punzada tan intensa de deseo que casi gruñó en voz alta. Sin embargo, no se trataba meramente de deseo: era esa una palabra demasiado inadecuada para describir lo que sentía por Lucy. Era imposible describir sus sentimientos, y lo mismo sucedía con la expresión que estaba viendo en sus ojos. Vio que entreabría los labios. Y finalmente sucumbió por completo a la tentación para besarla una tercera vez, en esa ocasión con mayor intensidad.

Pudo sentir su estremecimiento de asombro por la intimidad de aquel beso. Y sin embargo ya se estaba abriendo a él, ofreciéndole su boca, enlazando su lengua con la suya, suavizado su cuerpo en instintiva rendición. Poco faltó para que no la alzara en brazos y la llevara al diván para despojarla allí de su recatado vestido de debutante, exponiéndola una vez más a su mirada y a sus caricias. En lugar de ello, presionó su boca abierta contra la sensible piel de detrás de su oreja y la sintió estremecerse de nuevo. Era tan receptiva... y además inconsciente de la pasión que mantenía encerrada dentro de ella. O quizás estuviera empezando a sospecharlo...

No tenía intención de seducirla. Deshonrarla ahora, cuando eran tantos los asuntos que seguían sin resolver entre ellos, habría sido una verdadera canallada. Pero quería demostrarle lo muy bien que podían llegar a congeniar físicamente. Eso quizá podría persuadirla de que cambiara de idea acerca de su propuesta de matrimonio. Podría enseñarle su propio placer, liberar sus sentimientos.

Oh, sí, y él disfrutaría enormemente haciéndolo... No era tan hipócrita como para fingir que todo aquello lo estaba haciendo únicamente en beneficio de ella...

Bajó los labios al ribete de encaje de su escote. El encaje era finísimo, pero su piel lo era más. La oyó soltar un gemido, un sonido que pareció convocar directamente todo lo primitivo y posesivo que habitaba en él. Alzó una mano para delinearle la curva inferior de un seno. Lucy era toda deseo, deseo inocente y ansiosa dulzura, mucho más de lo que había podido imaginar. Le rodeó el seno, rozando el pezón con el pulgar a través de la muselina, sintiéndolo endurecerse con cada caricia. Podía sentir la tensión que progresivamente se acumulaba en su interior hasta que la oyó gemir de nuevo y entonces volvió a besarla, esa vez con pasión aún más exigente. Y ella se plegó de buen grado a esa exigencia, saboreándolo a su vez con fruición, acercándole la cabeza y enredando su lengua con la suya.

Aquello era demasiado. Demasiado peligroso, para no contar todavía con su consentimiento al matrimonio. Otro beso y acabaría desgarrándole los hombros del vestido y sustituyendo la caricia de sus manos en sus senos por la de su boca.

Se apartó bruscamente de ella. Ambos estaban jadeando. Lucy tenía los labios muy rojos, inflamados por sus besos, relucientes, entreabiertos. Sus pezones destacaban bajo la sedosa tela. Tenía un aspecto lascivamente desarreglado, y el cuerpo de Robert se endureció hasta un punto de excitación casi insoportable.

—¿Estáis segura de que no sería un buen marido para vos? –le preguntó. Para él, la experiencia había resultado perfecta.

Lo miraba perpleja, con los ojos muy abiertos y brillantes de asombro. Soltó un suspiro profundo, tembloroso, mientras se llevaba una mano al pecho como para tranquilizarse.

—Yo no quiero que mi marido me bese así —murmuró—. Yo no quiero que mi marido me bese con pasión, con calor y con... —movió las manos en un gesto enérgico— deseo.

—¿No queréis que vuestro marido os desee? —inquirió Robert.

Ya había suficientes matrimonios que eran todavía más fríos que la nieve de Escocia. Una dosis de deseo podía hacer mucho más tolerable un arreglo matrimonial.

Lucy negó enfáticamente con la cabeza. Estaba recuperando la compostura, envolviéndose en ella como en un manto protector. El rubor seguía ardiendo en sus mejillas, pero había recuperado un mínimo de autocontrol. Robert podía sentir cómo empezaba a ensancharse la distancia entre ellos, cómo se iba alejando por momentos.

—Si alguna vez llego a casarme, mi matrimonio será un emparejamiento de intelectos, que no de pasiones, milord.

—¿Por qué? —dio un paso hacia ella pero Lucy retrocedió, prohibiéndole tácitamente que volviera a besarla.

—Porque eso es lo que quiero —susurró.

Robert la tomó entonces de los hombros y la hizo volverse hacia el gran espejo de pie que había en una esquina de la sala. Seguía deliciosamente despeinada, como un ángel caído, aturdida... Bajó la cabeza para deslizar la lengua todo a lo largo de la línea de su clavícula y la sintió estremecerse en respuesta. Era tan fácil volver a destruir su serenidad y despertar su pasión... Su compostura estaba a punto de quebrarse.

Le bajó la corta manga del vestido para desnudarle la

curva de un hombro. La piel era de una blancura casi traslúcida, salpicada de pecas. Le mordió delicadamente la piel y la oyó gemir.

—Miradnos —le dijo, alzando la cabeza—. ¿Negáis que queréis esto?

Sus miradas se encontraron en el espejo. La de ella estaba cargada de confusión y de algo más. Miedo. Un miedo tan crudo y violento que lo dejó impactado, como si hubiera recibido un puñetazo en el estómago. Dejó caer las manos a los costados y se irguió.

—¿Lucy?

—Yo no quiero sentir pasión —musitó—. Jamás.

Antes de que él pudiera decir algo, se volvió y echó a correr. El sonido de sus pasos se aceleró mientras se dirigía a la puerta. La cerró de golpe a su espalda, dejándolo solo en medio de un súbito silencio.

Su reacción instintiva fue correr tras ella y exigirle una explicación, pero se detuvo a medio camino de la puerta. Lucy había huido porque no deseaba hablar con él, ni verlo siquiera. Tenía que darle tiempo, o muy probablemente no conseguiría nada de ella.

Se acercó rápidamente al diván donde había estado antes tendida. El leve aroma de su perfume impregnaba los cojines. Un aroma que le provocó una visceral punzada de deseo cuando evocó su cremosa desnudez contra el oscuro terciopelo, así que se levantó de allí para dirigirse a la mesa y encender la vela. La habitación se iluminó con su luz dorada, arrancando un reflejo al alto espejo, y de repente, Robert volvió a ver la imagen de Lucy con un brillo de terror en los ojos.

La había aterrorizado. Aquello lo dejó perplejo, desconcertado. Se había comportado como un completo granuja.

Y sin embargo...

Y sin embargo el rápido calor de su respuesta le había hablado de un deseo tan intenso como el suyo. Por unos segundos se había perdido en su contacto, en sus brazos. Lo cual resultaba absurdo, si realmente le tenía miedo.

Mascullando un juramento, se sirvió una generosa copa de vino en la polvorienta copa que había en la mesa y se lo bebió de un trago como si fuera medicina, antes de estirarse cuán largo era en el sillón frente a la chimenea. Estaba fría y apagada, y olía a ceniza antigua. Se preguntó adónde habría ido Lucy. Sin duda que aquella arisca doncella no tardaría en volver para amonestarlo por haber aterrorizado a su ama, un comportamiento intolerable en un caballero. Pero no podría hacerle sentirse más canalla de lo que ya se sentía.

Si preguntó si no habría sido el sabor de la pasión lo que había asustado a Lucy, el hecho de que le hubiese mostrado lo que juntos podrían llegar a alcanzar. Ella no había tenido ninguna experiencia del deseo hasta que él la besó. Había leído y escrito sobre el deseo, sí, pero no había llegado a experimentarlo. De repente, sin previo aviso, el deseo y la lujuria se habían convertido en una realidad y habían acabado barriendo todas sus nociones sobre los perfectos caballeros y las parejas románticas.

Se preguntó también por MacGillivray. Tal parecía que Lucy, cuando todavía había sido una adolescente recién salida de la escuela, había idealizado a aquel hombre, muchísimo mayor que ella. Habría sido un mentor, una figura paternal, que no un amante. Quizá le había hecho sentirse segura. Y ahora que había descubierto por primera vez que el amor físico no era ni fácil ni seguro, tenía miedo.

Era una explicación plausible. Aunque, por alguna razón, la duda seguía planeando en su mente. La intensidad del terror que había visto en los ojos de Lucy sugería otra cosa, hablaba de dolorosos e intolerables recuerdos. Lo reconocía porque él mismo arrastraba su propia carga de insoportable culpa y dolor.

Lucy no tenía miedo de él: tenía miedo de otra cosa.

Algo que le había sucedido en el pasado, algo horrible y estremecedor a cuyo recuerdo no podía escapar. Él había visto aquel mismo miedo antes, en los ojos de los hombres que habían entrado en batalla, hombres que habían sido testigos de cosas terribles que jamás habían podido olvidar.

Soltó el aliento en un largo suspiro. Necesitaba tiempo. Tiempo para descubrir los miedos de Lucy y tiempo para cortejarla con la debida ternura. Era su única salida. Por desgracia, tiempo era lo único que no tenía.

–Me parece absolutamente perfecto para mí –dijo Mairi–. Es guapo, rico, interesante y atractivo –iba enumerando las virtudes de Robert Methven con los dedos–. Es inteligente. Ah, y según me dices, sabe besar. Ya sé que tú no tienes a nadie con quien compararlo, pero yo no tengo la menor duda de que tiene que ser magnífico.

–Eres tan superficial... –protestó Lucy, irritada.

Estaba empezando a arrepentirse de haberse confiado a su hermana. Mairi simplemente no la comprendía. Solo un año las separaba, pero nunca habían estado muy unidas. Con Mairi no podía hablar de la muerte de Alice; no podía hablarle de la enorme impresión y horror que le había producido. Mairi se dolía por una hermana a la que había querido y perdido. Pero el dolor de Lucy era por una hermana gemela que había muerto trágicamente en sus brazos, una hermana a la que sentía haber fallado. Un océano de vergüenza y arrepentimiento la separaba de Mairi, alejándolas en lugar de juntarlas.

Lucy seguía teniendo pesadillas, y los recuerdos seguían siendo tan vívidos que la transportaban siempre de regreso a aquella habitación cerrada y oscura con la fría mano de Alice en la suya. Oía el débil gimoteo del bebé. Aquello la atormentaba. Alice se había marchado dejando un vacío en el corazón de Lucy. Un vacío que a veces la dejaba tan estremecida por el dolor y la culpa que hasta le impedía respirar.

—Yo siempre he sido superficial, cariño —le estaba diciendo Mairi con tono alegre mientras dejaba su copa de vino sobre la mesa—. Es la característica que mejor me define —se encogió de hombros bajo la rica seda de su vestido—. Pero bueno, no esperes que me case con lord Methven simplemente para que pueda salvar su herencia. Por muy tentador que sea ese hombre, y créeme que lo es mucho, prefiero seguir viuda. Tiene muchas ventajas.

—Yo no quiero que te cases con él —precisó Lucy, aún más irritada que antes—. De todas formas, no podrías.

«Y ya sé que es un hombre muy tentador», añadió Lucy para sus adentros. Se estremeció, preguntándose por qué siempre tenía que experimentar aquel revoltijo de emociones cada vez que pensaba en Robert Methven. Porque él era capaz de despertar su deseo con un simple contacto, sí, pero no podía erradicar ni su miedo, ni su dolor, ni su culpa.

—No, ya —Mairi le lanzó una astuta mirada—. Tú lo rechazaste, pero no quieres que otra se lo lleve. Eres como el perro del hortelano, que ni come ni deja comer.

Lucy volvió el rostro, contrariada.

—No me entiendes —sentía un dolor en el pecho. Tenía ganas de gritar porque sabía que era cierto: el corazón le dolía solo de imaginarse a Robert Methven casándose con otra mujer.

—No, nunca te entendí —le confesó Mairi, y soltó un bostezo—. Rechazaste a cada aristócrata soltero de este país porque, en tu opinión, ninguno podía compararse con Duncan MacGillivray —clavó en su hermana sus grandes ojos azules—. Necesitas ayuda, Lucy. MacGillivray podía estar muy bien, pero no era ningún ideal. No era más que un hombre, y además viejo y aburrido.

Lucy se clavó las uñas en las palmas de las manos. Recordaba que lady Kenton le había dicho exactamente lo mismo. Recordaba la brusquedad con que Robert Methven rechazó su idea de que podía haber un hombre que fuera su pareja perfecta, su ideal de caballero. Se sentía cansada y contrariada. Había encontrado tan atractiva la seguridad que había hallado en lord MacGillivray... Y eso era lo único que ella quería: sentirse segura.

–Quédate por lo menos con Robert Methven –le estaba diciendo Mairi–. Al menos te hará bien el amor.

Lucy se estremeció. Eso era bien cierto. Pensó en Methven recitándole con su rudo acento escocés el poema que ella misma había escrito. Aquella voz suave de tono aterciopelado había erosionado sus sentidos. Pensó en sus besos. Se había descompuesto totalmente ante el poder de su contacto. Se había mostrado tierno, muy distinto de la idea que ella había tenido de él. Era un hombre implacable, un hombre duro, y, sin embargo, sus besos habían sido exquisitamente dulces. De repente volvió a sentirse toda acalorada, con un calor que le recorría la piel a oleadas.

Nunca se había sentido así antes, nunca había experimentado un conflicto semejante entre su mente y sus sentidos. Y se estremeció convulsivamente, pese a la calidez de la noche.

Mairi no lo había advertido. Estaba bostezando con verdadera ostentación y un ojo puesto en el pequeño reloj de porcelana que estaba en la repisa de la chimenea.

–Es tarde –dijo.

Lucy se bajó de su cama.

–¿Esperas compañía? –le preguntó con tono algo desabrido. Mairi no había podido dejarle más claro su deseo de que se marchara rápidamente de su habitación.

Por un momento su hermana pareció sorprendida, pero luego sonrió.

–No esta noche. Lady Durness se ha llevado a esos dos sensuales modelos a su habitación. Tiene fama de insaciable. Habría preferido a Methven, pero él únicamente está interesado en ti.

—¡Los dos! —exclamó Lucy, ruborizándose al recordar los dibujos que había visto en la biblioteca de su padre sobre aquella clase de actividades—. Asombroso.

Mairi se estaba riendo de ella: un brillo de burlona ternura asomaba a sus ojos azules. Lucy se sintió irremediablemente ingenua.

—Me sorprende que a estas alturas no se haya quedado preñada de una camada de niños de toda clase y aspecto.

—Hay maneras de asegurarse de que eso no ocurra —repuso Mairi con tono vago—. Artilugios, brebajes... maneras de hacerlo con seguridad —miró a Lucy—. Cosas que una respetable virgen heredera no debería saber.

—Ni una respetable viuda hablar de ello —replicó Lucy antes de marcharse.

No encontró a nadie en los interminables corredores de Durness. Había antorchas en cada tramo, pero su luz no conseguía penetrar las sombras que se retorcían a lo largo de las altas paredes. Vaciló antes de empujar la puerta de su cámara. No era que imaginara que Robert Methven pudiera estar acechando, ya que sabía que hacía un buen rato que se había retirado a la posada de Durness, pero su recuerdo era lo suficientemente poderoso como para robarle el aliento.

Hacía calor en la habitación, iluminada por el fuego y la luz de las velas. Sheena sesteaba en el pequeño sillón frente a la chimenea. El camisón de Lucy colgaba de la rejilla de hierro que había delante, calentándose. Soltó un suspiro, sintiéndose segura por primera vez en aquella noche. Quizá todavía fuera capaz de dormir, después de todo.

Pero seguía sin saber lo que le diría a Robert Methven por la mañana.

Después de que Sheena la hubiera ayudado a quitarse el vestido para luego retirarse a la habitación contigua, Lucy se acercó al aguamanil para lavarse la cara. El agua consiguió refrescar su piel, pero el zumbido febril que sentía en la sangre le imposibilitaba descansar. Intentó evocar la imagen que conservaba de Duncan MacGillivray, con su dulce amabilidad y su galantería de otra época. Duncan no había querido de ella más que compañía intelectual. Y eso le había gustado. Le había hecho sentirse segura.

Y sin embargo la imagen de lord MacGillivray parecía en ese momento más desvaída y frágil, como si fuera un espectro que se desvaneciera ante sus ojos. No podía ya visualizar aquellos recuerdos de agradable camaradería intelectual. En lugar de ello, era el rostro de Robert Methven el que veía ante sus ojos, fuerte, duro y determinado.

Se metió en la cama y sopló la vela. El inesperado calor del día había desaparecido ya completamente. Se había puesto a llover, con gruesas gotas que repiqueteaban en el tejado del castillo y el agua gorgoteando por las cañerías para caer en la terraza de debajo de su habitación. Había dejado la ventana abierta y sus oídos se llenaban de aquel ruido relajante, capaz de ahuyentar sus problemas y adormecerla. Por lo demás, el castillo estaba en silencio, con todos sus huéspedes dormidos: únicamente crujía un poco de vez en cuando, como si sus viejos huesos se aprestaran a pasar la noche.

Se había quedado profundamente dormida cuando algo la despertó, sacándola de la oscuridad de un sueño sin sueños. Abrió los ojos. La habitación estaba en sombras. No podía ver nada. Su mente seguía forcejeando con el sopor, pero sus oídos volvieron a captar un ruido de pasos, el crujido de una tabla del suelo. Entonces, de repente, la oscuridad pareció removerse y algo, alguien, se movió cerca de la cama. Se sentó de golpe y tomó aire para gritar, pero fue demasiado tarde.

Se ahogaba contra lo que parecían los pliegues de una tela, que la cegaba a la vez que le imposibilitaba respirar.

Luchó todo lo que pudo, golpeando a quienquiera que estuviera junto a ella, pero alguien le inmovilizó las manos y sus esfuerzos se tornaron inútiles. Oyó una voz masculina jurar por lo bajo y soltó una patada a ciegas. El hombre juró de nuevo y la cargó en brazos.

A esas alturas se sentía ya aturdida: se ahogaba. La densa y asfixiante oscuridad parecía aumentar por momentos. Se aferraba con desesperación a lo poco que quedaba de su consciencia. Entonces algo la golpeó con fuerza, en la parte posterior de la cabeza, y el último rastro de luz desapareció.

Capítulo 10

Lo primero que vio Lucy cuando abrió los ojos fue un fanal. Se balanceaba con un movimiento mareante, al ritmo del doloroso latido que sentía en la cabeza y de los vuelcos que daba su estómago. Rodó a un lado y la asaltó una náusea. Afortunadamente alguien había tenido el buen sentido de prever aquello, porque había una palangana a los pies de la cama.

Volvió a tenderse con los ojos cerrados, y al cabo de un momento sintió el fresco contacto de una toalla en la frente acalorada. No tenía absolutamente ninguna curiosidad por saber dónde se encontraba o qué le estaba sucediendo. Toda su conciencia estaba concentrada en las náuseas que la acometían y se dejó arrastrar por el sueño.

La segunda vez que se despertó se sentía diferente. La habitación parecía haberse quedado quieta. Ya no basculaba ni giraba sobre sí misma. Abrió los ojos y vio el mismo fanal en la pared, ahuyentando las sombras. Al comprobar que no había nadie, experimentó un alivio inmenso.

Se sentó y bajó los pies de la cama. Inmediatamente la cabeza empezó a darle vueltas y tuvo otra náusea; cuando se tocó la parte posterior de la cabeza, sintió un bulto casi del tamaño de un pequeño huevo. Le dolía terriblemente. También le dolían los miembros, protestando de sus golpes y moratones. Simultáneamente se dio cuenta de que estaba en camisón y en qué estado: rasgado y sucio. Estaba descalza. La memoria le volvió de golpe. Recordó la habitación del castillo y el terror que había experimentado cuando descubrió que había alguien acechando en la oscuridad. Recordó la futilidad de sus forcejeos contra sus secuestradores, el brutal golpe en la cabeza y luego la interminable negrura, rota a veces por un breve fogonazo de luz acompañado de náuseas y terror.

No la habían violado: lo supo al instante y fue tan grande el alivio que casi lloró. Se sintió luego tan furiosa que le entraron ganas de romper algo: una oleada tras oleada de furia que la dejó dolida y temblorosa. Permaneció sentada en el borde de la cama hasta que logró dominar el temblor y fue capaz de pensar de nuevo.

Miró a su alrededor. La cámara era pequeña, con la única vela del fanal que iluminaba un destartalado mobiliario de madera y la cama en la que había yacido, un burdo colchón con las sábanas revueltas, un viejo aparador con un desportillado aguamanil de porcelana y una jarra con un desvaído dibujo de rosas. Caminó descalza y vertió un poco de agua en la palangana: estaba caliente y olía un poco a rancio, pero le bastó para lavarse la cara y de paso las telarañas que nublaban todavía su cerebro. Después de eso, se acercó a la ventana y abrió las contraventanas desvencijadas. Ya se había puesto el sol y el cielo tenía aquel azul apagado de las noches de verano en Escocia, que nunca llegaban a oscurecer del todo. Supuso que sería tarde: ¿las diez, las once? Y sin embargo la observación no tenía sentido, porque los hombres que la habían secuestrado lo habían hecho de madrugada, en mitad de la noche. Una sospecha, un escalofrío de miedo le recorrió la espalda.

No podía tratarse de la misma noche.

Se asomó a la ventana. A la luz de la luna podía distinguir las paredes encaladas de lo que parecía y era una posada, bajo un despejado cielo con estrellas: el letrero anunciando el nombre de la posada en cuestión se balanceaba con la fuerte brisa. El patio de abajo estaba vacío. Se apartó entonces de la ventana para dirigirse de puntillas a la puerta, esbozando una mueca cuando las viejas tablas crujieron bajo sus pies. No quería que se enterara nadie de que estaba despierta.

Giró el picaporte. La puerta permanecía obstinadamente cerrada. No le sorprendió, pero aun así el corazón le dio un vuelco de decepción. Había estado rezando para que estuviera abierta, rezando para poder escapar corriendo y pedir ayuda aunque fuera así como estaba, en camisón. Probablemente habría sido una estupidez escapar de un peligro para correr otro, pero estaba desesperada. No iba a quedarse allí a merced de quienquiera que la hubiera secuestrado.

Oyó el ruido de una llave en la puerta, y retrocedió apresurada justo cuando se abría para dar paso a Robert Methven. Experimentó una sorpresa tan grande que le fallaron las rodillas y se sentó bruscamente en el borde de la cama.

—Estáis despierta —dijo Methven—. ¿Cómo os encontráis?

—¿Vos? —exclamó Lucy. La decepción la dejó sin aliento.

Robert Methven la había secuestrado.

Robert Methven la había golpeado en la cabeza y se la había llevado.

Ella había rechazado su propuesta de matrimonio y se había negado a dejarse comprometer. Así que él había tomado por la fuerza lo que le había sido negado. Le había hecho daño, la había aterrorizado y secuestrado.

Pero era la crueldad del golpe en la cabeza lo que más la enfurecía.

—¡Vos! —repitió. La ira y la desilusión la anegaban. Roja de rabia, se lanzó contra él y empezó a golpearle el pecho con los puños—. ¡Vos me secuestrasteis! ¡Taimado canalla, intrigante, manipulador... –se detuvo para tomar aire. La furia corría por sus venas y, en su desahogo, se olvidó por un momento del dolor de cabeza– retorcido, artero, calculador...! –seguía golpeándolo con sus pequeños puños.

–Claramente se ven las ventajas de ser una intelectual –dijo Methven–. No os faltan los epítetos –le sujetó suavemente los brazos. Su contacto era más bien delicado, como si procurara no hacerle el menor daño, y eso la puso aún más furiosa. Sobre todo después de que se hubiera mostrado tan violento antes con ella.

–¡Tenía una opinión más alta de vuestra persona! –terminó, amargada.

–¡Gracias! Me siento honrado de saberlo.

Lucy luchó contra el traicionero impulso de llorar. Intentó decirse que eran las náuseas y el golpe recibido en la cabeza. No era por la decepción que se había llevado con él. Él no significaba nada para ella. Su traición no significaba nada. Por dentro la furia seguía bullendo, pero sabía que la violencia física era inútil contra un hombre como Methven. Necesitaría ingenio y una artimaña para escapar... o una pistola, si podía conseguir una.

La cabeza volvió a dolerle con una punzada tan aguda que se tambaleó. Methven la sujetó y, de repente, Lucy no pudo soportar tanta solicitud.

–¡No me toquéis! –se liberó bruscamente–. Vos me pegasteis...

Había una enorme angustia en su tono, y era consciente de ello. No quería que se diera cuenta de que le importaba tanto.

–Os equivocáis –su voz se tornó dura–. Yo no os he hecho el menor daño.

Sus miradas se encontraron y Lucy sintió que el corazón le daba un vuelco en el pecho... Había una furia tan extrañamente protectora en sus ojos... Podía sentirla en cada tenso gesto de su cuerpo. Vio que se volvía de repente.

—Fue vuestro primo Wilfred quien os secuestró —le dijo por encima del hombro—. Contrató a unos hombres para que lo hicieran.

—¿Wilfred? ¿Por qué habría de hacer algo así? —se había quedado estupefacta.

Era verdad que Wilfred le había prodigado sus atenciones aquella noche en el castillo Brodrie, pero ella dudaba de que esos avances hubieran podido ser serios... A no ser que estuviera acorralado por sus acreedores y los rumores acerca de que necesitaba casarse para reponer su fortuna fueran ciertos.

—Imagino que pensaba forzaros a que os casarais con él —dijo Methven—. O tal vez evitar que yo me casara con vos para poder así reclamar mis tierras. Él sabe que tengo que casarme con una de sus parientes, y si por algún medio llegó a enterarse de que os había elegido a vos... —dejó la frase sin terminar.

Lucy alzó una mano para tocarse el bulto de la parte posterior de la cabeza.

—Me golpearon.

—Sí —su voz se había tornado nuevamente hosca—. Es por ello por lo que estuvisteis inconsciente durante tanto tiempo.

—Tuve unas náuseas horribles —recordó la palangana al pie de la cama y el contacto fresco de la toalla en la frente. ¿Habría sido Robert Methven quien se había sentado con ella mientras estuvo tan mal? Lo miró, pero su expresión era impasible.

—Lo siento. Fueron duros con vos, pero me dijeron que no os habían hecho daño. Que les habían pagado precisamente para no hacéroslo.

—Oh —se ruborizó. Entendía lo que quería decir: la clase de daño que habrían podido hacerle—. ¿Vos... se lo preguntasteis a ellos?

—Sí, con la punta de mi espada —había un punto de sombrío humor en su voz–. Me alegro de que fuera cierto. Probablemente habrían jurado que el rojo era azul con tal de escapar de mí.

Lucy podía imaginar fácilmente su furor y el miedo que habrían sentido aquellos hombres. Se estremeció.

–¿Y qué hay de Wilfred? –preguntó–. ¿Dónde está ahora? –le entraban escalofríos solo de pensar que su primo había podido tratarla con aquella crueldad. Nunca habían sido muy amigos, pero aquello era indignante, vergonzoso. Volvió a sentarse en la cama y se envolvió en las mantas, buscando consuelo en su calor.

–No tengo ni idea de dónde puede estar –contestó Methven.

Parecía indiferente, pero Lucy podía captar el candente hilo de furia que escondían sus palabras. A esas alturas, casi sentía miedo por Wilfred.

–Les di alcance aquí –explicó él–. Cardross pretendía llevaros a su castillo de Cairn Rock, por la costa. Y yo lo despaché con ese mismo destino, solo que descalzo y desnudo, bajo la lluvia –se encogió de hombros–. Tiene suerte de que haya dejado de llover.

Lucy alzó rápidamente la mirada hacia él.

–¿Le quitasteis *sus ropas*?

–Y todavía debería estarme agradecido de que no lo arrojara al fondo del lago –añadió Methven–. Si os hubiera tocado, lo habría matado.

Lucy se lo quedó mirando con fijeza.

–Habláis entonces en serio… –dijo, frunciendo levemente el ceño.

–Por supuesto –un músculo se tensó en su mandíbula–. Os estaba esperando aquí, tranquilamente, todo satisfecho consigo mismo y con sus planes, imbuido de su propia importancia –se encogió de hombros como para sacudirse un desagradable recuerdo.

–Gracias por haber venido a buscarme –le dijo Lucy–.

Me he mostrado muy poco agradecida con vos. Os pido disculpas.

Una leve sonrisa iluminó la sombría expresión de los ojos de Methven.

—Yo siempre estaré a vuestro lado —pronunció con un tono extraño, casi feroz—. Siempre os protegeré.

Era una promesa solemne. Como si la estuviera reclamando como esposa. Un tenso silencio se prolongó entre ellos, cargado de significados.

Fue Lucy quien lo rompió, desviando la mirada para posarla en la desaliñada habitación, con su burdo colchón.

—¿Qué lugar es este? ¿Dónde estamos?

—Una posada cercana a Thurso —también él miró a su alrededor, con una mueca de desagrado—. Tendréis que disculparme. Es un tanto espartana para la hija de un duque, pero si tenéis hambre, podremos conseguir que nos suban algo de pan y queso.

Lucy negó con la cabeza. No tenía hambre. Lo que realmente quería era tomar un baño, pero dudaba que la posada ofreciera semejante lujo, especialmente por la noche.

—Me aguantaré hasta mañana —dijo—. Cuando me llevéis de regreso a Durness.

No le respondió. Lucy alzó la vista para descubrir que la estaba mirando con expresión enigmática... El corazón le dio un repentino vuelco y le faltó el aire. Ahora entendía sus anteriores palabras. La estaba *reclamando*.

—No pensáis llevarme a Durness —pronunció lentamente. De pronto sentía frío por todo el cuerpo.

—No tendría sentido —la voz de Methven sonó dura, insensible, mientras la enfrentaba a la verdad—. Es demasiado tarde. Ya era demasiado tarde cuando os encontré. Lleváis ausente un día y una noche, lady Lucy. Si os devolviera sin casar, quedaríais deshonrada para siempre —sonrió—. Y esta vez de verdad.

Un nuevo silencio, roto únicamente por el suspiro del

viento y el siseo de los troncos que ardían en la chimenea. Lucy tragó saliva. Podía escuchar la sangre atronando en sus oídos.

El matrimonio o la ruina.

Su perfecta reputación, su vida perfecta hecha añicos. Esa vez no tenía escapatoria. Miró a Robert Methven.

–Estoy ya deshonrada, por encontrarme ahora mismo en vuestro poder –replicó. Estaba empezando a sentir miedo. Aquello no podía ser. Tenía que haber alguna salida.

–Si queréis mirarlo de esa forma... –se encogió de hombros–. Si fuerais una mujer agradecida, comprenderíais que en realidad estoy salvando vuestra reputación.

–¡Agradecida! –el miedo y la incredulidad le cerraron la garganta–. ¡Me niego a que me comprometáis de esta manera! No podéis tomar por la fuerza lo que se os negó... –se interrumpió, porque por supuesto que podía tomar lo que ella le había negado. Estaba allí, en su poder. No lo tenía por un hombre capaz de emplear la fuerza con una mujer, pero a esas alturas ya no estaba segura de nada: solo de que se encontraba allí, con él. Asustada, dolorida.

Sintió hundirse el colchón cuando él se sentó al final de la cama. No le respondió inmediatamente, y de alguna forma su silencio resultó aún más aterrador que las implicaciones de sus actos. Porque eso significaba que había pensado a fondo en todo aquello que había sido necesario pensar. Había determinado lo que iba a hacer. Estaba decidido, y ella nunca sería capaz de hacerle cambiar de idea.

–Lady Lucy –le dijo–. Os estoy ofreciendo la protección de mi nombre. Es lo único que puedo hacer ahora por ayudaros.

–Qué suerte la mía el haberme encontrado precisamente en la situación que a vos os conviene –comentó fríamente ella, y se volvió para mirar la destartalada habitación–. Aunque, ¿cómo sé yo que la historia que me habéis contado sobre mi primo es cierta? ¡Quizá hayáis sido vos quien me secuestró, en vez de rescatarme!

La expresión de Methven se tornó de piedra, helada, remota.

—Podéis creer lo que gustéis —le dijo—. Lo único que puedo yo deciros es que os he contado la verdad, y que consideraría un honor que aceptarais mi propuesta de matrimonio esta vez.

—¿Y si me niego? —replicó Lucy—. ¿O abandonamos mejor toda pretensión y convenimos en que no tengo elección?

—Siempre hay elección —afirmó Methven.

—No si pretendo proteger mi reputación.

Methven se sonrió.

—Esa es precisamente la elección.

Lucy se frotó la frente, en la que parecía haberse alojado un horrible dolor de cabeza.

«El matrimonio o la ruina». Las palabras resonaban en su cabeza. Sabía lo que sucedería si no se casaba. Su nombre se convertiría en sinónimo de escándalo: la heredera secuestrada que había regresado a casa con su reputación mancillada. No sería ya la perfecta debutante, la dama perfecta. Quedaría deshonrada, se hablaría de ella en escandalizados murmullos. Su padre se avergonzaría, su familia entera caería en desgracia.

Aceptar la propuesta de Robert Methven era la única manera de salvarse. Pero Methven querría un matrimonio en todos los sentidos del término. Querría un heredero. Una oscura sombra se abatió sobre su corazón. No podía casarse con él: el simple pensamiento la llenaba de horror. Volvió a ver el rostro lloroso y aterrado de Alice y a sentir el helado contacto de sus dedos. Tanta sangre, tanto dolor... Se tragó el sollozo que le subía por la garganta.

La elección resultaba intolerable.

La cabeza volvió a dolerle terriblemente, y cerró los ojos.

—Necesitáis descansar —le recomendó Methven con voz suave—. Seguiremos hablando mañana.

—No lo haré —dijo Lucy. Podía sentir el pánico cerrándole el pecho—. No me casare con vos. No puedo.

La estaba mirando fijamente, y Lucy sintió ganas de llorar ante la ternura de su expresión.

—No penséis en ello ahora. Habéis soportado una dura prueba. Os sentiréis mejor por la mañana.

No, no se sentiría mejor. Nada podría arreglar aquello, esa vez no. Volvió el rostro y cerró los ojos con fuerza para resistir el ardor de las lágrimas. No quería mostrar debilidad alguna.

—Necesito que me deis vuestra palabra de que no intentaréis huir —le dijo Methven.

Abrió los ojos y lo fulminó con la mirada.

—¿Y privarme del gran placer de escapar de aquí?

—En ese caso —enarcó las cejas—, tendré que reteneros por vuestra propia seguridad.

Lucy saltó como un resorte ante aquel ultraje.

—¿Retenerme? ¡No seáis absurdo!

—Dadme entonces vuestra palabra —sonrió, implacable.

Esa habría sido de lejos la decisión más sensata, pero Lucy estaba harta y cansada de que le dijeran lo que tenía que hacer. Contrariarlo representaba una pequeña rebelión, por muy infantil que reconociera, secretamente, esa actitud. Además, estaba segura de que él no lo soportaría.

—No os prometo nada —respondió con tono hosco.

Methven se encogió de hombros, como si su intento de amotinamiento no tuviera consecuencia alguna.

—Entonces tendré que ataros. Os lo advertí.

—No lo haréis —exclamó Lucy—. No podéis.

—Puedo —replicó sin mirarla. Se había acercado al aparador y estaba rebuscando en el interior del primer cajón. Desde donde estaba, Lucy podía ver que estaba lleno de ropa de mal gusto: faldas y blusas, el atuendo quizá de una tabernera. Estaba sacando algo que parecían unos pañuelos de seda de colores chillones.

Hablaba en serio.

Por un segundo el asombro la dejó paralizada, hasta que atravesó corriendo la habitación hacia la puerta abierta. Pero él fue más rápido. La alcanzó justo cuando estaba a punto de agarrar el picaporte, con su mano cerrándose sobre su muñeca.

–Por favor, no montéis una escena, lady Lucy –le dijo al oído–. No tengo intención de haceros daño.

El calor de su cuerpo y la intimidad de su contacto la dejaron paralizada. Él la cargó entonces en brazos y la depositó de vuelta en la cama. Acto seguido apoyó una rodilla sobre el colchón y se estiró para enredar uno de los pañuelos de seda en los barrotes del cabecero, y atarle luego hábilmente la muñeca con la otra punta. Cuando Lucy tiró con fuerza, solo consiguió apretarse el nudo.

–¡Soltadme...! –masculló.

No podía dar crédito a lo que estaba haciendo con ella. Era un Robert Methven diferente el que estaba viendo, un hombre despojado de toda formalidad. Un hombre, pensó de pronto en un relámpago de lucidez, lo suficientemente duro y despiadado como para abrirse camino en las selvas de Canadá cuando su familia lo expulsó. Ya había visto antes fogonazos de aquella resolución. En ese momento, simplemente, había quedado del todo al descubierto.

Se estaba riendo de ella.

–¿Vais a suplicarme? –le preguntó.

Lucy volvió a fulminarlo con la mirada.

–Soy la hija de un duque. Yo no suplico.

–Sois tozuda –le estaba atando la otra muñeca con el otro pañuelo–. Eso me gusta.

–No puede importarme menos que os guste o no –replicó ella, pataleando impotente–. ¡Soltadme!

–No –pronunció con tono tranquilo–. No confío lo suficiente en vos para que no huyáis. No solo me ocasionaríais la molestia de traeros de vuelta, sino que podríais poner a vuestra misma persona en peligro.

—Sois un patán —dijo Lucy—. Un completo bribón.

—Sois muy fina en vuestros insultos —comentó Methven—. Una dama muy formal —ladeó la cabeza—. Y, sin embargo, en otros aspectos no lo sois tanto. No me besasteis, por ejemplo, como lo habría hecho una dama recatada —sonrió, con aquella perversa sonrisa que la hacía estremecerse—. Eso también me gustó.

Se retiró para admirar su trabajo. Tenía los brazos bien abiertos, atadas las manos al cabecero, no tan rígidamente como para que pudiera quejarse de incomodidad, pero tampoco tan suelta como para poder liberarse. Estaba furiosa y ruborizada, absolutamente indignada de que hubiera cumplido su amenaza.

—Así que esta es vuestra idea de cortejar a una mujer —le espetó Lucy—. Debí haberlo esperado por vuestros anteriores canallescos intentos de comprometerme. ¿Tenéis intención de mantenerme atada hasta que consienta en convertirme en vuestra esposa?

—No creo que «canallesco» sea el adjetivo adecuado —revisó los nudos de los pañuelos con movimientos firmes y metódicos—. No había pensado antes en ataros —añadió con la misma lenta sonrisa—, pero tengo que reconocer que la idea tiene su atractivo.

«Oh», exclamó Lucy para sus adentros. Por alguna razón, aquel pensamiento y la expresión de sus ojos le hicieron sentir un calor por todo el cuerpo. Vio que bajaba la mirada a su camisón, transparente a la débil luz del fanal. Al bajar también ella la vista, pudo ver lo que él estaba viendo: la sombra de sus pezones bajo el tejido de algodón, con sus puntas rozando la fina tela. Teniendo como tenía los brazos abiertos, nada podía hacer para ocultarlos. Se sentía desesperadamente expuesta y vulnerable y, sin embargo, excitada e ilusionada al mismo tiempo. Se agitó inquieta en el colchón, mientras la mirada ávida de Methven bajaba a su entrepierna antes de alzarse finalmente de nuevo, brillantes sus ojos azules, hasta su rostro.

El corazón le dio un vuelco. Sus miradas se encontraron. Era como si tuviera un horno en la boca del estómago. Entreabrió los labios.

–No tomaré lo que todavía no es mío –le dijo él. La cubrió con la manta y se volvió bruscamente, dejándola sola y estremecida–. Procurad dormir un poco –la aconsejó, hosco.

–¿Así? –inquirió Lucy.

–Os las arreglaréis –le lanzó otra sombría mirada.

Vio que cerraba la puerta y se guardaba la llave en el bolsillo. Sintió que su ánimo se hundía un poco más. Atada y encerrada con él. Realmente tenía intención de casarse con ella esa vez.

La luz penetraba todavía por entre las rejillas rotas de las contraventanas. Allí, en el extremo norte, el día se prolongaba hasta convertirse en una neblina azulada, sin llegar a oscurecer del todo. Lucy todavía podía distinguir la forma de los muebles, con la silla de madera en la que se había dejado caer Robert Methven, de aspecto demasiado duro para que le permitiera dormir.

–¿De veras que no existe nadie más que pueda ayudaros a salvar vuestra herencia? –inquirió al cabo de un momento.

Methven le lanzó una rápida mirada.

–No os dormiréis si seguís hablando.

–No estoy cansada.

–Bueno, pues yo sí –gruñó–. Yo estoy condenadamente cansado. Cabalgué durante todo el día para rescataros y así me lo agradecéis.

Podía ver que no quería hablar, pero insistió de todas formas. Esa quizá podría ser su única oportunidad de convencerlo de que la dejara marchar. Si lo hacía, ella se las arreglaría para ocultar el escándalo de alguna forma. Su familia la ayudaría. Ya lo habían hecho antes, cuando murió Alice. Podrían hacerlo de nuevo. La esperanza aleteó en su pecho, la clase de esperanza que probablemente era absurda, pero en la que tenía que creer de todas formas.

–Si pudiéramos encontrar otra rama de la familia –aventuró–, quizá habría alguien más con quien pudierais casaros...

–Ahorraos vuestro aliento.

Parecía malhumorado, como si la perspectiva de casarse con cualquiera le resultara repugnante en aquel momento. Y tal vez fuera así. De repente, Lucy se dio cuenta de que nunca se había detenido a pensar en sus sentimientos sobre aquel asunto, obligado como había estado a casarse, sin que su voluntad contara para nada.

–Veo que me habéis apeado el trato formal –le reprochó ella–, ahora que no veis la necesidad de seguir cortejándome.

–Disculpadme, pero no creía que estuviéramos en una situación formal.

Lucy alcanzó a distinguir un punto de diversión en su voz.

–¿Estáis absolutamente seguro de que yo soy la única mujer que os conviene?

Esa vez vio que enarcaba las cejas como si la pregunta lo hubiera sorprendido. Quizá había reconocido la vanidad que traslucía. Una media sonrisa se dibujó en sus labios.

–Estoy absolutamente seguro –la silla crujió bajo su peso–. Resulta irónico que vos, que no tenéis ninguna gana de casaros conmigo, seáis precisamente todo lo que yo quiero y espero en una esposa.

Aquello la agradó. La agradó mucho, pese a saber que no debería. Como sabía también que no debía hacerle la pregunta correspondiente:

–¿Por qué?

Se la quedó mirando durante un buen rato esa vez. Y esa vez no sonrió.

–Porque os deseo.

Se hizo un silencio en la habitación en penumbra, un silencio tenso y ardiente, durante cinco largos segundos. Así hasta que Methven volvió a removerse en la silla y se giró hacia el otro lado, para que ella no pudiera verle el rostro.

–Os dije que intentarais dormir un poco –su tono era hosco–. Mañana tenemos una larga cabalgada por delante.

–¿Cómo sabéis que puedo montar? –inquirió Lucy.

–Estoy seguro de ello –repuso él–. La alternativa sería cabalgar conmigo, y eso lo detestaríais aún más.

–¿En vez de lo cual me ataréis a la silla del caballo?

–Así es –sonrió, sombrío–. Y lo llevaré también de la brida. En caso de que se os ocurra escapar.

Lucy intentó cambiar a una posición más cómoda. Pero en aquel burdo colchón no era tarea fácil. La enfurecía estar tan constreñida, pero ahora que la primera oleada de ira había pasado, tenía que admitir que había sido muy infantil por su parte advertirle de que huiría en cuanto la dejara sola. Huir sola, sin armas y medio desnuda habría sido el colmo de la estupidez. No eran pocos los hombres violentos y sin amo que vagabundeaban por aquellos bosques y valles, y no tenía ninguna gana de correr un peligro aún mayor. Por otra parte, había visto ropa en el cajón del aparador del que había sacado los pañuelos con los que la había atado. Quizá pudiera encontrar allí algo que ponerse. Y si era capaz de conseguir un arma, también, la escapatoria no era imposible. Podría volver a Durness y de allí tomar un carruaje rumbo a casa. Dado que Methven no iba a ayudarla, tendría que arreglárselas sola.

Estuvo pensando en ello durante un buen rato, planeando y calculando esperanzada.

Methven se removió de nuevo, soltando un profundo suspiro.

—¿No teníais intención de dormir? —le preguntó Lucy, toda inocente. Cuanto antes se quedara dormido, antes podría ella empezar a intentar desatarse sus ligaduras.

—Podría dormir si os quedarais callada de una vez.

Su tono sonaba todavía más gruñón, como si le resultara imposible dormir en un mueble tan incómodo. Bueno, pues le estaba bien empleado.

Su colchón olía a rancio, a humedad y a excrementos de ratón. Lucy arrugó la nariz e intentó no respirar demasiado profundo. Ojalá hubiera podido darse un baño. Aunque a lo mejor la bañera habría olido tan mal como aquella ropa de cama.

A la luz del mortecino fuego de la chimenea y del leve resplandor que entraba por las rendijas de la contraventana, pudo distinguir el cinturón con la espada de Methven colgando del respaldo de su silla. Un estremecimiento de entusiasmo le recorrió la piel. Seguro que portaría también una pistola.

Tanteó sigilosamente la resistencia de sus ligaduras. La seda se estiraba y era fácil de desatar. Tenía esperanzas.

Ya más tranquila, se concentró en esperar a que Robert Methven se quedara dormido.

Capítulo 11

La silla de madera era abominablemente dura.

A Robert le dolía el cuerpo en lugares que ni siquiera reconocía. Los dos últimos días habían sido un castigo. Lady Mairi MacLeod lo había despertado en su cama de la posada de Durness, durante las primeras horas de la madrugada anterior, con la aterradora historia del secuestro de su hermana. Desde entonces no había dormido buscando a Lucy por todos los caminos de la comarca, siguiendo el rastro de los secuestradores hasta que finalmente los encontró en aquel lugar abandonado de la mano de Dios. Había despachado a los matones contratados y a Wilfred. Había cuidado luego a Lucy mientras estuvo con náuseas y, finalmente, la única recompensa que había recibido de ella por todos aquellos esfuerzos había sido su repetida negativa a casarse y su amenaza de escapar de allí.

Lady Lucy MacMorlan era tozuda, caprichosa y problemática. Y, sin embargo, la seguía deseando.

Y ahora que la tenía atada a la cama, ese deseo era todavía más agudo. Estaba agotado, pero no tanto como para que no hubiera podido hacerle el amor a fondo. Pensó en sus ligaduras de seda y en el hecho mismo de que estuviera inmovilizada. Pensó en las delicadas curvas de su cuerpo bajo su fino camisón. Pensó en el aroma de su piel y en su tersura bajo sus dedos. Tanto pensar y tan poco hacer estaba haciendo verdaderos estragos en sus sentidos. Lo estaba excitando hasta un punto insoportable, haciéndole ansiar separar aquellos dulces muslos para hundirse en ella...

Aquello era una locura. Se pasó una mano por el pelo y se frotó la frente en un intento de ahuyentar todas aquellas lascivas imágenes. Maldijo a su vívida imaginación, víctima como era de una erección todavía más monstruosa. Se removió por enésima vez en la silla.

–Seguís despierto –le dijo Lucy. No parecía nada complacida.

–Y vos.

–Yo estoy incómoda.

–Y yo –confesó Robert–. ¿Por qué no me invitáis a reunirme con vos en la cama? –añadió–. Sería más agradable para ambos.

No le haría ningún daño hacerle el amor en ese momento, ahora que ya estaba destinada a ser su esposa. Se moría por poseerla. El deseo le atronaba en la sangre.

–No lo creo.

Parecía fría y remilgada, pero debajo de aquella formalidad corría una especie de hilo de angustia. Robert tuvo que recordarse que era virgen. Necesitaba cortejarla delicadamente, no forzarla. No iba a seducirla en un repugnante catre de una posada infestada de ratones.

Maldijo para sus adentros.

–Entonces ambos estamos condenados a soportar unas cuantas horas de incomodidad.

Pero al final acabó durmiéndose, después de lo que le parecieron varias eternidades. Se vio atormentado por espectrales visiones de Lucy deslizándose en sus sueños; en un momento dado incluso llegó a ver sus manos sobre él, y se removió, pero sin despertarse del todo. El agotamiento de los dos últimos días, el alivio de saber que Lucy por fin se encontraba a salvo y la halagüeña promesa de su futuro terminaron por volver a adormecerlo.

Se despertó varias horas después del amanecer. La habitación estaba fría, inundada por una luz gris pálida. Las contraventanas estaban abiertas: la brisa las golpeaba suavemente contra la pared. No tardó más de una fracción de segundo en despertarse por completo, alertado por su instinto de que algo no andaba bien. Soltando un juramento, saltó de la silla. Todos sus músculos parecieron gritar en protesta.

En dos zancadas se plantó ante la cama. Estaba vacía: los pañuelos colgaban de los barrotes del cabecero como burlándose de él. Lucy parecía habérselas arreglado para liberarse sin llegar a cortarlos ni rasgarlos. Frunció el ceño. Debía de haberse hecho daño. Una muestra más de lo muy decidida que estaba a escapar de su matrimonio con él, alta y clara.

La ventana estaba abierta. Corrió hasta ella y se asomó. Debajo, a poca altura, había un tejado que se deslizaba en pendiente hasta lo que sería algo menos de dos metros sobre el suelo. Girándose, hizo un rápido inventario de la habitación. El primer cajón del aparador estaba medio abierto, con parte de la ropa regada por el suelo. Reconoció el camisón de Lucy entre un montón de ropa.

Su espada no estaba, y sus pistolas tampoco... Y lo mismo sucedía con su bolsa. Esa vez juró todavía más fuerte. Al menos tenía su daga. Recogiendo su casaca, abrió la puerta y bajó los escalones de tres en tres. Vio en la pared encalada del pasillo un viejo y oxidado espadón y no dudó en descolgarlo.

Su caballo había desaparecido, lo cual, a esas alturas, ya no le sorprendió. Había subestimado a lady Lucy MacMorlan antes, pero en esa ocasión su error había sido espectacular. Había imaginado que siempre y cuando la puerta estuviera cerrada y la llave en su poder, podría dormir tranquilo. Había sido un error de aficionados. Lady Lucy podía ser la hija exquisitamente formal y correcta de un duque, pero también era la descendiente de Malcolm MacMorlan, el Zorro Rojo de Forres. Procedía de un largo linaje de guerreros. Solo tenía que rascar un poco su superficie para hacer desaparecer los adornos y atavíos del civilizado siglo XIX.

Esbozó una sombría sonrisa. Lady Lucy era una mujer magnífica. Era indudablemente todo lo que deseaba como mujer y madre de sus hijos.

La única otra montura que quedaba en los establos era un pobre jamelgo que parecía como si fuera a reventar si lo forzaba demasiado. No tendría más remedio que hacerlo. Ignorando los furiosos gritos del posadero, Robert enfiló el camino de Thurso al trote más rápido que consiguió arrancar a su caballo.

Lucy llevaba ya varias horas de viaje. No estaba segura de haber tomado la dirección adecuada: la orientación no era uno de sus puntos fuertes. Y tampoco había visto a nadie para preguntarle. El dorado de los helechos y el gris morado del brezo eran los únicos colores en un terreno de peñascos y rocas desnudas. El sol lucía ya alto. Nada ni nadie se movía en aquel paisaje. Solo un águila volaba en perezosos círculos en el cielo azul claro.

Tanta quietud se le antojaba poco natural y experimentó una punzada de inquietud. El caballo lo sintió también. Tenía las orejas en punta y Lucy podía percibir su tensión.

Le gustaba la montura de Robert Methven. Era un hermoso alazán de mirada vivaz e inteligente. Rápido, listo y osado como era, le recordaba a su amo. Pero no quería pensar en él, porque lo había tratado de vergonzosa manera, robándole su caballo, sus pistolas, su espada y su dinero. Al final todo había resultado bastante fácil. Registrar en sus bolsillos en busca de la llave de la puerta habría sido demasiado arriesgado, de modo que había optado por saltar por la ventana y deslizarse por el tejado hasta el suelo del patio. Alice y ella habían pasado años trepando y saltando por las ventanas del castillo Forres. O, más exactamente, lo había hecho Alice. Ella la había observado, así que sabía cómo hacerlo.

Respecto a su fuga, su atuendo era lo único de lo que no estaba enteramente contenta. No se había entretenido demasiado en rebuscar entre la ropa del cajón, así que había terminado sacando una abigarrada colección de prendas. Llevaba una escotada blusa blanca sobre la que se había echado un pañuelo de brillantes colores, unas calzas de muchacho, una chaqueta demasiado pequeña y ajustada y unas medias con agujeros. El calzado había constituido un problema hasta que entró en los establos y pudo robar unas viejas y gastadas botas de uno de los mozos. Le quedaban algo grandes, con lo que sabía que le saldrían ampollas a poco que se pusiera a caminar. Llevaba el pelo suelto, sin peinar. En conjunto, sabía que ofrecía un aspecto descuidado y algo andrajoso.

El camino descendía haciendo curvas hacia un lago que resplandecía bajo el sol. A un lado distinguió varias cabañas, apenas suficientes para formar una aldea, con unas pocas gallinas picoteando en el polvo y varias prendas de ropa tendida agitándose al viento. Los muros de los predios parecían desmoronarse y la tierra era pobre y escasa, demasiado para los surcos de coles y judías que había sembradas. Al fondo podía ver varias casas que habían sido abandonadas, con los tejados vencidos y la hierba asomando en las grietas de los muros. Algunas estaban quemadas, con sus restos achicharrados y ennegrecidos brillando siniestros bajo el sol. Había una atmósfera bien extraña en aquel lugar: de miedo y desesperanza a partes iguales. Un escalofrío de temor le recorrió la espalda.

Cuando llegó a la altura de la primera cabaña, un hombre salió del cercado, dejando a un lado su azada y sacudiéndose el polvo de las manos. Era joven, no tendría más de veintitrés o veinticuatro años, pero tenía arrugas de cansancio en el rostro y se movía con lentitud.

–Buenos días... señorita –alzó una mano para protegerse los ojos del sol mientras alzaba la mirada hasta ella, claramente despistado por su aspecto.

Lucy podía leer sus pensamientos: el caballo era excelente; portaba una espada colgando de un cinturón que le quedaba demasiado grande; las alforjas de su montura abultaban y además su ropa era barata. A buen seguro que debía considerarla una ladrona, aunque se dirigió a ella con tono normal y correcto.

–¿Adónde os dirigís?

–A Durness –respondió Lucy–. ¿Voy bien por aquí?

–Necesitáis girar en dirección noroeste –le informó el hombre. El acento aristocrático de Lucy lo había sorprendido y adoptó una pose más erguida–. Pasado el pinar, el camino se bifurca –señaló el lugar–. Allí abajo, en el lago, podrá abrevar vuestro caballo.

–Gracias –de repente se le ocurrió algo–. ¿Quién es el *laird* de esta comarca?

La expresión del hombre se ensombreció.

–Cardross –respondió y escupió al suelo.

Así que aquella gente eran los arrendatarios y aparceros de Wilfred, tan pobres que apenas podían arañar su sustento a la tierra abandonada. Lucy volvió a experimentar un escalofrío, pese al calor del sol. No se la había ocurrido ni por un momento que hubiera podido internarse en las propiedades de Cardross. Iba a tener que llevar mucho cuidado.

Sintió los ojos del hombre clavados en su espalda mientras descendía hasta el lago, pero cuando se volvió para mirar, ya se había ido. Echaba de menos algo de comida. Habría podido pedirla en la aldea, pero sospechaba que aquella gente no tenía nada que compartir. Siguió hasta una playa, dejando que el caballo abrevara a placer. No se atrevió a entretenerse demasiado, ahora que sabía que se encontraba en las tierras de Wilfred. Robert Methven podía haberlo ahuyentado a él y a sus hombres el día anterior, pero era seguro que volverían con ánimo de venganza.

De repente oyó un grito a su espalda y se giró rápidamente. Para su horror, tres jinetes salían de un pinar cercano para dirigirse directamente hacia ella. A uno, el que montaba un nervioso caballo gris, lo reconoció inmediatamente: su primo Wilfred Cardross. Había conseguido algunas ropas y evidentemente pensaba ensuciarse directamente las manos esa vez.

Lucy gritó pidiendo ayuda. No sabía si alguien podía oírla, y todavía menos si ese alguien podría acudir en su ayuda, pero merecía la pena intentarlo. Tuvo también el favorable efecto de asustar al caballo de Wilfred, que se alzó sobre sus cuartos traseros y por poco descabalgó a su jinete.

Extrajo con dedos nerviosos una pistola de una de las alforjas de su montura y apuntó al hombre que se dirigía hacia ella por su derecha. Le temblaba la mano y el tiro se fue alto. Nunca había sido una buena tiradora: Alice la había superado sobradamente en la práctica del tiro con arco. El hombre la alcanzó en unos pocos segundos y consiguió agarrarla, derribándola de la silla. Lucy fue a caer dolorosamente al suelo y rodó varias veces, perdida la pistola. El instinto la impulsó a levantarse para intentar huir, pero su agresor la aferró de un brazo y la obligó a volverse. Pudo sentir la vibración del suelo bajo los cascos de los otros caballos que se acercaban.

El hombre la golpeó en la cara. Lucy se tambaleó y cayó de espaldas, arañándose con las piedras. El estupor y el dolor se entremezclaban. Nadie le había levantado la mano ni una sola vez en toda su vida. De repente, aquella situación era muy real: real y aterradora. Oyó la quejumbrosa voz de Wilfred.

—¡Te dije que no le hicieras daño!

El hombre soltó un juramento a modo de respuesta. Lucy rodó a un lado con la intención de levantarse. No iba a quedarse allí tirada, a los pies de Wilfred. Una férrea determinación y su resistencia a dejarse vencer la habían llevado hasta allí: no podía perder el coraje a esas alturas.

Sintió algo duro chocar contra su muslo: la empuñadura de la espada de Robert Methven. Por un instante, se quedó perfectamente inmóvil. De repente un feroz instinto de lucha se apoderó de su ánimo y desenfundó la hoja. Saltando hacia delante, dio una vuelta sobre sí misma empuñando la espada con las dos manos y atacó por sorpresa a su agresor, que se llevó un largo y profundo corte en un brazo. El hombre aulló de dolor, tambaleándose. Jurando entre dientes, el otro agresor desmontó de un salto, sacó su espada y corrió hacia ella.

Eran dos contra uno. Lucy apretó los dientes y esperó.

Robert oyó el grito de Lucy, un sonido que, por un fugaz segundo, le heló la sangre. Abandonó al jamelgo al borde del bosque y se internó en la espesura, con el espadón en la mano. Lo que vio poco después fue algo que no olvidaría jamás.

Lucy estaba de pie frente a él, blandiendo su espada con las dos manos. Uno de sus agresores había caído, sangrando copiosamente, con la mano diestra colgando inútilmente al costado. El otro matón la estaba rodeando con actitud precavida, mientras Wilfred Cardross avanzaba hacia ella por su izquierda.

—Lucy, querida —estaba diciendo Wilfred—, esto es una estupidez. Baja la espada y hablemos. Somos parientes...

Pero Lucy ni se dignó mirarlo.

—Cállate, Wilfred —le ordenó sin apartar los ojos del adversario que tenía delante—. Me estás distrayendo...

Soltando un grito, Robert corrió hacia el matón, que se volvió para mirarlo con una expresión mezcla de sorpresa y horror. El espadón era viejo y oxidado, pero impresionaba. El combate fue corto, brusco y sangriento. Robert luchaba de manera sucia: no tenía tiempo de hacer otra cosa. Buscó acortar la distancia con su oponente, para impedirle usar con eficacia la espada, sorprendiéndolo. El hombre empezó a retroceder y Robert lo desarmó de una patada para luego hundirle la hoja en un muslo. Con un chillido de dolor, el matón cayó de espaldas y se arrastró varios metros, desesperado. Un brillo de horror se dibujó en sus ojos cuando Robert acercó la punta de su espadón a su cuello.

—¡Robert! ¡Cuidado!

Al oír el grito de Lucy, se giró rápidamente. El otro matón de Wilfred, el que estaba herido, había sacado la segunda pistola de la alforja del caballo de Lucy y lo estaba apuntando desde el suelo. Robert le golpeó la mano con una fuerte patada y el tiro se desvió, aunque pasando muy cerca de su hombro. El hombre se levantó como pudo y corrió detrás de su compañero que escapaba ya hacia los caballos, cojeando y jurando entre dientes. Robert los dejó marchar. Todos eran unos cobardes, los hombres contratados por Wilfred.

En cuanto a Wilfred, la propia Lucy lo estaba acosando, y a juzgar por su aspecto parecía disfrutar además de la situación. Soltó una finta tan rápida que estuvo a punto de rebanarle la nuez, y Wilfred alzó su espada justo a tiempo de parar el ataque. Robert decidió abstenerse de intervenir. En un principio había pensado que la superior estatura y longitud de brazo reportarían a Wilfred una inmediata ventaja, pero Lucy era más viva, más rápida y más ágil. A esas alturas, Cardross se estaba empleando ya a fondo, pero su prima era demasiado buena para él: fría, implacablemente clásica en su estilo. Él mismo, que poseía tan buenos reflejos como el que más y una destreza perfeccionada por las peligrosas experiencias que había vivido, dudaba que pudiera llegar a vencerla en un combate limpio.

Vio que estaba sonriendo. Robert jamás había contemplado nada parecido. Le parecía imposible que lady Lucy MacMorlan se hubiera convertido en aquella salvaje criatura, con aquel brillo diabólico y batallador en los ojos. Y le sorprendió también que él pudiera encontrar tan increíblemente excitante aquella nueva faceta suya.

Se hizo a un lado para disfrutar del espectáculo. La hoja de Lucy describió un arco a baja altura, peligrosamente cerca de la entrepierna de Wilfred. Se echó a reír. Aquella estocada habría podido acabar con las expectativas de Wilfred de dar continuidad a su linaje.

Al parecer, Wilfred ya había tenido suficiente. Bajando la espada, corrió hacia su caballo.

—¡Vete de aquí, cobarde canalla! —le gritó Lucy mientras Wilfred y sus hombres montaban como podían en sus caballos y se alejaban al galope.

Robert fue hacia ella. Estaba jadeando: sus pechos subían y bajaban rápidamente con una mezcla de ira y agotamiento. La melena de color rojo dorado le cubría el rostro. Echaba chispas por los ojos. Su mirada azul se encontró con la suya. La necesidad de besarla y la intensidad de su deseo lo golpearon como un puñetazo en el plexo solar.

Estaba a punto de estrecharla en sus brazos cuando vio el moratón de su rostro, y la ira y la sorpresa desgarraron su pecho a partes iguales. Retrocedió un paso, estiró una mano y le tocó delicadamente una mejilla.

—¿Ellos te hicieron esto?

La feroz expresión de los ojos de Lucy cambió de golpe, como si solo en aquel instante hubiera recordado lo sucedido. Se rozó el pómulo con las puntas de los dedos y esbozó una mueca de dolor.

La furia que se había apoderado de Robert era como una cosa viva. Nunca en toda su vida había sentido una ira tan sumamente protectora. Se volvió con intención de salir detrás de Cardross y de sus hombres, pero ella lo detuvo sujetándolo de un brazo.

–Déjalos. No importa.

–Importa –repuso Robert.

–No, ya no. Por favor, milord.

Percibió la vulnerabilidad en sus palabras. Estaba pálida y aterida, como si la reacción a lo ocurrido hubiera empezado a hacerle efecto. Le cubrió la mano con la suya y la sintió temblar.

–Antes me llamaste Robert. Me llamaste por mi nombre –le recordó.

–No era momento para andarse con formalidades –sonrió levemente.

–Y gracias por el aviso –añadió él.

Cardross y sus hombres habían desaparecido. Lo único que quedaba de ellos era la polvareda que habían levantado sus caballos.

–Pudiste haber dejado que ese matón me disparara. Así te habrías ahorrado la molestia de rechazar mi propuesta de matrimonio por tercera vez.

Lucy frunció el ceño.

–No te burles.

–No me estoy burlando. ¿Por qué me ayudaste?

Se volvió para mirarlo. Su mirada, clara y llena de candor, escrutó su rostro.

–Estábamos en el mismo bando –dijo ella.

–¿De veras? –aquello lo animó.

La noche anterior, en la habitación de la posada, no habían podido estar más enfrentados. Ella había huido para exponerse a más peligros, cualquier cosa con tal de no casarse con él. Y, sin embargo, en ese momento no parecía tenerlo por un enemigo.

La sintió estremecerse nuevamente. La brisa era allí más fresca, por la cercanía del lago.

–Vamos –le dijo–. Tenemos que salir de las tierras de Cardross. La próxima vez volverá con algo más que un par de esbirros.

Lucy se desabrochó el cinturón con su espada y se lo devolvió. Desaparecido ya el ardor de la batalla de su sangre, Robert se fijó por primera vez en su atuendo. La elegante hija del duque, con sus recatados vestidos de debutante colores pastel, se había evaporado. Lucy llevaba encima un abigarrado surtido de ropa, con aquel pañuelo de algodón de rayas rojas, blancas y azules, sus calzas de muchacho, que le estaban bastante ajustadas, y la blusa blanca de escote lo suficientemente pronunciado como para afectar tanto a su concentración como a su anatomía. Era una suerte que no se hubiera dado cuenta antes.

Vio que estiraba el pañuelo para metérselo dentro del cuello de la blusa. Robert, indeciso entre admirar la blusa o las calzas, se dio cuenta de que se la había quedado mirando fijamente. Y Lucy también había advertido la dirección de su mirada.

–¿Qué pasa? –le preguntó ella mientras se ajustaba el pañuelo, privándole del espectáculo. Un brillo de disgusto se dibujaba en sus ojos azules.

Robert se aclaró la garganta.

–Muy patriótico –dijo con tono irónico, enarcando una ceja–. El pañuelo rojo, blanco y azul.

Lucy frunció el ceño.

–Fue lo único que pude encontrar en aquella posada abandonada de la mano de Dios... –se encogió de hombros–. Había un espejo. Me miré y ya vi el aspecto que tengo.

–¿Y qué aspecto tienes? –él no tenía queja alguna al respecto.

–Desaliñado –se encajó mejor las puntas del pañuelo dentro del cuello de la blusa–. Como una moza de taberna.

—Yo no haría eso —le dijo Robert—. Solo conseguirás llamar la atención sobre tus pechos.

—Me estorbaron mientras luchaba —bajó la mirada a su escote con gesto irritado—. Temía que se me fueran a salir de la blusa.

—Eso ciertamente habría hecho detenerse en seco a los matones de tu primo.

—No estoy acostumbrada a exhibir mi cuerpo —explicó. De repente parecía vulnerable—. Las debutantes no suelen estarlo.

—Yo he visto bastante más.

Lucy le lanzó otra acerada mirada.

—Gracias, pero no me estás ayudando demasiado.

El pañuelo flotaba al viento como una vieja bandera. Aquella llamativa seda le recordó la de los pañuelos que él mismo había utilizado para atarla al cabecero de la cama.

—¿Cómo conseguiste escapar? —le preguntó.

—Retorciéndome —respondió, sucinta.

Poco hizo aquello por serenar la inflamada imaginación de Robert. Podía imaginársela inmovilizada por los pañuelos de seda, retorciéndose en la cama. Le tomó una muñeca. Las marcas rojizas se dibujaban con nitidez en su piel cremosa. Se sintió un completo canalla.

Le soltó la mano y ella se frotó la muñeca, allí donde él la había tocado.

—Saltaste por la ventana.

—Bajé por el tejado —la corrigió ella.

—¿Por qué no tomaste simplemente la llave?

Se lo quedó mirando como si se hubiera vuelto loco.

—¿Y arriesgarme a despertarte mientras te registraba los bolsillos?

—Por lo general duermo como un tronco, incluso en una silla como aquella.

—Gracias. Lo tendré en cuenta para futuras ocasiones —repuso y miró a su alrededor—. Creía que querías irte. En lugar de eso... ¿qué estamos haciendo aquí? ¿Esperar a que regrese Wilfred con un ejército?

Ahuyentando las lascivas visiones de Lucy maniatada que todavía lo acosaban, Robert recogió el cinturón con la espada, guardó las pistolas, montó en Falcon y ayudó a Lucy a subir delante. Por una vez, no discutió.

—¿Qué estabas haciendo aquí? —le preguntó él, señalando las aguas del lago que reflejaban el azul del cielo.

—Quería tomar un baño.

—Te habrías congelado.

—De niña iba todos los veranos a nadar al mar.

Así que la natación era otra de sus dotes. No le sorprendió. Pensó que, a esas alturas, nada de lo que Lucy pudiera hacer volvería probablemente a sorprenderlo.

Poco a poco la sintió ablandarse entre sus brazos mientras cabalgaban, como si al fin hubiera empezado a relajarse. La tensión comenzaba a abandonarla. Suspirando, Lucy echó la cabeza hacia atrás para apoyarla en su pecho, un gesto que él encontró muy agradable. Su cuerpo parecía amoldarse perfectamente al suyo. Su cabello olía a aire fresco y limpio, a dulzor de manzana.

Una extraña sensación que no era deseo, pero tampoco nada que pudiera reconocer, lo recorrió por dentro mientras la estrechaba un poco más dentro del círculo de sus brazos.

—¿Qué le sucedió a la otra pistola? —inquirió de pronto, con los labios muy cerca de su oído. Su cabello le hacía cosquillas—. ¿La disparaste?

—Fallé —parecía descontenta—. Disparar nunca ha sido mi fuerte.

Robert intentó no reírse al oír su tono.

—Bueno, puede que no sepas disparar, pero luchas extraordinariamente bien.

—Tú también —le dijo ella, mirándolo por encima del hombro—, aunque no respetas las reglas.

—Donde yo estuve, los combates limpios no existían —volvió a atraerla hacia sí, acomodando su cuerpo contra el suyo—. Yo lucho para ganar.

—Debí haberlo supuesto —sonrió. Por un fugaz segundo, sus mejillas se rozaron—. ¿Era muy salvaje, la vida en los bosques de Canadá?

—Absolutamente —dijo Robert. Y añadió, para su propia sorpresa—: Algún día te hablaré de ello.

—Me gustaría —se acomodó contra él—. Debió de ser muy duro que te vieras de pronto arrojado lejos de todo lo que habías conocido hasta ese momento.

Había sido intolerable. Al principio no había creído que pudiera sobrevivir, triste por la muerte de su hermano, lejos de todo lo que había conocido y amado. Un frío mortal volvió a helarle el corazón. Había sido un joven ingenuo lo suficientemente impetuoso como para desafiar los planes que su abuelo había trazado para él. La ironía estaba en que el viejo *laird* también había sufrido, dolido como había estado también por la pérdida de su nieto y heredero. Con el tiempo, Robert se había dado cuenta de ello. Su abuelo había volcado sobre él todo su dolor y decepción, pero Robert había sido demasiado joven en aquel entonces, y sus sentimientos habían estado demasiado a flor de piel, como para que pudiera darse cuenta de ello. Le había dicho a su abuelo que estaba dispuesto a demostrar su valor y su entereza en cualquier otra parte, lejos de Methven... y él lo había embarcado en el primer barco que zarpó de puerto.

Quería cambiar de tema y volver a hablar de Lucy. No se sentía cómodo hablando de sí mismo. Era algo que nunca hacía.

—Supongo que tu padre instruiría también a sus hijas en el arte de la esgrima, al igual que a sus hijos... —sabía de muchos *lairds* de Escocia que lo habían hecho, sobre todo cuando sus hijos eran tan vagos e inútiles como Lachlan.

La sintió reír, un leve temblor contra su pecho.

—¡Por supuesto que mi padre no nos enseñó a luchar! Es un hombre de letras, no de armas. Aprendí por los libros —le regaló otra sonrisa—. Es por eso por lo que lucho según los manuales en lugar de a tu manera, como un... un bandido.

—Nadie podría aprender a luchar tan bien guiado únicamente de los libros —replicó Robert.

—Bueno, en la Sociedad de las Damas Cultivadas de Escocia dimos algunas clases prácticas. Contratamos al mejor espadachín de Edimburgo para que nos instruyera.

—Por supuesto —dijo Robert—. Supongo que recibirías las clases entre las de danza oriental y los masajes.

—Una dama siempre debería ser capaz de defenderse sola —afirmó Lucy.

—¿Qué más aprendiste gracias a la Sociedad? —quiso saber Robert—. Lo pregunto para estar preparado.

—Tiro con arco y cetrería. Esgrima, tiro con pistola. Pero, como antes te dije, no soy una buena tiradora.

—Lástima. Aunque bueno es saber que existe por lo menos algo en lo que no destacas. Disfrutaste con el combate a espada, ¿eh?

Sintió su sorpresa en la súbita sacudida de su cuerpo.

—No —pareció sobresaltada—. Yo no disfruto luchando —frunció el ceño—. No es civilizado.

—Eso es lo que a ti te gustaría creer —dijo Robert—, pero los combates a espada pueden ser tan salvajes y primitivos como excitantes. Es algo que se lleva en la sangre.

Sabía que la habían perturbado sus palabras por la manera en que la sintió tensarse. Se sentó más erguida, rechazando el refugio de sus brazos.

Le resultaba curioso a Robert lo muy poco que parecía conocerse a sí misma. Aquella mujer poseía todo el salvajismo y la impetuosidad de una nativa de las Tierras Altas de Escocia. Simplemente lo disimulaba bien. Su pasión, sin embargo, se le escapaba de muchas maneras: en la sensual escritura de sus cartas de amor, o en el innegable placer que le proporcionaba el contacto físico. Robert habría apostado lo que fuera a que se mostraría igualmente apasionada haciendo el amor. Si sus besos eran indicio de algo...

Se removió en la silla. Tenía que dejar de pensar en esas cosas o aquel viaje, ya de por sí largo y difícil, iba a resultar ciertamente muy incómodo.

Capítulo 12

Para las cuatro de la tarde habían llegado a Findon, una pequeña población de la costa. Lucy estaba tambaleante de cansancio, muerta de hambre y además le dolía todo el cuerpo, pero se había esforzado todo lo posible por escondérselo a Robert. Se sentía nerviosa, irritable y muy consciente de su presencia. Intentó decirse que era su proximidad física, manifiesta en el roce del cuerpo de Robert contra el suyo mientras cabalgaba con energía y fluida elegancia, encerrándola en el círculo protector de sus brazos. Y, sin embargo, lo que sentía era algo más intenso. Se sentía vulnerable, como si fuera incapaz de defenderse contra él. Robert había visto en su persona un montón de cosas que ella ni siquiera había sospechado. Ignoraba cómo podía comprenderla tan bien cuando nadie más lo había hecho.

Nunca había pensado en sí misma como alguien «salvaje», o poco civilizado: todo lo contrario. Alice había sido la «salvaje» de las dos, siempre metiéndose en problemas. Lucy había sido la hermana sensata y correcta, y después de la muerte de Alice, aquella formalidad y aquella corrección se habían vuelto asfixiantes. Había fracasado en ayudar a su hermana justo cuando más habría debido hacerlo y, para acallar aquel dolor, había intentado convertirse en un dechado de perfección. Pero aquel fondo salvaje e indomable que siempre debió haber permanecido enterrado parecía haber aflorado. Había aflorado en la escritura de aquellas escandalosas cartas. Había aflorado en la primitiva furia que la había embargado cuando la atacó Wilfred. Había aflorado mientras estuvo en los brazos de Robert Methven.

La estaba sujetando en aquel momento mientras empuñaba las riendas con una mano, cerrada la otra posesivamente sobre su cintura. Era una sensación extraña y perturbadora, pero también traicioneramente agradable.

Se distrajo mirando a su alrededor y contemplando las casas de aspecto respetable, las calles limpias y las fachadas pulcramente pintadas de las tiendas. Aquel lugar parecía de lejos mucho mejor cuidado que las propiedades de Cardross. Había un muelle de piedra con varias barcas ancladas y las redes secándose al sol. El aire olía a pescado y a sal.

–Todo esto es muy bonito –comentó Lucy–. ¿A quién pertenecen estas tierras?

–A mí –respondió Robert–. Soy el dueño de toda esta franja de costa hasta allí... –señaló el neblinoso azul del mar–. Golden Isle también es mía.

Frenó el caballo y durante unos segundos se quedó mirando el oscuro grupo de islas que salpicaban el horizonte. Había un brillo extraño en sus ojos: orgullo, sí, pero también algo más que Lucy no acertaba ni a leer ni a comprender, algo más sombrío. Le pareció por un momento que iba a decir algo más, pero en vez de ello dobló bruscamente por una empedrada calle lateral y, atravesando una verja en forma de arco, entró en el patio de una posada.

Su llegada provocó un pequeño revuelo. El posadero, un hombre rubicundo de unos cincuenta y tantos años, apareció corriendo mientras se limpiaba las manos en su enorme delantal a rayas.

–¡Milord!

—McLain —Robert bajó del caballo y le tendió la mano—. ¿Qué tal marcha el negocio?

—El negocio marcha bien, milord —balbuceó el hombre—, pero ignoraba que fuerais a visitarnos... No enviasteis recado...

—No te preocupes —le tranquilizó Robert con una rápida palmadita en el hombro—. Fue un repentino cambio de planes —alzó a Lucy del caballo y la depositó delicadamente en el suelo—. Te presento a mi prometida, lady Lucy MacMorlan —su voz se había tornado súbitamente seria y formal—. Hemos tenido un viaje complicado y necesitaríamos un par de habitaciones con agua caliente para bañarnos, y comida, por supuesto...

El posadero se había quedado estupefacto. Cuando tomó conciencia de que se había quedado mirando fijamente a Lucy, cerró la boca e improvisó una exagerada reverencia.

—¡Bienvenida, milady! —lanzó a Robert otra mirada—. ¿Vuestra prometida decís, milord?

Lucy procuró no reírse. Era consciente del aspecto que ofrecía, toda sucia y polvorienta, vestida con unos calzones de muchacho y una blusa de tabernera. Poca culpa tendría el posadero si llegaba a pensar que el *laird* se había traído de visita a una querida, en vez de su futura esposa.

—Un súbito compromiso —explicó Robert al tiempo que lanzaba una elocuente mirada a Lucy, como advirtiéndola de que no lo contradijera—. Tú eres el primero en saberlo.

El hombre se volvió hacia sus mozas de cocina, que se habían quedado contemplando la escena con ojos como platos.

—¡Avisad a mi esposa para que le muestre a lady Lucy su habitación! —dio una fuerte palmada—. ¡Ahora mismo! ¡Rápido!

Les hizo entrar. Lucy estaba tan cansada y dolorida de la larga cabalgada que las piernas le temblaban de manera incontrolable, pero se obligó a caminar a paso firme y a sonreír a los atónitos sirvientes. Flotaba en el aire un delicioso olor a asado, y su estómago se quejó anhelante. Se moría de ganas de pasar directamente a las cocinas y entrar a saco en ellas, por muy poco apropiado que fuera aquel comportamiento en la hija de un duque. Eso sí que habría terminado de convencer al posadero de que era una sencilla tabernera...

McLain los invitó a pasar a un salón forrado de maderas oscuras y murmuró algo acerca de que les serviría un refrigerio. Tan pronto como la puerta se hubo cerrado a su espalda, Robert se volvió hacia ella.

—Espero que entenderás —le dijo de repente— que no he tenido más remedio que presentarte como mi prometida. No iba a deshonrarte delante de mi gente.

Lucy lo entendía, pero no veía por qué debería consentir que la tratara con aquel autoritarismo.

—Ya —pronunció con voz helada.

Pero, inmediatamente, Robert abandonó aquel tono de formalidad y le sonrió.

—No necesitas utilizar ese tono tan glacial conmigo. No tenía intención de aceptar una tercera negativa.

—También soy consciente de eso —repuso ella.

Pensó que aquel iba a ser un compromiso muy poco convencional, destinado a cubrir únicamente las apariencias y a romperse una vez hubiera cumplido su propósito. Se casaría pues con Robert... y se acostaría con él. Se obligó a tragarse el familiar nudo de pánico que le subió por la garganta.

Los ojos de Robert escrutaron su rostro por un momento. Podía sentir claramente su mirada mientras ella se empeñaba tozudamente en mantener desviada la suya, hasta que él la tomó desprevenida. Inclinándose rápidamente, le dio un rápido beso que la dejó estremecida de la cabeza a los pies.

—Ya hablaremos de ello mientras cenamos —le dijo.
—¿Será necesario? —replicó ella, negándose a rendirse.
—Desde luego —su sonrisa se amplió—. Pero hasta entonces... —se quitó de repente el anillo que llevaba, el de su sello— deberás lucir un anillo de pedida, supongo.

El anillo conservaba el calor de su cuerpo y Lucy lo sintió pesado y macizo cuando él se lo deslizó en el dedo. Era demasiado grande y, de manera instintiva, cerró la mano para no perderlo.

—Ya te compraré uno más bonito —le aseguró con tono suave.

—Este me gusta mucho —se aclaró la garganta. Se sentía extraña, como si al fin él la hubiera reclamado efectivamente como esposa, como si se sintiera deliciosamente abrigada por su protección—. Lo siento fuerte y sólido... como tú.

—Ah, muchacha...

Se movió con tanta rapidez que ella se encontró de pronto entre sus brazos, para besarla apropiadamente esa vez, con tanto calor como pasión. Durante un buen rato se rindió Lucy a las exigencias de su boca antes de recordar que todavía no había nada firmado entre ellos y que no podía casarse con él; que había huido, robado, luchado y mentido, y todo ello para evitar aquel matrimonio. Quiso pues apartarse, pero fue demasiado tarde porque una parte más poderosa de su propio ser quería precisamente dejarse seducir, de modo que acabó forcejeando también con sus propios deseos.

—No luches conmigo —el susurro de Robert era un reflejo de sus propios pensamientos—. Estamos en el mismo bando. Tú mismo lo dijiste.

No lo entendía. No podía entenderlo, por supuesto. El miedo latía contra la dulzura de aquel beso, y soltó un leve gemido de consternación. Robert la soltó de inmediato.

—Lucy...

El corazón le atronaba en el pecho porque sabía que iba a preguntarle por la razón de su angustia, y no sabía si podría responderle con la verdad. Había enterrado aquella verdad demasiado profundamente en su interior, ocho años atrás, sin dejar que volviera a aflorar nunca.

Robert abrió la boca para hablar, pero volvió a cerrarla cuando se oyeron unas voces en el pasillo, al otro lado de la puerta del salón.

–Esa será Isobel –dijo–. Antes de que ella se haga cargo de ti, ¿deseas algo más?

–Ropa limpia –respondió Lucy bajando la vista a su sucio pañuelo de rayas–. Y un poco más adecuada que la que llevo.

–Me encargaré de que te la traigan –le aseguró él.

–Todo esto hace que me sienta más como un amante que como una esposa –le espetó Lucy, cortante.

El súbito calor de su mirada la abrasó.

–Yo puedo reforzar esa sensación tuya, si quieres.

Le ardían las mejillas. No pudo menos que alegrarse de oír la llamada a la puerta, que la rescató de aquel momento tan incómodo.

–¿Milord?

Una diminuta mujer se hallaba en el umbral, mucho más joven y por completo distinta de la idea que se había hecho Lucy de la posadera. A su espalda había aparecido una chiquilla morena de ojos brillantes, de no más de catorce años, que asomaba la cabeza detrás de su madre curiosa por ver a la prometida del duque.

Robert envolvió a la mujer en un abrazo de oso.

–¿Cómo estás, Isobel? –apartándose, le tomó ambas manos y le plantó un beso en cada mejilla–. Tienes buen aspecto. ¿Y cómo está mi ahijada?

La niña lanzó un pequeño grito de alegría. Por un instante pareció que iba a lanzarse a los brazos de Methven; finalmente algo la contuvo, aunque se notaba que se moría de ganas de hacerlo. Robert le tomó una mano y, con un guiño, inclinó la cabeza para besarle el dorso. La niña soltó una risita.

–No le llenéis la cabeza de ideas, milord –dijo Isobel con energía, aparentemente nada intimidada por su huésped–. Ya os tiene por una especie de héroe.

Robert miró a Lucy, que se estaba mordiendo el labio para no sonreír.

–Lejos de mí quitarle cualquier idea de esa clase de la cabeza –repuso–. Lady Lucy –se volvió hacia ella–. Quiero presentaros a la señora Isobel McLain y a su hija Elizabeth.

–Bessie –dijo la muchacha, improvisando una respetuosa cortesía–. Milady –la miró con abierta curiosidad–. Sois muy bella –comentó–. ¿Pero qué os ha ocurrido en la cara?

Lucy vio que Isobel se tensaba.

–¡Bessie! ¡Silencio! –se volvió hacia Robert–. Cuidaré lo mejor posible de vuestra prometida, milord. Milady, si gustáis acompañarme...

–No necesitaréis entonces que desempeñe el papel de doncella personal –bromeó Robert.

–No dudo de que ese sea uno de vuestros muchos talentos, milord –replicó Isobel McLain con tono cortante–, pero milady y yo nos arreglaremos muy bien sin vos.

Lucy sintió que la debilidad le volvía de golpe mientras se esforzaba por subir las escaleras detrás de la posadera. Bessie subía alegremente la última, dando saltitos. Podía leer una franca admiración en sus ojos, oír casi las preguntas que parecían asomar a sus labios.

Había ya un baño preparado en la habitación; flotaba en el aire un perfume a lavanda y otros aromas que Lucy intentó identificar. Un bálsamo de limón y otra fragancia, dulce y tentadora.

–Camomila –le informó Isobel, sonriendo–. Para la relajación. En el camino de Thurso vive una mujer que elabora remedios y perfumes con hierbas.

–¡Qué maravilla! –exclamó Lucy–. Justo lo que necesitaba.

Mientras se hundía en el agua caliente y la posadera corría la cortina que ocultaba la bañera, casi temió que acabara quedándose dormida de puro placer. La sensación era absolutamente deliciosa después de la fatigosa cabalgada. El dolor de sus músculos fue cediendo y al final sumergió también la cabeza, para lavarse el cabello.

Detrás de la cortina podía oír a Bessie cuchicheando algo a su madre, y a esta ordenándole que se callara.

–No le harás ninguna pregunta a lady Lucy –le estaba diciendo con tono severo–. Es de mala educación.

–No me importa –dijo Lucy, abriendo los ojos. Se escurrió el agua del pelo, que se le había quedado suave y maravillosamente aromatizado. Luego se envolvió en el albornoz y caminó descalza hasta la mesa de tocador, sintiendo el agradable calor de las gastadas tablas del suelo bajo sus pies.

–Todavía seguimos esperando la ropa que lord Methven mandó a buscar, milady –le informó Isobel–. Solo tenemos una sastra en Findon, y Dios sabe si estará a la altura –miró detenidamente a Lucy–. Me pregunto si podría dejaros yo algo mientras tanto... Creo que mi vestido de domingo os serviría –se ruborizó–. Claro que, si preferís que no...

–Sois muy generosa –se apresuró a aceptar, deseosa de tranquilizarla–. Estaría encantada de que me prestaseis un vestido.

Isobel estaba radiante.

–No pensaba yo que quisierais guardar esta ropa –le dijo, señalando la ropa que Lucy se había quitado y apilado en un montón, en una esquina del dormitorio–, pero si deseáis que la lave...

–No, gracias. Me muero de ganas de perderla de vista.

Bessie se echó a reír.

—Llegamos a pensar que lord Methven se había traído a una titiritera como esposa, milady.

—No me sorprende —repuso Lucy, y se miró en el espejo.

Su melena se derramaba limpia sobre sus hombros. Le costaría deshacer todos los nudos. Parecía cansada, pálida. Se fijó en el moratón del pómulo: había tomado un color rojo fuego, recordatorio de la violencia de Wilfred, de su desdén hacia la lealtad familiar, y de una crueldad que jamás había imaginado en él. Se lo tocó suavemente. Nunca lo olvidaría y nunca lo perdonaría. Como tampoco olvidaría nunca la furia y el feroz impulso de protección que había visto en los ojos de Robert.

—Tengo tintura de árnica para vuestras contusiones, milady —le dijo Isobel.

Había una sombra de preocupación en sus ojos, y de repente Lucy comprendió. Le puso una mano sobre el brazo.

—No pensaréis... —se interrumpió—. Esto no es obra de lord Methven. Mi primo, el conde de Cardross, y varios esbirros suyos nos atacaron en el camino.

La jarra que portaba Isobel en la mano cayó y rodó por el suelo, tal fue su sorpresa.

—¡Dios santo! ¿Vos sois la prima del conde?

Se había quedado pálida. Bessie también la estaba mirando boquiabierta. Una expresión de miedo y estupor se dibujaba en sus ojos desorbitados.

—Eso me temo —respondió Lucy—. Bueno, prima segunda. Pero yo no soy como él. De verdad que no.

Se daba cuenta de que el nombre de Wilfred bastaba para dar pesadillas a los niños en aquellas latitudes. Mirando alternativamente los asustados rostros de la madre y de la hija, se quedó ella misma estupefacta. Nunca le había gustado Wilfred, pero la imagen que había mostrado ante su familia era muy diferente de la que en aquel momento estaba viendo.

–Perdonadme –dijo Isobel–. Si ahora estamos a salvo de Cardross es porque lord Methven nos protege, pero hará unos pocos años, en los tiempos del anciano *laird*, hizo numerosas incursiones en estas tierras. Quemaron la población una vez y ahogaron todo nuestro ganado.

–Quema sus propias tierras –añadió Bessie– cuando se enfada con el pueblo.

Lucy experimentó un escalofrío.

–Pero la ley... –empezó a decir, pero Isobel sacudió la cabeza.

–Cardross es la ley en estos lares. El anciano *laird* nos dejaba que nos defendiéramos nosotros mismos. Pero luego murió y lord Methven volvió.

–Él combatió por nosotros –dijo Bessie. Le brillaban los ojos–. Como un héroe de las antiguas leyendas.

Lucy se sonrió, pero por debajo sintió una punzada de vergüenza. Se daba cuenta de que había estado tan ensimismada en sus estudios y lecturas en Forres y en Edimburgo que no había tenido la más remota idea de la vida que llevaban gentes como aquellas. Había vivido en una burbuja dorada, lejos de los arrendatarios y aparceros que había visto aquella misma mañana, que llevaban una vida amenazada por la miseria y el hambre, al igual que Isobel y su familia, gente que trabajaba honradamente para salir adelante. De repente comprendió perfectamente por qué Robert luchaba con tanto empeño por el bienestar de su clan, y la razón por la que había estado dispuesto a hacer lo que fuera para asegurar su futuro. Aquella gente le importaba. Sus vidas le importaban. Y, por ello mismo, no podía permitir que triunfaran la violencia y crueldad de Wilfred.

Isobel se sentó en el borde de la cama.

–Oímos rumores de que el *laird* tenía que casarse con una dama emparentada con Cardross para cumplir con los términos de la herencia –le confesó–. Perdonadnos, milady, pero lo consideramos como un gran sacrificio que tendría que hacer por el bien de nuestro futuro.

Lucy se echó a reír.

—Y probablemente lo sea.

Isobel volvió a sacudir la cabeza, en esa ocasión con un brillo divertido en los ojos.

—Pues yo no lo creo, a juzgar por la manera en que os mira, milady.

Aquello hizo ruborizar a Lucy.

—¿Fue un compromiso repentino? —se atrevió a preguntarle Bessie, curiosa. Estaba mirando su mano, en la que relucía el pesado anillo de oro.

Lucy medio esperó que Isobel McLain reprobara a su hija, pero cuando la miró, descubrió idéntica expresión de curiosidad en su rostro. No pudo evitar reírse ante aquella imagen repetida.

—En realidad, no —respondió—. Lord Methven me pidió hasta tres veces que me casara con él.

—Es un hombre muy decidido —comentó Isobel, irónica—. Cuando cree en algo.

A Lucy se le hizo un nudo en la garganta. Robert Methven creía ciertamente en proteger a la gente que le importaba.

—Sí —reconoció—. Sí que lo es.

—Y muy guapo —terció Bessie, haciendo reír a Lucy.

—A eso no voy a replicar nada.

—Vos le gustáis, milady —dijo Bessie—. Mucho.

Isobel recogió el peine.

—Voy a peinaros, milady, mientras mi hija corre a buscar mi vestido azul.

—Por favor, no hay necesidad de que me atendáis... —se apresuró a protestar Lucy—. Puedo peinarme yo sola y seguro que tendréis mucho que hacer en la posada.

Isobel le lanzó una mirada de advertencia:

—Dios os bendiga, milady, por vuestra amabilidad, pero para nosotras no hay tarea más importante en este momento que cuidar de la futura esposa de lord Methven –empezó a desenredarle delicadamente el pelo–. Una vez que hayamos terminado, podréis reuniros con él para cenar. Tendréis hambre, sin duda.

–Sí –admitió Lucy–. No he probado bocado en todo el día –recordó que Robert le había dicho que hablarían de su compromiso durante la cena. De repente parecía haberle desaparecido el apetito, pero... ¿qué podía hacer? Todas las elecciones estaban ya tomadas, perdida como tenía toda posibilidad de escapatoria.

Seguía mirándose con gesto inexpresivo en el espejo mucho tiempo después de que Isobel hubiera terminado con su pelo.

La posada de Las Armas de Methven hervía de agitación aquella noche, pero Isobel guio a Lucy a un salón privado, evidentemente el mejor del edificio, que había sido reservado para su uso exclusivo. Era una habitación pequeña y acogedora, cálida, forrada de madera de roble e iluminada con un fuego de chimenea y numerosas velas. Robert la estaba esperando. Se había tomado también su tiempo para bañarse, afeitarse y ponerse ropa limpia. Se levantó en cuanto la vio entrar, arrojó a un lado su periódico como si de repente hubiera dejado de interesarle y le sacó una silla frente a la mesa redonda.

–Estás preciosa –le dijo en voz baja.

Lucy se alisó las faldas, súbitamente pudorosa. Por un momento se sintió tan tímida que fue incapaz de mirarlo, procurando concentrarse en el vino tinto que él se apresuró a servir en dos copas de cristal. Al menos había recuperado el apetito. La mesa parecía protestar bajo el peso de tanta comida: una cazuela de humeante guisado, panecillos recién horneados, rodajas de carne y jamón y quesos frescos y cremosos.

—El posadero mantiene una buena mesa —comentó.

—Ian McLain era cochero en Methven hasta que resultó herido en un accidente —le explicó Robert—. Mi abuelo lo estableció aquí y desde entonces ha tenido mucho éxito —alzó su copa para chocarla con la de ella—. *Slainthe mhath*. Un brindis por mi bella y muy diestra compañera de armas.

Sus ojos tenían un azul profundo mientras la contemplaba a placer. Su expresión hizo ruborizar a Lucy.

—Le dije a Isobel que nos serviríamos nosotros mismos. Para que no nos molesten.

Lucy tomó un panecillo, que bañó de mantequilla, y se sirvió un poco de guisado.

—¿Cómo era tu abuelo? —le preguntó.

Robert permaneció en silencio. No sonreía y Lucy experimentó una punzada de inquietud, percibiendo algo extraño sin que supiera lo que podía ser. Era tan poco lo que sabía de él... Llevaba su anillo e iban a casarse, pero de su persona en sí no sabía prácticamente nada.

—Mi abuelo era un hombre feroz y orgulloso, chapado a la antigua —dijo Robert por fin, y le pidió el cucharón para servirse guisado. Para entonces, su expresión era perfectamente normal. Si no hubiera sido por aquel momentáneo titubeo, Lucy no habría sospechado nada extraño—. Tenía muy presente la rebelión de 1745. Odiaba a los ingleses y a sus reyes.

—¿Te gustaba? —quiso saber Lucy.

Otra vez aquella sombra de vacilación antes de contestar:

—No, no me gustaba. Eran muchos los asuntos en los que discrepábamos. Durante sus últimos años descuidó de manera vergonzosa sus propiedades, lo que animó a tu primo Cardross a reclamarlas. Desde que volví, he tenido que trabajar de firme para enderezar las cosas —se llevó la copa a los labios y bebió un largo trago—. Estoy seguro de que se revolvería en su tumba si pudiera ver mis métodos. Me desaprobaba y no deseaba que yo lo sucediera, pero al final no pudo hacer nada para evitarlo.

—¿Y tu abuela? —le preguntó Lucy—. Ella es igual de feroz...

Aquello le arrancó una sonrisa.

—Oh, en el fondo la abuela es un pedazo de pan —su voz había cambiado. Se había dulcificado—. Ella fue la única que... —se interrumpió.

Lucy esperó. Cuando Robert continuó la frase, recuperó su anterior tono frío, sin expresión.

—Methven nunca estuvo destinado a ser mío. Yo tenía un hermano mayor, Gregor. Él habría debido ser el siguiente *laird*.

Lucy bajó su tenedor.

—Falleció —adivinó, recordando de repente y experimentando una punzada de compasión—. Lo siento.

Ella, con sus dolorosos recuerdos de la pérdida de Alice, se imaginaba perfectamente como debió de haberse sentido Robert. No habría podido sucederle nada peor.

—Gracias —no la miró—. Hace mucho tiempo de eso.

—Te peleaste con tu familia y te marchaste al extranjero después de la muerte de tu hermano, ¿verdad? —todo parecía volverle de pronto a la memoria. En aquellos sombríos días que siguieron a la muerte de Alice, apenas había sido consciente de nada más, pero sí que recordaba a su padre mencionando aquella horrible tragedia y el viaje subsiguiente de Robert a Canadá—. ¿Por qué te marchaste?

Robert la miró. Sus ojos azules tenían una mirada inexpresiva, sin vida.

—Mi abuelo no me consideraba digno de sucederlo —su tono era tranquilo. Solo el blanco de sus nudillos, de tanto apretar los puños, lo traicionaba—. Tuvimos una violenta discusión acerca de los planes que tenía sobre mí. Decidí probarme a mí mismo en cualquier otra parte.

—¿Pero tan lejos de tu hogar? —Lucy lo miraba de hito

en hito–. ¡Después de la muerte de tu hermano, tú eras el heredero del título! Seguro que...

–Era joven y estúpido –la interrumpió Robert mientras levantaba la botella de vino–. ¿Quieres más?

Resultaba tan clara aquella advertencia para que cambiara de tema que Lucy se encogió por dentro. No estaba preparado para abrirse a ella y hablarle de sus sentimientos. Se sintió helada por aquel rechazo.

Acarició con los dedos las iniciales grabadas del anillo que le había entregado. Lo sentía cálido y sólido, como un símbolo de su relación, pero la sensación era ilusoria. Aquel anillo no podía unirlos porque, al parecer, Robert no deseaba aquel grado de intimidad.

–Gracias –repuso con la misma frialdad y él le rellenó la copa. Procuró colmar el tenso silencio bebiéndose la mitad, aunque dudaba sobre la conveniencia de tomar más.

–He enviado una carta a tu hermana Mairi para informarle de que estás sana y salva –le dijo al fin Robert–. Y otra a tu padre. Le he pedido tu mano en matrimonio –sonrió levemente–. Le he dicho, de paso, que nos casaremos mañana.

Lucy dio un respingo, derramando algunas gotas de vino sobre la brillante superficie de la mesa.

–¡Mañana!

–Así es –su mirada azul la desafió. Le señaló la mano–. Llevas mi anillo. Tenía la impresión de que habías aceptado mi propuesta.

–Me la hiciste para proteger mi reputación aquí, en público –replicó Lucy mientras acariciaba el sello de oro.

–Te la hice porque quiero casarme contigo –su mirada era en ese momento oscura, opaca. Indescifrable–. Ya has visto por ti misma cómo trabaja Wilfred Cardross –le dijo con tono áspero–. ¿Dejarás que esta tierra acabe en sus manos?

–Eso no es justo –empujó su plato a un lado, desaparecido su apetito. Volvió a pensar en Isobel y en Bessie, en la expresión de miedo y horror que había visto en sus ojos. Pensó en el árido y descuidado predio en el que se había detenido a preguntar por el camino. Pensó en la crueldad y en las artimañas de Wilfred, en las familias sin sustento, saqueadas, desalojadas de sus hogares. Alzó una mano para tocarse la mejilla y se palpó el bulto del moratón.

–Ese hombre no puede ganar –dijo Robert.

–No –susurró ella.

–Aquellos que son fuertes tienen la responsabilidad de proteger a los débiles –le cubrió la mano con la suya–. Y tú eres fuerte, Lucy.

–¿Eso crees? –le temblaban los dedos sobre el tallo de su copa. Nunca se había tenido por una mujer fuerte. De hecho se había despreciado por su debilidad cuando le falló a Alice, y a su bebé.

–Tú puedes ayudar a mi gente –el tono de Robert era firme y su mirada intensa y concentrada.

–Sí –musitó Lucy. Había sabido ya que no habría vuelta atrás. Robert no aceptaría nada que no fuera el matrimonio y, aunque la dejara en paz, no habría ya forma humana de que pudiera salvar su reputación. No podía regresar a su antigua vida como si nada hubiera pasado. La sentía lejana, perdida–. Necesitas una esposa que satisfaga las condiciones del tratado –le dijo, humedeciéndose los labios. Sentía la garganta seca, áspera. Bebió otro trago de vino y no pudo saborearlo.

–No –la corrigió Robert, apretándole la mano–. Te necesito a ti.

Capítulo 13

Lucy miró a Robert a los ojos y leyó en ellos tanta certidumbre como determinación.

—Querrás una esposa en tu cama y un heredero para Methven —le dijo.

Distinguió una chispa de deseo en su mirada.

—Así es. Necesito un heredero.

—Entonces no puedo casarme contigo —se apresuró a asegurarle—. No puedo acostarme contigo. No puedo darte un heredero. Es imposible.

No sabía muy bien lo que había esperado que dijera. No había pensado con tanta antelación: simplemente le había soltado de golpe la verdad. En ese momento, para su sorpresa, vio que se quedaba callado. No le exigió explicaciones: no la contradijo ni la dejó como un trapo. En lugar de ello, se la quedó mirando pensativo y Lucy sintió que el temblor que la recorría por dentro se atenuaba, aflojándose un tanto el nudo de pánico de su pecho.

—Lo sospechaba —dijo al fin. Una leve sonrisa asomó a sus labios—. Explícame más.

Lo miró sobresaltada.

—¿No te importa?

Vio que se encogía levemente de hombros.

—Lucy, te has tomado enormes molestias para huir de

mí. Has rechazado cada vez mis propuestas de matrimonio a costa de tu reputación. ¿Qué clase de estúpido sería si no me hubiera dado cuenta de tenía que haber algún problema de fondo? ¿Alguna razón importante por la que sentías que no podías casarte conmigo?

Alzó de repente la mirada hacia ella. A Lucy le dio un vuelco el corazón cuando vio la expresión de sus ojos.

–Me consuela un tanto que tu objeción no sea contra mí personalmente –continuó él–, pero si estoy equivocado, quizá sea este el momento de que me lo digas.

De manera increíble, de repente le entraron ganas de reírse.

–Robert –empezó–. No, tú... tú me gustas... –solo en ese instante se dio cuenta de lo mucho que efectivamente le gustaba, y junto con un golpe de excitación en la sangre, experimentó una violenta punzada de tristeza. Tristeza por lo que, por su culpa, habrían podido tener juntos y nunca tendrían.

Robert se levantó y se acercó a ella, sentándose en el borde de la mesa con una bota balanceándose en el aire.

–Dime pues, Lucy, qué razón puede haber tan fuerte como para que no podamos casarnos. Al fin y al cabo... –su voz se endureció un tanto– estuviste dispuesta a casarte con MacGillivray. Él era tu ideal perfecto.

–No existe el ideal perfecto –replicó Lucy. Se alegraba de poder al fin ser sincera, después de tantos años de fingimiento. Era como si algo se hubiera abierto en su interior, dejando escapar la verdad. Lord MacGillivray había sido un buen hombre. Pero había sido ideal solo en el sentido de que había sido seguro.

–No quería acostarse contigo –dijo Robert con tono suave. Una llama ardía en las profundidades de sus ojos–. Si escogiste a MacGillivray fue precisamente porque él no te deseaba –la tomó delicadamente de la barbilla, para obligarla a alzar la mirada–. Tenías miedo de la intimidad física.

Lucy sentía el fresco contacto de sus dedos en su piel acalorada. Sus ojos escrutaban su rostro, desaparecido ya todo humor.

—No. Tenía miedo de las consecuencias de la intimidad, más que de la intimidad en sí. Tenía miedo del embarazo y del alumbramiento... —se le quebró la voz.

—¿Por qué tienes tanto miedo a eso, Lucy? —le preguntó Robert—. ¿Qué sucedió? Cuéntamelo —su voz era muy dulce, tierna y acariciadora, y la tomó de la mano para levantarla y guiarla hasta el fuego, donde había un diván con cojines. La hizo sentarse a su lado—. Puedes contarme lo que sea.

—Mi hermana Alice. Era mi gemela. Murió en el parto —de repente el dolor del recuerdo la tomó desprevenida. Fue como si la desgarrara en dos. Se llevó una mano al estómago como para contenerlo, pero era demasiado grande, demasiado violento.

«¡Ayúdame, Lucy! ¡Tengo tanto miedo!». Las palabras, como un grito en la oscuridad, resonaron en su mente. Se llevó las manos a la cara, para dejarlas caer en seguida. Tenía los ojos secos, con las lágrimas encerradas dentro. Ni una sola vez había llorado con lágrimas la muerte de Alice; tenía miedo de que, una vez que empezara, le resultara imposible detenerse.

—Todo empezó la noche que viniste a Forres —le dijo—. Alice estaba contemplando a los caballeros que habían salido a la terraza. Vio a Hamish Purnell y se enamoró de él a primera vista. Bueno —se corrigió—, se enamoró más bien de *la idea* de enamorarse de él. Al principio fue un capricho de adolescente, pero luego se convirtió en mucho más. Solo que en el momento yo no me di cuenta.

Cerró los ojos con fuerza. Nunca había hablado de ello y en ese instante podía sentir el pánico creciendo en su pecho, bloqueándole los músculos, acelerándole el pulso.

Robert volvió a tomarle la mano. Su contacto era cálido, reconfortante. Le acarició delicadamente el dorso con el pulgar. Eso le dio la fuerza necesaria para continuar.

–Purnell estaba casado, pero aun así tuvo un *affaire* con Alice. Ella se escapaba para citarse con él en el bosque. Para ella todo era increíblemente romántico. Yo la advertía de que llevara cuidado, pero ella no me escuchaba. Alice siempre tuvo una gran capacidad para escuchar solo lo que deseaba escuchar.

De repente se enfureció con Alice. Experimentó una rabia contra ella tan fresca y vívida como si la estupidez que cometió su hermana gemela apenas hubiera acontecido el día anterior.

–Sabía que lo que estaba haciendo era un error. Yo siempre se lo decía... –se interrumpió, asaltada por un sollozo que le desgarró los pulmones.

–¿Qué sucedió? –le preguntó Robert en voz muy baja, suave.

–La locura terminó. O al menos eso creí yo –dijo Lucy. Las palabras le sabían amargas en la boca. Había sido muy ingenua y se detestaba por ello. Se quedó mirando a Robert sin verlo a él en realidad, sino el rostro de Alice–. Al cabo de un tiempo me di cuenta de que algo no marchaba bien. Alice siempre estaba alegre e impulsiva, riendo cuando yo me ponía seria, frívola cuando me ponía formal. Pero luego cambió –se miró las manos, con sus dedos entrelazados con los de Robert: pálidos los suyos, morenos y fuertes los de él–. Adelgazó y se volvió callada y taciturna. Fue como si el color la hubiera abandonado por completo.

–Se quedó embarazada –adivinó Robert.

Lucy asintió.

–Me dolió terriblemente que no me lo hubiera contado. Me sentí como si la hubiera fallado de alguna forma, ya que no había querido confiar en mí –todavía le dolía el pensamiento de que Alice no hubiera confiado en ella. Siempre se lo habían contado todo. Excepto aquella vez.

—¿Se lo dijiste a alguien más? –le preguntó Robert.

Lucy negó con la cabeza.

—Alice me hizo prometer que no se lo contaría a nadie. Me pidió que se lo jurara por la tumba de nuestra madre.

Por supuesto, había aceptado. Siempre se habían guardado los secretos. Y aunque Alice se lo había ocultado durante tanto tiempo, y aunque aquel secreto había sido el mayor y más terrible del mundo, demasiado grande para ella sola, Lucy se había esforzado por guardárselo.

—Un secreto demasiado grande para ti –comentó Robert, haciéndose eco de sus pensamientos–. Siento que tuvieras que hacer eso.

—Alice planeaba tener el bebé a escondidas y entregarlo luego para que nadie se enterara nunca –le explicó Lucy–. Tenía verdadero pánico a meterse en problemas –se quedó mirando el fuego de la chimenea–. Yo nunca me había dado cuenta, porque Alice parecía siempre tan valiente… pero en el fondo no era más que una pobre chiquilla asustada. Y yo no era mejor que ella.

—Eras muy joven –le recordó Robert–, y no dudo de que tú estabas igualmente aterrada.

—Tenía dieciséis años –dijo Lucy. Tenía la sensación de que había pasado toda una vida, casi como si le hubiese sucedido a otra persona. Y sin embargo el dolor seguía fresco como el de una herida recién abierta–. Alice entró en parto prematuramente, a los siete meses. Yo estaba con ella cuando sucedió. Ninguna de las dos sabía qué hacer. Fue aterrador.

El frío, amargo estremecimiento que la asaltaba cada vez que lo recordaba volvió a hacer acto de presencia. Quiso ahuyentar los recuerdos, correr a esconderse como siempre hacía, y sin embargo algo más fuerte, algo más poderoso, la animaba a perseverar. Lo sentía en la fuerza y el consuelo que le proporcionaba el contacto de Robert. Lo veía en sus ojos.

–Sabía que algo no iba bien, pero Alice me suplicaba que no la dejara sola. Incluso en los momentos finales tenía tanto miedo de meterse en problemas que no la dejé, y para cuando corrí en busca de ayuda era demasiado tarde... –se interrumpió–. Pude haber salvado al bebé, de haber reaccionado antes. Pero no lo hice.

Volvió a detenerse. Le castañeteaban los dientes. Se sentía exhausta, helada hasta los huesos.

–Lucy.

Había tanta ternura en su voz que Lucy se echó a temblar. Quiso taparse las orejas, bloquear aquella ternura, porque estaba en aquel momento tan cerca de perder el control que sabía que, con que pronunciara una sola palabra más, acabaría derrumbándose.

–No fue culpa tuya que Alice y el bebé murieran. No te castigues a ti misma. Hiciste lo que creíste era lo mejor. Tenías *dieciséis años*, Lucy. Tienes que perdonarte.

–No puedo –replicó.

Las lágrimas estaban ya muy cerca, y eso la aterraba porque nunca había llorado por Alice y por el bebé. Nunca se había atrevido a llorar, temerosa de que, si empezaba a hacerlo, no pudiera detenerse nunca. Pero en ese momento sentía la enorme avalancha de tristeza y desolación como una irrefrenable marea, y fue ya demasiado tarde. Estaba de hecho encima de ella, y lloró desconsolada mientras Robert estrechaba su tembloroso cuerpo en sus brazos, empapándolo también con sus lágrimas.

–Cariño... –la abrazaba con fuerza, apretándola contra sí.

Lucy se quedó sorprendida de lo agradable de la sensación. Una parte de ella, la del antiguo temor, deseaba apartarse, pero los brazos de Robert se mostraban inflexibles en su ternura, y poco a poco lo aceptó junto con el consuelo que tanto ansiaba.

–Lo siento –musitó–. Lo siento mucho.

Al oír aquello, Robert le alzó el rostro y, tras apartarle el pelo de las húmedas y acaloradas mejillas, la besó.

—No tienes nada de qué disculparte —dijo con un tono casi fiero— Tú no hiciste nada malo, Lucy. No fue culpa tuya que tu hermana y el bebé murieran. Tú no sabes si Alice hubiera sobrevivido, ni tampoco su criatura de siete meses —bajó la voz—. Fuiste muy valiente. Increíblemente valiente y honesta.

Sus palabras tuvieron el efecto de hacerle llorar con más ganas. Se sentía desesperadamente incapaz de detenerse, sollozo tras sollozo. Cuando al final pareció que se quedaba sin lágrimas, no pudo menos que preguntarse si parecería tan temerosa y desvalida como se sentía.

—Cuánto debiste de haber sufrido... —murmuró Robert—. Un dolor inmenso para que cargaras con él sola.

Se retiró levemente para mirarla. Lucy descubrió sorprendida una sonrisa en sus ojos.

—Ya lo sé —dijo a la defensiva—. Estoy horrible.

—La pregunta es si te sientes mejor ahora que ya has hablado de ello —le dijo Robert—. Nunca se lo contaste a nadie, ¿verdad?

Lucy negó con la cabeza.

—No podía hablar de ello. Me sentía tan culpable... me ponía enferma solo de pensarlo. Tengo pesadillas. Y también despierta. Puedo verlo todo en mi imaginación, una y otra vez. Es como si no pudiera escapar de ello.

Robert la besó delicadamente. No hubo exigencia alguna en el beso, solo consuelo y ternura.

—No me rechaces —le pidió—. Me alegro de que me lo hayas contado. No me extraña que no creas que puedas yacer alguna vez con un hombre y traer un hijo suyo al mundo —le rozaba el cabello con los labios—. Después de todo lo que has soportado, no me sorprendería que pensaras que todos los hombres somos unos canallas tan egoístas como Hamish Purnell.

–Confío en ti –le aseguró Lucy–. Yo sé que tú no eres así –dejó caer la mirada, fijándola en uno de los botones de madreperla de su chaqueta y acariciándolo con los dedos–. Y sí –añadió–. Me siento un poco mejor. Me siento... –se interrumpió. Era como si una fisura acabara de abrirse en la oscuridad, dejando entrar un rayo de luz en el oscuro vacío de su corazón. Resultaba difícil de creer después de aquellos ocho últimos áridos años, pero era cierto.

Y, sin embargo, no era suficiente.

Alzó la mirada y vio que Robert la estaba observando. Por la expresión de sus ojos, parecía saber ya lo que ella iba a decirle. El corazón le dio un vuelco en el pecho.

–Pero esto no supone ninguna diferencia –susurró–. No puede suponerla. ¿Es que no te das cuenta, Robert? –le preguntó. Parecía implorarle con los ojos–. Todavía estoy demasiado dolida, demasiado temerosa...

Vio que se disponía a protestar y le puso los dedos sobre los labios para acallarlo. Pensó en el frágil y diminuto bulto inerte que había sido el hijo de Alice y se estremeció. Ella había fallado a una criatura que había dependido de ella. No podía confiar en sí misma. Ni siquiera en ese momento, cuando por fin la verdad había quedado al descubierto.

–No puedo ofrecerte nada –añadió con dolorosa sinceridad–. No sería justo para ti.

Robert le tomó la mano y le besó tiernamente los dedos. Había inclinado la cabeza y el resplandor de la chimenea doraba su brillante pelo castaño.

–Si te casas conmigo, me conformaré con lo que tú puedas darme –le dijo con voz ronca–. Si te casas conmigo, te juro que no te forzaré a intimidad alguna que tú no desees.

Los ojos de Lucy se abrieron de asombro.

–Pero no puedes emparejarte en esas condiciones... –balbuceó–. Necesitas un heredero.

Una maliciosa sonrisa apareció de pronto en los labios de Robert.

—Con el tiempo, tendré mi heredero –repuso, y volvió a besarla larga y lentamente, con una sensualidad que la dejó ruborizada, jadeando–. Yo no creo que eso sea imposible –murmuró–. Con tiempo, y con confianza.

—La dificultad no reside en besarte –reconoció Lucy–. En eso no tengo ningún problema.

—Ya lo he notado.

Lucy sonrió levemente, pero por debajo corría un sentimiento de tristeza. Confiaba en que Robert no le pediría más de lo que ella estuviera dispuesta y preparada a darle. Pero de lo que no estaba segura era de que ella fuera lo suficientemente valiente como para darle el heredero que deseaba. El pensamiento, inmenso y aterrador, la hacía encogerse por dentro. La retrotraía a aquella oscura y cerrada habitación, con su olor a muerte y el miedo en los ojos de Alice.

La mirada de Robert seguía serenamente fija en ella, con su contacto cálido, sólido, reconfortante.

—Cásate conmigo –le pidió con tono suave–. Y ten confianza en que, juntos, saldremos adelante.

Lucy pensó en las reclamaciones de Wilfred Cardross sobre las tierras Methven y en sus hombres quemando y saqueando las aldeas; en el cansado rostro de Isobel y en el terror en los ojos de Bessie. Pensó en los hombres de su clan que habían ofrecido su lealtad y sus vidas a su *laird* durante cientos años... para terminar perdiendo sus tierras y su sustento. Pensó en la miseria y en la desgracia y en el hambre, que eran el precio estipulado de su libertad. Recordó la aldea arrasada que había visto y la pobreza de sus predios. Sintió la quemadura de antiguos odios y el eco de aquella enemistad en la sangre.

Pensó en la posibilidad de que nunca volviera a ver a Robert Methven.

Pensó en la confianza que él le había demostrado; en su fe de que, juntos, podrían superar su miedo.

Pensó en que ella constituía su única esperanza.

La estaba observando. Había tensión en su mandíbula y una serena frialdad en sus ojos, como si hubiera hecho la mayor apuesta de su vida y estuviera convencido de que iba a perder su postura.

–Sí, me casaré contigo –pronunció lentamente, y el miedo le cerró la garganta con tanta rapidez que a punto estuvo de contradecirse de inmediato.

Pero había dado ya su promesa. Y podía ver un fulgor de triunfo y satisfacción en sus ojos.

–Gracias –le dijo él.

–Pero no mañana –se apresuró a dejar claro Lucy–. En unos pocos días... –se quedó callada al ver que negaba con la cabeza.

–Mañana.

Comprendía su insistencia. Era la última prueba de su confianza en él. Se encontró con su mirada y supo que no podía fallarle, no ahora, al primer desafío con que se topaba. Si iba a esforzarse por superar sus miedos y a convertirse en una verdadera esposa para Robert, necesitaba tener la misma fe y confianza que él tenía en ella.

–Muy bien –aceptó–. Nos casaremos mañana.

Capítulo 14

Robert se hallaba en el muelle de piedra, cara al mar. Era tarde. La oscuridad se había tragado el océano y solo el rugido y el siseo de las olas insinuaban el interminable ciclo de sus mareas. En alguna parte del horizonte septentrional se alzaba Golden Isle, el único rincón de su patrimonio que había vergonzosamente descuidado desde la muerte de su hermano. Desde que heredó el marquesado de Methven, Robert había visitado diligentemente todas y cada una de sus propiedades y hablado con tantos de sus arrendatarios como le había resultado posible. Había dedicado incontables horas, esfuerzos y dineros a procurar su bienestar. Había defendido aquellas norteñas tierras contra las incursiones de Wilfred Cardross, pero Golden Isle había sido el único lugar en el que no había puesto los pies. Contenía demasiados recuerdos; recuerdos de la muerte de Gregor, recuerdos de sus disputas con su abuelo y de su extrañamiento de lo que antaño le había resultado tan querido.

Tenía un delegado, un administrador que se encargaba de todos los asuntos de las islas. Por lo que a él se refería, le bastaba. Tendría que bastarle porque no estaba preparado para hacer más. Nunca le pedía a McTavish informes sobre Golden Isle, y él tampoco se los proporcionaba. Era como si el lugar no existiera.

Al día siguiente abandonaría Findon con su novia para viajar al sur, y no volvería a pensar en Golden Isle.

Se removió, azuzado por la culpa.

«No es suficiente». Era el rostro de Lucy el que podía ver en aquel momento, sus palabras las que acababa de escuchar, tan claras como si la hubiera tenido delante. Durante la cena, ella había intentado sacar el tema de la muerte de su hermano y de su dolorosa disputa y extrañamiento con su abuelo. Si había rechazado sus intentos había sido porque se avergonzaba del tozudo joven que había sido, dispuesto a sacrificarlo todo por su orgullo. No había querido que supiera que había sido temerario e imprudente, decidido como había estado a demostrarle a su abuelo que Methven no le importaba. No había querido que supiera que había estado dispuesto, y así lo había hecho, a viajar lejos de allí haciendo daño a sus seres queridos en el proceso. No había querido que supiera que la culpa de que Wilfred Cardross hubiera dispuesto de los medios necesarios para reclamar Methven había sido únicamente suya, porque por aquel entonces se había encontrado en el extranjero, concediendo de esa forma una importante ventaja a su enemigo.

Lucy era bella. Fuerte, valiente. En ese momento, después de haber escuchado su historia, estaba admirado de su coraje. Sabía que ella no aprobaría que él descuidara un solo palmo de sus propiedades. Estaba dispuesta a arriesgarlo todo casándose con él para frustrar los codiciosos y crueles planes de Wilfred. Si ella tenía la fe necesaria para hacer algo así, él debería tener también el coraje de poner a descansar sus propios fantasmas y volver a Golden Isle.

Maldiciendo por lo bajo, recogió un guijarro y lo arrojó al mar, para quedarse escuchando el chapoteo que hizo al caer y el rumor de las olas en la playa. De niño, había amado Golden Isle. Gregor y él habían pasado mucho tiempo allí.

Esa noche no se distinguían luces en el mar. En tiempos de guerra, los isleños utilizaban una cadena de señales de fuego para alertar de los peligros y solicitar ayuda, pero en ese momento todo estaba tranquilo y silencioso.

Repentinamente inquieto, dio la espalda al mar y emprendió el regreso a la posada. Las calles empedradas estaban húmedas por la lluvia. El cálido resplandor de las velas que ardían detrás de las ventanas de la posada lo atraía, pero el vitral de la habitación de Lucy estaba a oscuras. Se preguntó si estaría dormida o si, como él, se sentiría igual de inquieta aquella noche. Experimentó una súbita punzada de posesivo orgullo cuando pensó en que, apenas al día siguiente, iba a casarse con él. Lucy MacMorlan era todo lo que deseaba en una esposa, pero se daba cuenta de lo profundamente afectada que había quedado por la experiencia del embarazo de su hermana y su muerte durante el parto. Poco le extrañaba que estuviera paralizada ante la idea de enfrentarse a los mismos peligros que había vivido Alice, cuando había pasado por tan dura prueba con tan solo dieciséis años. Ahora entendía por qué se había esforzado tanto por convertirse en la dama perfecta. En un desesperado intento por expiar lo que consideraba un fracaso personal que había desembocado en la muerte de su hermana, se había impuesto a sí misma un comportamiento y una existencia modélicos, razón por la cual su pasión había buscado maneras propias de escapar. Y a esas alturas se sentía confusa y desorientada, porque experimentaba una fuerte atracción hacia él, Robert estaba seguro de ello, y sin embargo tenía demasiado miedo de las consecuencias que ello podría acarrearle.

Hundió los puños en los bolsillos de su casaca. Era una suerte que Hamish Purnell estuviera ya muerto, porque habría sido capaz de darle caza hasta matarlo por la forma en que había arruinado el futuro de Lucy y traicionado a su hermana.

Con un suspiro, abrió la puerta y entró en la posada. Quería ver a Lucy. Él mismo se sorprendió de la intensidad del deseo que lo acometió de aporrear su puerta. La necesitaba, y no simplemente para satisfacer los términos de su herencia. Necesitaba a Lucy de maneras mucho más profundas y perturbadoras. Frunció el ceño. Semejante vulnerabilidad se le antojaba extraña, pero no le importaba.

Solo cabía una solución. Empujó la puerta de la bodega de la posada y fue en busca de la botella de brandy, que no de su novia.

Lucy estaba soñando. Corría por oscuros pasillos sin salida, buscando desesperadamente algo que no podía encontrar, con el corazón acelerado y el terror mordiéndole los talones como un perro de presa.

Se despertó jadeante y empapada en sudor, con las mejillas bañadas de lágrimas. La sangre le atronaba en los oídos y tenía la ropa de cama enredada en las piernas como grilletes. Poco a poco el aterrado latido de su corazón se fue tranquilizando y empezó a respirar más pausadamente, pero los últimos jirones de la pesadilla se aferraban a sus sentidos.

Alice.

La inundaba una inmensa sensación de dolor y pérdida. Se sentía enferma y asustada.

Parpadeando, pudo ver la grisácea luz de la mañana penetrando a través de las cortinas de la cama. Los últimos restos de la pesadilla fueron desapareciendo. Aquel iba a ser el día de su boda. Inmediatamente, la náusea y el miedo volvieron a inundarla. Era el día de su boda y en lo único que podía pensar era que estaba aterrada: aterrada de que Robert no cumpliera su palabra e insistiera en consumar su matrimonio, y de que ella sufriera el mismo destino de Alice: que perdiera la vida y a su bebé.

El corazón se le volvió a acelerar. Podía sentir el familiar nudo de pánico en el pecho, amenazando con ahogarla. Se quedó inmóvil, respirando profundamente. Intentó recordarse que confiaba en Robert y que él era un buen hombre, pero, comparadas con su miedo, aquellas palabras de consuelo eran como el chillido de un murciélago en la oscuridad. Se sentía atrapada y aterrada. Tenía que encontrar una salida.

Entonces recordó las palabras de Mairi: «hay maneras de asegurarse de que eso no ocurra...».

Se quedó pensando. Isobel McLain le había dicho que había una mujer sabia en la aldea, que vivía en el camino de Thurso: una mujer que trataba las enfermedades de sus habitantes con tinturas y bálsamos. Quizá esa mujer elaborara también medicinas que previnieran los embarazos. Quizá fuera esa la manera de evitar que le pasara nada, y mantenerse así a salvo.

Se deslizó fuera de la cama, temblando. La criada no había aparecido todavía para encender la chimenea y la habitación estaba helada. Se le encogieron los pies descalzos al contacto del frío suelo.

Se vistió precipitadamente, abrió la puerta de su cámara y bajó sigilosamente las escaleras. La posada ya se estaba despertando. Se oían golpes y ruidos de cazuelas procedentes de la cocina, y rumor de voces. Sabía que tenía que darse prisa.

Salió por la puerta principal, agradecida de que las bisagras estuvieran bien engrasadas y no hicieran ruido. El aire era frío. La niebla del mar había subido y envolvía las casas como una mortaja, ahogando todo sonido: sus húmedos jirones no tardaron en empaparle el abrigo. La luz era extraña, gris y fantasmal. Ni un solo pájaro cantaba en aquel silencio. La sensación era de extraordinaria soledad.

Poco después las casas y tiendas se fueron espaciando mientras la carretera se perdía serpenteante en la niebla, hacia Thurso. Vio un par de cabañas, serenas y silenciosas. Se distinguían algunas luces en las rendijas de las contraventanas, todas bien cerradas contra el viento y el frío. Lucy enfiló por un sendero que subía hasta la última cabaña. Una gallina picoteaba en el corral. Un grupo de patos se puso a correr delante de ella, parpando: el ruido rompió súbitamente el silencio.

Llamó a la puerta de madera y esperó. No hubo respuesta. El nerviosismo hizo presa en Lucy: estaba a punto de dar media vuelta cuando se abrió la puerta. Una mujer apareció en el umbral, más joven de lo que se había imaginado ella, de rostro sereno y sonrisa cálida. No mostró absolutamente ninguna sorpresa por haber sido molestada a una hora tan temprana y con aquel clima tan inclemente. Tampoco la saludó con una reverencia, si bien inclinó respetuosamente la cabeza.

–Milady.

«Sabe quién soy», pensó Lucy. Solamente eso bastaba para que se girara y saliera corriendo, pero ya la mujer la había invitado a pasar y se encontró trasponiendo el umbral tras ella.

El interior de la cabaña era caliente y oscuro, apenas iluminado por un fuego de turba y la única vela que ardía sobre el aparador. Había hojas secándose en cestos junto al fuego. La mujer le señaló una de las sillas de alto respaldo hechas de mimbre y decoradas con cojines de colores brillantes. El aspecto de la cabaña, toda limpia y acogedora, representaba un contraste tan grande con el estado de ánimo de Lucy que la impresión resultante era absurda, incongruente.

No quería sentarse. Estaba demasiado nerviosa. Juntó sus manos enguantadas.

–¿Un poco de té, milady? –le ofreció la mujer, señalándole la tetera que humeaba en el fuego.

–Oh... No, gracias. Yo... –las palabras se le atascaron en

la garganta. Ahora que había llegado el momento, no tenía la menor idea de cómo pedir lo que necesitaba.

–Habrá algo que deseéis de mí –dijo la mujer. La miraba ladeando la cabeza, como un curioso pájaro. De repente le brillaron los ojos–. ¿En qué puedo ayudaros?

Lucy se encontró con su mirada y tuvo la estremecedora sensación de que sabía exactamente lo que deseaba.

–Estoy algo preocupada por mi salud –empezó–. Tengo entendido que elaboráis medicinas...

La mujer asintió lentamente, conservando su hermética expresión.

–Me he sentido algo débil durante estos últimos meses –continuó Lucy–, y el médico me advirtió... –tragó saliva–. Necesito esperar un poco antes de tener hijos –las palabras empezaron a brotar en un rápido torrente–. Esperar a recuperar las fuerzas. Lo que quiero es evitar... Es decir, procurar no concebir...

La mujer volvió a asentir.

–El *laird* y vos tendréis que encontrar otra manera de asegurar su herencia, entonces.

–Eso es –mintió Lucy, ahogada por la sensación de culpa–. Ya lo hemos hablado. Los tribunales fallarán a favor de lord Methven... –las mentiras se le atascaban en la garganta, pero ya la mujer estaba asintiendo de nuevo, volviéndose hacia un pequeño armario de madera fijado a la pared.

–Hay una tintura de hierbas que podría ayudaros –dijo–. Ruda y poleo.

El alivio de Lucy fue tan inmenso que se le debilitaron las rodillas. Tuvo que apoyarse en el respaldo de la silla.

–¿Funciona? –inquirió en un susurro.

–Funciona bien –sonrió la mujer–. Hay más de una mujer en el pueblo que puede atestiguarlo –abrió el armario con una de las llavecitas que colgaban de su cintura–. Os daré un frasco.

Lucy puso varios soberanos sobre la mesa. Vio que la mujer los miraba: los recogió y en seguida se perdieron en el profundo bolsillo de su vestido. Dejó suavemente el frasco en la mesa.

–Tomadlo todos los días, y estaréis protegida.

A Lucy le tembló la mano cuando lo recogió para guardárselo en un bolsillo de su manto.

–Gracias –dijo. La voz también le temblaba.

La mujer sabia asintió por última vez, exhibiendo de nuevo su curiosa expresión de indiferencia, y Lucy abandonó la cabaña.

Fuera, la niebla era tan densa como antes. Parecía envolverla con su melancolía mientras caminaba apresurada por el sendero hacia la carretera, pasando por la iglesia donde se casaría aquella misma tarde, de regreso a la posada. El frasco golpeaba contra su muslo a cada paso como un constante recuerdo de su traición. En ese momento, en lugar de alivio, lo que sentía era culpa, tristeza y vergüenza por lo que acababa de hacer.

«Hay maneras de asegurarse de que eso no ocurra...». Las palabras de Mairi resonaban en su cabeza, y se dijo que aquella tintura no era más que una salvaguarda, una manera de protegerse si Robert no cumplía su palabra.

Pese a ello, se sentía muy desgraciada. Robert había sido sincero sobre su necesidad de tener un heredero y le había asegurado que, con tiempo y confianza, llegaría a sentirse lo suficientemente segura como para consumar su matrimonio. Lucy esperaba eso también. Anhelaba desesperadamente que eso fuera cierto y temía con la misma desesperación que no lo fuera, que el daño infligido por el pasado resultara irreparable.

No había imaginado que se sentiría tan desgraciada por engañar a Robert. Robert era demasiado bueno y noble para culparla cuando pasara el tiempo y no concibiera. Acudiría a los tribunales y defendería su caso, y con suerte y buenos abogados, ganaría y conservaría sus posesiones del norte. Y nunca se daría cuenta de que ella lo había engañado.

Estaba temblando para cuando empujó la puerta y entró en el cálido zaguán de Las Armas de Methven. Encontró a Isobel dirigiéndose a ella por el pasillo. La preocupada expresión de la posadera se transformó en alivio en cuanto la vio.

—¡Gracias a Dios! —exclamó—. ¡Pensábamos que os habíais escapado!

Los dientes de Lucy castañeteaban de frío.

—Necesitaba un poco de aire fresco.

Isobel arqueó las cejas, sorprendida.

—¡Pero si estáis aterida y calada hasta los huesos! Subid a calentaros. Ya va siendo hora de empezar a prepararlo todo.

Mientras la posadera se apresuraba a ordenar agua caliente y comida, Lucy subió las escaleras. La chimenea estaba ya encendida y la habitación tenía un aire cálido y acogedor. Colgó su capa del respaldo de una silla, oyendo el ruido que hizo el frasco al golpear la madera. Rápidamente lo sacó para guardarlo en el fondo del arcón.

Podía oír los pasos de Isobel en la escalera y la eufórica voz de Bessie. Había llegado el momento de vestirse para la boda.

La niebla se había levantado para cuando Lucy partió rumbo a la iglesia, con un sol pálido asomando entre las nubes. Iain McLain, Isobel y Bessie la acompañaban. Todo estaba muy silencioso. No había multitudes en las calles ni gente asomándose a las ventanas para verlos pasar. Era un silencio casi lúgubre, de funeral, que desanimó todavía más a Lucy.

—¡Oh, querida! —le dijo Isobel—. Imaginaba ya que nadie querría celebrar la boda de un *laird* con una pariente de Wilfred Cardross. ¿Y quién podría culparlos por ello?

Robert la estaba esperando en la puerta de la iglesia, como mandaba la costumbre. Estaba increíblemente guapo, con la brisa alborotando su oscuro cabello. Cuando la vio, su expresión se relajó visiblemente, casi como si hubiera temido que hubiera podido escaparse a última hora. Lucy recordó el episodio de Dulcibella plantándolo en el mismo altar y experimentó un súbito y casi feroz orgullo de que hubiera sido ella finalmente la elegida. Aquella reacción la sorprendió. No podía resultar más inesperada después de haber sido presa de tantos miedos y pesadillas. Pero Robert estaba allí, ahora, y parecía tan fuerte, firme y protector que hasta le contagió aquella serenidad suya.

Mientras avanzaba por el sendero hacia él, oyó a su espalda un ruido de cascos en la carretera y se giró para descubrir a dos jinetes cabalgando hacia ellos, con sus capas al viento. Reconoció a uno de ellos: era el atractivo primo de Robert que había actuado de padrino suyo en su fallida boda con Dulcibella. El otro...

—¡Mairi! —se le quebró la voz mientras su hermana saltaba de la silla y corría hacia ella, para terminar envolviéndola en un fuerte abrazo.

—Dime que no llegamos demasiado tarde a la boda —le dijo Mairi—. Hemos cabalgado un día y una noche enteros.

Por unos momentos, Lucy fue incapaz de hablar, de tan emocionada como estaba.

—No llores —le ordenó Mairi, viendo que le brillaban los ojos—. No es ese el aspecto que tiene que tener una novia.

—Son lágrimas de felicidad —repuso, y se secó con las palmas las húmedas mejillas.

—No podía resistirme a ejercer de padrino por segunda vez —oyó Lucy que le decía Jack Rutherford a Robert, palmeándole la espalda.

—No sé si debería permitírtelo —dijo Robert—. La primera vez resultó un desastre —pero estaba sonriendo de oreja a oreja mientras le estrechaba la mano.

–¿Un desastre? Depende de cómo lo mires –replicó Jack mientras se volvía hacia Lucy y le hacía una reverencia, sonriendo maliciosamente–. Lady Lucy, a vuestros pies. Yo diría que Rob fue muy afortunado de librarse la última vez, si ello significó que terminaría casándose con vos. Gracias por el sacrificio que hacéis al aceptarlo.

–Bueno, al menos no tuvo que casarse conmigo... –terció Mairi.

–Ese habría sido un sacrificio todavía mayor –fue la irónica réplica de Jack, y los dos se fulminaron mutuamente con la mirada en medio de un incómodo silencio.

–Tenéis que explicarme cómo es que habéis podido llegar a tiempo –pidió Lucy, desviando la mirada del furioso y ruborizado rostro de su hermana al tenso de Jack–. Lord Methven apenas me pidió en matrimonio anoche.

–Robert, siempre tan seguro y confiado –explicó Jack–. Me mandó recado de Durness hace cuatro días.

–Y mi primo siempre tan falto de tacto –se quejó Robert en medio del violento silencio–. La verdad es que no podía darlo por seguro.

–Arrogante –oyó Lucy que murmuraba Mairi–. Igual que su primo.

Aquella boda prometía convertirse en la más incómoda que recordaba Lucy, y eso que todavía no habían llegado al altar. Una vez más se esforzó por mediar en la situación.

–Bueno –dijo–, no debemos hacer esperar al sacerdote –tomando las manos de Mairi entre las suyas, tiró de ella por el sendero hacia la puerta–. Serás mi madrina. Y Bessie mi dama de honor.

–Mal vestida voy para ello –protestó, bajando la mirada a las salpicaduras de barro de la falda de su vestido–, pero estuvo encantada –sonrió a Bessie, que la saludó con una reverencia.

–... una absoluta pesadilla –oyó Lucy que le estaba diciendo Jack a Robert en un murmullo mientras se dirigían también hacia la puerta–. Espero por tu bien que la hermana sea diferente. Recibí carta de Forres, por cierto, enviada por correo especial. El duque os envía sus mejores deseos a los dos. Y os agradece el brandy.

–¿Brandy? –inquirió Lucy, volviéndose.

Robert le sonrió.

–Es una antigua tradición de la isla. Cuando pides al padre la mano de la hija, le regalas una botella de tu mejor brandy.

–Más bien lo sobornas –lo corrigió Mairi, cortante–, para prevenir el escándalo.

–A mí no me importa –dijo Lucy.

–Perdón –dos acentuados coloretes se pintaron en las mejillas de Mairi mientras lanzaba una rápida mirada a Jack–. Perdóname, Lucy. No quería insinuar nada.

–Bueno, soy una novia escandalosa, de eso no hay duda alguna. Y le estoy agradecida a lord Methven por haber salvado mi reputación después de la mancilla que sufrió por culpa del primo Wilfred.

–Lord Methven tiene mucha suerte de casarse contigo –le aseguró Mairi, fulminando a Robert con la mirada como si hubiera cometido un horrendo crimen–. Eres tú quien le está haciendo un favor a *él*. En cuanto a sus cuestionables parientes... –miró ceñuda a Jack, que sonrió a su vez, impertérrito–. Espero sinceramente que no te veas obligada a pasar demasiado tiempo en su compañía.

–Quizá debería pediros a los dos que dejéis vuestras armas en la puerta –sugirió Robert, mirando a uno y a otra antes de ofrecer su brazo a Lucy–. ¿Lista, amor mío?

«Amor mío...» A Lucy se le hizo un nudo en la garganta al oír aquello. Sabía que no lo era realmente, pero aquellas palabras parecían embellecer un matrimonio que era simple fruto de la necesidad. Asintió mientras aceptaba su brazo.

Entraron juntos en el oscuro y cálido interior de la iglesia.

Pero Lucy se detuvo de repente, estupefacta. La iglesia estaba atestada, repleto hasta el último banco de la gente del pueblo vestida con sus mejores galas de domingo, portando flores, sonrientes. Se quedó sin aliento.

–Esto será por ti… –le susurró a Robert.

–Y por ti –repuso él, y Lucy sintió que los ojos volvían a llenársele de lágrimas.

La ceremonia se hizo muy corta. Ian McLain e Isobel hicieron de testigos. Jack y Mairi se ignoraron deliberadamente. Lucy apenas recordaba lo que llegaron a decirse, a excepción del momento en que pronunciaron sus votos, con la voz firme y fuerte de Robert mientras la tomaba de la mano.

Después pareció como si el pueblo entero los acompañara de regreso a la posada, con los niños corriendo a su lado y arrojando flores a sus pies, los gaiteros tocando, la multitud aclamándolos por las bulliciosas calles. La gente de Robert estaba efectivamente de fiesta. Habían llevado comida para celebrar el festín nupcial: pollos, huevos, patatas, quesos y deliciosos panes caseros con rica mantequilla. La pareja fue escoltada hasta la alta mesa.

Eran tantos los comensales que los novios tuvieron que sentarse apretujados. Lucy podía sentir el duro muslo de Robert contra el suyo; de alguna manera, le resultaba imposible ignorar la sensación. Bebió un trago de vino para tranquilizarse y, en lugar de ello, sintió que se le encendían las mejillas.

–Mejor así –le comentó Mairi con tono aprobador–. Estaba sentada junto a Jack Rutherford, que seguía ignorándola con terca deliberación–. Antes estabas pálida como un cadáver.

Era un comentario poco halagador para una novia, pensó Lucy, pero acertado. Pese al calor del día y al gran fuego que ardía en la chimenea, tenía las manos heladas y se sentía aterida y asustada. Miró a Robert. Su marido. Su mente se negaba simplemente a aceptar el hecho. Demasiadas cosas habían sucedido, y demasiado rápido, para que ella fuera capaz de asimilarlo. El cambio que había experimentado su vida en tan solo una semana era enorme: un abismo entre la anterior y la actual, que no sabía cómo salvar.

Robert estaba hablando con Ian McLain. Lucy vio que vaciaba su jarra de cerveza y que uno de los chiquillos se acercaba a rellenársela. Percibiendo su mirada, Robert se volvió para sonreírle y comentarle al oído:

—No tienes nada que tener.

Se ruborizó de que hubiera podido leer tan claramente en sus ojos las dudas que albergaba sobre él. Le acarició fugazmente la mejilla, a manera de consuelo, antes de acercarle su plato. Era pollo asado y olía deliciosamente bien, pero antes, cuando había intentado probarlo, le había sabido a ceniza.

—Come —la animó—. Está muy sabroso y apenas lo has tocado.

Se esforzó. El bocado se le atascó en la garganta, pero otro trago de vino la ayudó a pasarlo. Poco a poco fue sintiendo que sus tensos músculos se aflojaban. Empezó a relajarse. Bebió más vino, picoteó la comida y charló con Mairi y con Isobel. Las mesas fueron retiradas y aparecieron los músicos con sus fídulas. Primero entonaron una lenta y emocionante balada que sonó como un lamento, para después cambiar a un animado baile salpicado de gritos de júbilo. La sala entera se animó con los giros y vueltas de los bailarines. Lucy salió a bailar una contradanza con su esposo. Dio vueltas y más vueltas de una mano a otra hasta que por fin, jadeante y acalorada, regresó al lugar del principio, de nuevo a los brazos de Robert. Justo en aquel momento la besó delante de todo el mundo, y la multitud rugió su aprobación. La música volvió a cambiar a un baile denominado el «corro de la novia», y Lucy continuó bailando.

Unos pocos bailes más y la puerta del salón se abrió de golpe para dar paso a los disfrazados, estrafalarios personajes ataviados con trajes de paja, sombreros en forma de cono y máscaras que escondían sus rostros. Inmediatamente los invitados estallaron en un estruendoso aplauso y la música sonó todavía más fuerte y animada.

–Espero que el primo Wilfred no es esconda detrás de uno de estos disfraces –murmuró Lucy.

Uno de los disfrazados le estaba haciendo una reverencia mientras le tendía una mano para pedirle un baile. Todo el mundo rio y aplaudió cuando ella aceptó. Ignoraba cuáles eran los pasos, pero tampoco le importó. Siete lugareños de Findon ejecutaron una danza con espadas y luego Lucy volvió a bailar con Robert, y después con Jack. Al cabo de un rato todo daba vueltas a su alrededor mientras giraba en una interminable sucesión de bailes, al son de las gaitas y las fídulas, con la música y las risas atronando en su cabeza.

Hasta que, de pronto, se abrió de nuevo la puerta. Un hombre apareció en el umbral. A la luz de las antorchas Lucy pudo distinguir su vestimenta manchada de barro y la acusada expresión de cansancio de su rostro. Entró tambaleante en el salón.

–¡Milord!

Cesó la música de golpe, al igual que las risas y las conversaciones. Alguien acercó un taburete al recién llegado, que se sentó agradecido. Otro hombre le puso en la mano una jarra, que apuró de un solo trago. La atmósfera del salón se había cargado de tensión. Las voces de los presentes burbujeaban suavemente, como el ruido de una tetera al hervir. Todo el mundo estaba esperando.

–Milord –el hombre se limpió la boca con la manga–. Soy Stuart McCall, y vengo de Golden Isle.

Lucy sintió que Robert se tensaba a su lado y se volvió para mirarlo. Estaba muy quieto, con la mirada fría, serio.

Podía sentir la emoción que bullía en su interior. Oscura y turbulenta. Había furia y algo más: algo parecido al dolor. Miró su severo y ceñudo perfil y fue como contemplar a un extraño. No lo entendía, pero tenía la sensación de que el Robert Methven al que creía haber empezado a conocer se le escapaba.

—Habrás venido a felicitarme el día de mi boda, espero —dijo Robert, y apuró su jarra. Lucy vio el movimiento de su nuez mientras tragaba, se fijó en la deliberación con que dejó la jarra vacía sobre la mesa y alzó los ojos para mirar al recién llegado. Tenía un aspecto intimidante, pero el hombre se mostró impertérrito.

—Así es, milord —respondió McCall—. Y a pediros también vuestra ayuda.

Había algo aterrador en la inmovilidad de Robert.

—¿Mi ayuda?

—Así es, milord. La gente de Golden Isle se muere de hambre, milord, y ningún *laird* se ha tomado la molestia de visitarnos desde...

Robert golpeó entonces la mesa con la palma, haciendo saltar a Lucy.

—Tenéis un delegado mío que atiende a vuestras necesidades —pronunció con voz dura, furiosa.

—Neil McTavish no se preocupa de la isla —dijo McCall con tono firme—. Nada ha hecho por ayudarnos cuando las cosechas se han perdido y los barcos han dejado de comerciar con nosotros. Y ha fracasado a la hora de protegernos de Wilfred Cardross.

Se alzó un hostil rumor en el salón mientras el nombre de Cardross quedaba flotando en el aire. McCall alzó los ojos y miró directamente a Robert.

—Vos sois el *laird*. Es vuestro deber ayudarnos.

Se alzó otro rumor, esa vez de discusión y debate, rápidamente acallado cuando Robert miró a su alrededor con feroz expresión.

—¿Me estás acusando de faltar a mis deberes como *laird*? —preguntó con falso tono suave.

Esa vez el silencio fue mortal. Lucy, observándolo todo, percibiendo la tensión con cada célula de su cuerpo, podía ver que ningún hombre se atrevía a mirar a los ojos de su compañero. Ciertamente respetaban a Robert como *laird* allí, en Findon. En solo unos días se había dado cuenta de ello. Confiaban en él, creían en él y sabían que era un hombre fuerte que los protegería. Pero parecía que Golden Isle constituía una excepción. Parecía que, con ese lugar en concreto, se había lavado las manos.

McCall se irguió. Sus palabras fueron como un eco de los pensamientos de Lucy.

—Tengo entendido que sois un *laird* justo y bueno —le dijo—. Pero a Golden Isle le habéis negado vuestra protección. Habéis faltado pues a vuestro deber.

Robert se levantó echando chispas por los ojos, cerrando los dedos sobre la empuñadura de su espada.

Jack Rutherford se apresuró a ponerle una mano en el hombro.

—Salgamos fuera a hablar de esto, Robert —le susurró.

—No en el día de mi boda —gruñó.

Volvió a sentarse y ordenó con un gesto que le rellenaran la jarra. La atmósfera del salón hervía de violencia contenida. Lucy podía ver todas las complejas emociones que recorrían a Robert; había furia, pero también vergüenza y, estaba segura de ello, dolor.

Jack la estaba mirando. Le estaba suplicando en silencio que interviniera. O sobrestimaba su influencia o estaba desesperado, lo cual era lo más probable. Podía sentir la tensión en el aire. A esas alturas, la estaba mirando ya todo el mundo en la sala.

Puso la mano suavemente sobre la muñeca de Robert.

—Milord —le dijo con tono formal—. Conozco mejor que nadie el peligro que supone mi primo de Cardross, y sé también que jamás consentiríais que un solo miembro de vuestro clan sufriera o resultara herido. ¿Por qué no habláis con esos caballeros y os reunís luego conmigo?

Vio que la tensión en los ojos de Robert se aflojaba ligeramente. Podía todavía percibir su resistencia. Al cabo de un momento, él le tomó la mano, la besó los dedos y esbozó una leve sonrisa.

—Como gustéis, milady.

Fue como si la habitación entera hubiese soltado el aliento que había estado conteniendo. Todo el mundo se levantó respetuosamente mientras Lucy y Mairi abandonaban el salón. Distinguió unas cuantas sonrisas, varios gestos de asentimiento y una expresión de respeto en las miradas de todos los hombres.

Isobel McLain las condujo a la cámara que Lucy había abandonado aquella misma mañana de camino a la boda. Estaba arreglada, con la cama salpicada de pétalos de flores que aromatizaban el aire con la más dulce de las fragancias.

—¿Qué le ha pasado a lord Methven esta noche? —preguntó Mairi mientras la ayudaba a ponerse el camisón que Isobel había dejado calentándose al fuego.

—No lo sé —respondió Lucy. Estaba cansada y aprensiva, resentida de las tensiones del día—. Ignoro qué es lo que le ha pasado —lamentó no habérselo preguntado a Isobel, pero al mismo tiempo no quería que la posadera se diera cuenta de lo poco que sabía sobre él. Le resultaba humillante.

—Fue la mención de Golden Isle lo que lo transformó —estaba diciendo su hermana. Parecía no haber escuchado a Lucy ni advertido el timbre de aprensión de su voz—. Antes estaba perfectamente cómodo, pero resultó evidente que no tenía ninguna gana de ir allí...

—¿Por qué no se lo preguntas tú al señor Rutherford? —lo interrumpió Lucy—. Seguro que él lo sabe.

Aquello pareció encresparla.

–No pienso perder ni un minuto con Jack Rutherford.

–¿Qué es lo que te ha hecho ese hombre para que estés tan enfadada con él? –le preguntó, mirándola a los ojos–. A mí me parece encantador, y es guapo como un pecado...

–Demasiado guapo para su propio bien –dijo Mairi. Estaba doblando el vestido de novia con gestos tan bruscos y enérgicos que Lucy llegó a temer que acabara rompiendo la delicada muselina–. Y lo sabe de sobra. ¡Cerdo arrogante!

–¡Oh, querida! –exclamó Lucy, reprimiendo una sonrisa–. Veo que no te gusta.

–Lo aborrezco –le espetó su hermana–. Me alegraré mañana de perderlo de vista. Me vuelvo a Edimburgo. Supongo que tú irás a Methven, ¿no?

–No lo sé –dijo Lucy. De repente sintió en el estómago un nudo de nostalgia por su antigua vida–. No sé adónde vamos a ir –admitió–, ni siquiera si haremos un viaje de novios. Todo ha sucedido tan rápido...

Mairi se sentó en el borde de la cama.

–Supongo que este es el momento en que debería darte un consejo maternal.

–Maternal... ¡Oh! –Lucy se ruborizó–. Por favor, no te sientas en la obligación de aconsejarme –le dijo, incómoda.

La expresión de Mairi se aclaró.

–Oh, bueno, si ya lo has hecho...

–No lo hemos hecho –le confesó Lucy de pronto–. Esto es, yo... Nosotros. El nuestro en un matrimonio puramente nominal.

Mairi arqueó tanto las cejas que casi se le juntaron con el nacimiento del cabello.

–Bromeas.

Lucy la miró ceñuda.

–¿Por qué iba a bromear?

–Porque... –Mairi se interrumpió, e inspiró hondo–. Porque Methven te mira como si no pudiera esperar para acostarse contigo –le espetó, brusca–. Por eso.

El rubor de Lucy se extendía ya por todo su cuerpo. Estaba acalorada. No deseaba tener que explicarle los detalles a su hermana.

–No nos conocemos bien el uno al otro –pronunció al fin.

Mairi le cubrió una mano con la suya.

–Entiendo –dijo, aunque evidentemente no era así–. Pero con el tiempo... Bueno, él querrá tener un heredero...

Lucy asintió.

–Con el tiempo –en ese instante, sin embargo, con la vasta extensión de aquella cama vacía llamándola a gritos, no podía imaginar ningún momento en que se sintiera preparada para eso.

–Si es delicado contigo, la primera vez no será tan mala –le dijo Mairi–. Puede que te duela un poco y puede que no te guste mucho, pero si te duele o te disgusta demasiado, intenta pensar en otra cosa: las danzas tradicionales escocesas, los tipos de gaitas, o el color de cortinas que preferirás cuando te dediques a redecorar el castillo Methven...

–No me estás ayudando en nada –la interrumpió Lucy.

Mairi frunció el ceño.

–Estoy intentando ayudarte. Iba a decirte que es seguro que la sensación mejore con el tiempo y que, de todas formas, para entonces ya te habrás quedado embarazada.

Lucy se estremeció, cruzando los brazos sobre el pecho. Mairi se levantó para cerrar la contraventana.

–Sopla un viento frío esta noche –comentó–. Acuéstate. Todo saldrá bien.

Mairi la arropó, le dio un beso en la mejilla y se incorporó, súbitamente vacilante.

–¿Quieres que espere contigo?

–No, gracias –se apresuró a responder Lucy. En ese momento, al ver la expresión decepcionada de Mairi, se dio cuenta de que había sido algo brusca y le tomó una mano–. Te estoy inmensamente agradecida de que hayas venido a la boda –le dijo con ternura, esperando que su sinceridad pudiera salvar la brecha que la separaba de su hermana–. Para mí ha sido muy importante.

El rostro de Mairi se iluminó con una sonrisa. Le apretó la mano.

–Supongo que hoy habrás echado de menos a Alice –le dijo–. Ya sé que tenerme a mí no es lo mismo, que tú y yo nunca estuvimos tan unidas...

Lucy negó rápidamente con la cabeza, acallándola.

–Soy muy afortunada de tenerte a mi lado.

Mairi le dio un rápido abrazo antes de salir, y Lucy quedó sentada en la cama, en medio del súbito silencio. En el salón se había reanudado la fiesta. Podía escuchar la música y el ruido de las voces. Ignoraba cuánto tiempo tardaría Robert en aparecer. Suponía que tendría que visitar su cámara para guardar las apariencias, incluso aunque no tuviera intención de pasar la noche con ella.

De repente se sentía inquieta, sola, insegura... Se arrodilló frente al arcón y rebuscó entre los corpiños y las enaguas hasta que cerró los dedos sobre el frasco de tintura de poleo. Pensó que debería tomarlo solo por si acaso, para estar segura.

Y, sin embargo, Robert le había dicho que no tenía nada que temer. Un instinto más profundo y terco que el miedo la impulsaba a confiar en él.

Estuvo arrodillada frente al arcón, indecisa, hasta que las piernas se le quedaron frías y doloridas. Luego, lentamente, volvió a guardar el frasco en su escondite y se levantó, cerrando la tapa.

Capítulo 15

Robert estaba de un pésimo humor. Una vez que consintió en hablar con Stuart McCall, no menos de cinco hombres más de Golden Isle aparecieron para sumarse a la reunión. Se sorprendió de no haber previsto la situación: difícilmente McCall habría podido llegar remando solo desde la isla. Los otros debían de haber estado esperando fuera, a la espera de la oportunidad de entrar y hacer la petición a su *laird*. No le gustaba que lo sorprendieran en falta alguna, pero ya desde la noche anterior se había visto acosado por la culpa y las dudas. Era una sensación nueva para él.

Los isleños se apretaron en el pequeño despacho de Iain McLain, un grupo variopinto de gente trabajadora, de rostro atezado, cabello rubio y brillantes ojos azules que hablaban de sus ancestros noruegos. Todos se negaron a sentarse excepto el mayor de todos, tan anciano que Robert llegó a temer que no pudiera sostenerse en pie. Los hombres parecían incómodos, como si su lugar natural fuera el aire libre o el mar abierto, y los sitios cerrados constriñeran sus cuerpos.

Robert había presentado a Jack como su primo y mano derecha, y todos los isleños lo habían saludado cortésmente, pero resultaba obvio, a juzgar por la expresión reservada y precavida de sus ojos azules, que le iba a costar ganarse su respeto y mantenerlo. Difícilmente podría culparlos por ello.

Los hombres se mantuvieron en silencio mientras McCall le describía a Robert el desesperado predicamento en que se encontraba su gente de Golden Isle. La guerra con Francia había dejado una gran factura en las gentes de la isla, en forma de actividad comercial perdida. Las cosechas no habían sido buenas y, a esas alturas, la población estaba al borde de la inanición. Las patrullas de reclutamiento forzoso se habían llevado a la mayor parte de los jóvenes, sin que las familias recibieran compensación alguna. McCall aseguraba que se habían llevado incluso a niños de doce años. Oyendo todo aquello, Robert se sintió furioso y todavía más culpable que antes. Había dejado Golden Isle en manos de su delegado porque él no había querido saber nada.

Se había desentendido.

McCall culpaba al delegado. Lanzó graves acusaciones contra McTavish: no solamente por haber descuidado el bienestar de los isleños, al fracasar a la hora de importar la comida necesaria y vender sus productos a un precio justo, sino también por estar a sueldo de Wilfred Cardross. Tan pronto como el nombre de Cardross fue pronunciado, la atmósfera de la habitación pareció congelarse. Los hombres se removieron, mascullando entre sí. Se hizo un silencio. Robert podía sentir algo en el aire, un momento de vacilación. Los hombres miraban de reojo a McCall, esperando. McCall inspiró hondo antes de hablar.

–Cardross es un traidor –dijo al fin–. Ha estado utilizando Golden Isle secretamente como lugar de cita con los barcos franceses.

Robert vio que Jack se animaba, entrecerrando los ojos con expresión de interés. Hasta ese momento había escuchado respetuosamente, pero Robert había notado que la atención de su primo estaba en otra parte. En ese momento, sin embargo, no era así en absoluto. No había nada que más le gustara a Jack que los desafíos.

—Estáis acusando a Wilfred Cardross de traición —dijo Robert—. Necesitáis estar muy seguros de lo que decís.

Todos los hombres lo miraban con la certidumbre brillando en sus ojos.

—No hay error posible —aseveró uno de ellos. Parecía como si fuera a escupir al suelo ante la sola mención del nombre de Cardross, pero se cuidó de hacerlo en presencia del *laird*—. Yo he visto con mis propios ojos ese velero de pacotilla que él llama barco, todo rojo y dorado, salir de la bahía para encontrarse con los corsarios franceses.

—Recibe de ellos brandy y ricas telas —apuntó otro hombre—. Y a cambio les da información.

—¿Qué clase de información? —le preguntó Robert.

—Defensas costeras, número de tropas, maniobras —respondió McCall—. Detalles sobre la guarnición de Zetland.

Los demás asintieron.

—El hijo pequeño de Frazer, de las Orcadas, sirvió en la tripulación de Cardross —informó uno de los más mayores—. El chico nos lo contó todo cuando Cardross entregó a su hermano a las patrullas de reclutamiento.

—Un traidor a dos bandas.

—Y chaquetero.

—Nos robó nuestros *derechos* de libre navegación —apuntó otro, aparentemente ofendido de que la tradicional e ilegal actividad de contrabando de los isleños se hubiera visto afectada por las acciones de Wilfred Cardross.

—Canalla... —la palabra resonó con su carga de veneno. Robert podía sentir la corriente de odio y violencia que barrió la habitación, creciendo por momentos como si fuera una cosa viva.

—El problema es que nadie creyó al chiquillo de Frazer —dijo de repente el más anciano de todos, al que Robert había creído dormido, hundido en su silla–. Pero a vos os creerían, *laird*. A vos sí os creerían.

Todos asintieron expectantes, fijos sus ojos en Robert, que se tomó su tiempo para contestar. Sabía que si acusaba a Wilfred Cardross sin tener pruebas, nadie le creería a él tampoco. El conde replicaría sencillamente que estaba practicando juego sucio para perjudicar la demanda que había presentado contra él en los tribunales. Alegaría que era el resentimiento personal lo que motivaba aquellas acusaciones, que no los hechos. Y si Robert no podía demostrarlas, sería él quien se encontrara finalmente en problemas.

Miró a Jack. Su primo sabía lo que estaba pensando: que si querían atrapar a Cardross, tendrían que tenderle una trampa. Lo cual no podía convenir más a Robert. Desde que había visto en el rostro de Lucy las huellas del maltrato sufrido a manos de los hombres de Cardross, había querido darle caza y matarlo.

—Mejor será que dejéis el asunto a mi cargo –pronunció al fin.

Los isleños lo miraron asombrados.

—¿Pero informaréis a las autoridades? –quiso saber el más anciano.

—Os juro que lo haré –dijo Robert. Había sido su propia negligencia la que había permitido que sucediera todo aquello. Era responsabilidad suya enderezar la situación–. Zarparé para Golden Isle pasado mañana, con la marea de la tarde –se levantó.

Aquello pareció animar al grupo. Una luz de esperanza brilló en sus ojos. Se miraron entre sí, asintiendo con gestos de aprobación. Robert ofreció a McCall su mano. Se estrecharon las manos, y siguieron después todos los demás.

—Id ahora a disfrutar del festín –los invitó–. Necesito hablar con mi primo.

—Os deseamos mucha felicidad en vuestro matrimonio,

laird –dijo el anciano–. Aunque sea con una pariente de los Cardross.

Jack, mientras tanto, estaba garabateando la silueta de un velero en el reverso de uno de los pliegos de contabilidad de McLain. Alzó la mirada del papel no bien se hubo marchado el último de los isleños. Le brillaban los ojos.

–¿Qué vamos a hacer, Rob?

–Creía que tú ibas a emprender el viaje de vuelta al sur con lady Mairi MacLeod –dijo Robert.

La expresión de Jack se ensombreció.

–Preferiría ayudarte aquí –le dijo, apartándose del escritorio–. Me gustan estas islas del norte. Me recuerdan a cuando estábamos en los bosques del Canadá, lejos del brazo de la ley –hundió las manos en los bolsillos de su chaqueta–. Además, me gustan los desafíos. Todo lo demás me aburre.

–Yo creía que lady Mairi era un desafío –dijo Robert.

Jack lo miró ceñudo.

–Preocúpate de tus malditos asuntos –le espetó–, o te juro que te haré una visita durante tu noche de novios. Estábamos hablando de Cardross.

Robert se sonrió y aceptó el cambio de tema.

–¿Crees que es un traidor?

–Sin duda –respondió Jack sin vacilar–. Todo encaja. Tiene problemas de dinero, está en manos de sus acreedores y a sueldo del francés. Pero luego tú regresas y resulta que no solo se arriesga a perder su reclamación sobre Golden Isle, sino que además sus traicioneras actividades corren peligro de descubrirse –sonrió–. Se va a llevar una buena sorpresa.

–Bien. Necesitaré entonces que vayas a Methven, escojas a treinta de mis mejores hombres y te los traigas a Findon. Hazlo discretamente. No quiero que Cardross se entere.

Jack asintió. Una sonrisa seguía bailando en sus labios.

–Quieres prepararlo todo para cuando venga a por ti.
–Así es. Usaré a McTavish para hacer salir a Cardross. Sembraré ciertas ideas en la mente de McTavish. Si verdaderamente está a sueldo de Cardross, le mandará recado de inmediato. Y cuando aparezca Cardross, lo estaremos esperando.

–¿Pretendes llevarte a lady Methven contigo a Golden Isle? –quiso saber Jack.

Robert frunció el ceño.

–¿Qué tiene nuestra abuela que ver en esto?

–Hablo de tu esposa, estúpido. Sería más seguro enviar a lady Methven a Methven hasta que su primo sea apresado.

–Lucy se queda conmigo –dijo Robert.

Experimentó una punzada de pura posesividad protectora. No quería a Wilfred Cardross cerca de ella, y la manera más segura era conservarla a su lado, protegida por su espada. Recordaba lo que había sentido cuando vio a Lucy luchando contra los esbirros de Cardross a la orilla del lago. Una sensación de terror lo había recorrido de una manera insólita. Había intentado decirse que la única razón era que Lucy era la clave para salvar las tierras de su clan, pero eso no habría hecho justicia a ninguno de los dos. Lo que sentía por Lucy era una compleja mezcla de emociones, y así había sido desde el principio. Por regla general, no le gustaba la mezcla de emociones: nublaba el buen juicio de un hombre y lo debilitaba. Estaba empezando a darse cuenta, sin embargo, de que por lo que se refería a Lucy, tenía muy poca capacidad de elección en ese aspecto.

Alzó la mirada para sorprender a Jack observándolo especulativamente. Se preguntó si habría dejado ver demasiado de lo que estaba sintiendo, y de lo que había pretendido. Su primo no dijo nada, sin embargo. Simplemente alzó su copa de brandy a modo de brindis.

–Bueno, entonces... no perdamos más tiempo –señaló la

puerta–. Tienes que engendrar un heredero antes de que Cardross te mate.

«Tienes que engendrar un heredero...».

Robert no estaba seguro de lo que estaba diciendo su expresión, pero, fuera lo que fuese, Jack bajó lentamente su copa mientras lo miraba con los ojos entrecerrados.

–Perdón. ¿He tocado algún punto sensible? ¿Está ya lady Lucy...?

–No –le espetó Robert, sintiendo el súbito impulso de golpear a su primo.

–Oh –dijo Jack–. Entonces...

–Es un matrimonio puramente nominal –dijo Robert, preguntándose por qué se estaba confiando tanto con alguien, y precisamente con Jack. Quizá había bebido demasiado brandy.

Jack se atragantó con su bebida. Robert tuvo que darle varias palmadas en la espalda, algo que hizo con no poca satisfacción.

–Estás de broma –dijo Jack, tosiendo. Le lloraban los ojos–. O a lo mejor estás loco.

–Se llama paciencia –pronunció Robert entre dientes–. No es una virtud con la que tú estés muy familiarizado.

–Lo siento. Pero... ¿en qué diablos estabas pensando para casarte solamente de nombre cuando llevas deseando a esa mujer desde el primer momento en que la viste?

–Ocúpate de tus malditos asuntos –le soltó Robert–, o seré yo quien te haga una visita en mi noche de novios.

Jack suspiró, apurando su vaso.

–Tengo que suponer que sabes lo que estás haciendo, por el bien de Methven.

–Lo sé –le aseguró él.

–Bien –Jack volvió a señalar la puerta con la cabeza–. Ahora ve a jugar al ajedrez con tu flamante esposa, que es lo que hacen las parejas que se casan solamente de nombre.

Salieron juntos; Jack de regreso al banquete nupcial, Robert rumbo a su cámara, subiendo la oscura escalera. Se pasó una mano por el pelo. Se sentía cansado y le dolía la cabeza como si hubiera bebido demasiada cerveza. Entró en la habitación, que estaba a oscuras, y se lavó la cara antes de acercarse a la ventana. Apoyando las palmas de las manos en la piedra del alféizar, se quedó contemplando el mar.

Sabía que debía cumplir con su palabra y volver a Golden Isle, pero esa noche no quería pensar más en ello. Quería a Lucy. La necesitaba.

Abrió la puerta de la cámara. Seguía habiendo luz debajo de la puerta de la de Lucy, al otro lado de la suya.

Llamó y abrió la puerta. Lucy seguía despierta. Estaba sentada en la cama, toda recatada y pudorosa con su blanco camisón abotonado hasta el cuello. Leía un delgado volumen encuadernado en piel.

Robert se sonrió. Tenía justamente el aspecto que había esperado, formal y respetable de una manera que habría debido disuadirlo de tocarla. Por desgracia, aquel mismo aspecto tan pudoroso le hacía desear desnudarla en seguida y tumbarla sobre la cama. Solo que le había prometido que no lo haría, y él era un caballero de palabra.

Lucy levantó la mirada del libro, echándose el cabello para atrás. La melena se desplegó como una cascada de hojas de otoño a la débil luz de la habitación y Robert ansió acariciarla, hundir los dedos en su sedosa suavidad, tal y como le había ocurrido desde la primera vez que la vio.

—Creí que estarías dormida —pronunció con voz ronca—. Ha sido un día largo y parecías agotada.

Vio que Lucy se mordía el labio y se arrepintió en seguida de sus palabras: no constituían precisamente un delicado cumplido para su novia, a la que durante la ceremonia había visto preciosa, elegante... y fatigada. Claro que él también le había puesto las cosas difíciles durante el banquete nupcial. Era dolorosamente consciente de ello. Que le recordaran Golden Isle y la manera en que había descuidado sus obligaciones para con su gente lo había puesto de un hosco humor, y todo el mundo había terminado padeciendo sus nefastos efectos.

Deseó no haber aceptado los términos de su acuerdo. Quería poseerla en aquel mismo momento y perderse en la posesión, saborear su dulzura y permitirle así que lavara la oscuridad que impregnaba su alma. No quería pensar en el pasado. Pero, todavía con mayor fuerza, se negaba a recrearse con lo que no podía tener, al menos de momento. Necesitaba cortejar a su novia con ternura, ahuyentar sus miedos, y no abalanzarse sobre ella sin mirar por sus sentimientos. El dolor que latía en sus sienes parecía intensificarse.

–Estabas encantadora, por supuesto –se apresuró a añadir, consciente de que estaba hablando como un desmañado mozalbete–. Yo solo quería decir...

–Estaba nerviosa –admitió sencillamente Lucy, dejando el libro a un lado.

Notó que sus ojos, cuando se encontraron con los suyos, tenían un azul límpido y candoroso. Solo entonces comprendió, y experimentó un potente instinto de protección hacia ella.

–Te prometí que no te haría ningún daño –le dijo. Las palabras sonaron más bruscas de lo que había pretendido.

Vio que ella abría aún más los ojos.

–Lo sé –de repente su tono recuperó su habitual altivez. Volvía a ser la hija de un duque que era–. Confío en tu palabra. Pero un matrimonio va más allá de lo que pueda suceder en la alcoba –bajó la mirada y se puso a juguetear con el borde de la manta–. No sé muy bien si sabré ser una esposa como es debido –admitió–. He tenido tan poco tiempo para prepararme...

Robert se sentó en el borde de la cama y tomó sus manos entre las suyas.

–Sabes de ello tanto como yo –le aseguró–. Yo no tengo más experiencia como marido de la que tú tienes como esposa.

Una diminuta sonrisa asomó a los labios de Lucy.

–Supongo que no.

–Estaba tan concentrado buscando esposa que nunca me detuve a pensar en lo que sucedería después de la boda –reconoció Robert.

No sabía muy bien por qué se estaba mostrando tan sincero con ella. Desnudar de esa forma su alma era algo muy poco natural en él, y sin embargo la franqueza de Lucy se merecía una respuesta semejante por su parte. Vio que su sonrisa se ampliaba.

–No había imaginado para nada que tú también estarías nervioso.

–Estoy aterrado –le confesó en un impulso.

–¡Vaya! Me disculparás si encuentro eso difícil de creer –repuso con tono recatado–. Sé que no eres hombre que se asuste fácilmente.

–Se me había ocurrido una manera de que pudieras ayudarme, sin embargo.

–¿De veras? –inquirió ella, enarcando las cejas.

–Quiero quedarme aquí contigo esta noche –pronunció Robert con tono suave.

La desconfianza relampagueó por un instante en los ojos de Lucy, apagando cualquier brillo de diversión.

–Pero tú dijiste...

La acalló poniéndole un dedo sobre los labios.

–No pasa nada –le aseguró–. No tienes nada que temer. Solo quiero estar contigo –se asombró de su propia actitud: estaba a un paso de suplicarle. Era consciente de que no quería estar solo. De que la necesitaba–. Por favor –insistió.

Lucy no parecía del todo convencida. Robert se inclinó entonces hacia ella y la besó con exquisita ternura. Sintió sus labios imposiblemente suaves y aterciopelados rindiéndose a los suyos. Su cuerpo se endureció, excitado.

No rechazó el beso, pero tampoco reaccionó. Podía sentir su incertidumbre y su miedo. Ella confiaba en él, pero esa confianza pendía de un hilo y Robert no podía traicionarla por mucho que, en aquel preciso momento, estuviera maldiciendo su propio sentido del honor. Había, sin embargo, otras maneras de incrementar la intimidad entre ambos hasta que estuviera preparada para consumar su matrimonio. Nunca superaría sus miedos si mantenían una distancia correcta, formal. Porque entonces se irían separando poco a poco hasta convertirse en dos aislados desconocidos. Y no pensaba permitir eso.

Se sacó las botas y las arrojó a un lado. Ella lo observaba preocupada. Se quitó luego la chaqueta y se sacó la camisa por la cabeza. Para entonces vio que tenía los ojos como platos, sobre todo cuando los fijó en su torso desnudo.

–Tienes hermanos –le recordó él para aligerar la tensión–. Seguro que habrás visto a un varón desnudo.

–Cuando éramos más jóvenes –dijo Lucy–. Pero no eran como tú –su voz sonaba ligeramente ronca–. Lachlan es flacucho, y Angus regordete. No tienen... er... músculos –retiró la mirada de su pecho, parpadeando como si fuera de día y el resplandor del sol la hubiera deslumbrado.

A Robert le gustó su reacción de sorpresa. Le hacía sentirse como si fuera un dios.

El pantalón, sin embargo, tendría que quedarse por el momento. No tenía intención de convertir aquella sorpresa en estupor.

Sopló la vela y se metió en la cama a su lado. Sintió que se apartaba unos decorosos centímetros de él, y se mordió el labio para reprimir una sonrisa.

–Hay espacio más que de sobra para los dos –dijo, aunque eso no era del todo cierto.

La cama era pequeña. La manga de su camisón de algodón le rozaba el brazo. Más abajo, su cadera rozaba la suya y podía sentir la calidez de su muslo contra la tela del pantalón. Apretó los dientes.

Durante unos minutos permanecieron quietos como estatuas. Podía escuchar su respiración, rápida y ligera.

En un momento determinado la sintió apartarse, y la sujetó del brazo para evitar que rodara fuera de la cama. Pasó luego un codo por encima de su cabeza y le apartó delicadamente el cabello del rostro. Su piel era como la seda, tan tersa y tentadora... Sabía que no debería hacer aquello. Solo había pretendido que se acostumbrara a compartir una cama con él, nada más, pero el deseo era demasiado poderoso.

–Si te prometo que no te pediré nada más –le dijo–, ¿me besarás?

Esperaba que no pudiera adivinar por su voz lo mucho que ansiaba que aceptara. Aunque estaba seguro de que así era.

Lucy soltó un tembloroso suspiro. Sus senos se alzaron, rozando el costado de Robert. La oyó soltar un leve gemido de asentimiento que hizo que su miembro se endureciera aún más de forma fulminante. Pensó que mejor era que no lo supiera, o muy probablemente saltaría de la cama sin que le importara caerse al suelo.

Robert volvió a rozarle los labios con los suyos. Esa vez, tras la vacilación inicial, los sintió receptivos, incluso llegó a entreabrirlos. Un ardiente deseo lo barrió como una marea. Lo reprimió con férreo control y, en lugar de seguir besándola, se apartó.

Lucy se lo quedó mirando como si fuera un complejo enigma que no consiguiera descifrar. Alzó un mano hasta su mejilla y acarició la aspereza de su piel tímidamente, como probando. Robert cerró los ojos e intentó no gruñir.

En esa ocasión, fue ella la que lo besó tentativamente,

llevando una mano hasta su nuca y acercando sus labios a los suyos. Era torpe e inexperta, pero la dejó explorar, percibiendo su curiosidad bajo su nerviosismo, esperando a que aflorara libre. Sintió su lengua deslizándose entre sus labios, saboreándolo, descubriéndolo. Tan inocente exploración resultaba tan excitante que estuvo seguro de que iba a explotar. De alguna manera, sin embargo, se contuvo para no hacerlo.

–¿Todo bien? –murmuró él cuando sus bocas al fin se separaron.

Lucy parpadeó extrañada, con un azul soñoliento en sus ojos.

–Besarte me gusta –musitó–. Es eso lo que me preocupa.

–Pues no te preocupes –le dijo Robert–. No te preocupes en absoluto.

Una leve sombra atravesó su expresión.

–Creo que estás intentando seducirme.

–Aún no –respondió Robert, esperando que fuera cierto–. Tienes mi palabra.

Lucy asintió con la cabeza. Robert pudo ver que se relajaba. El tercer beso fue tan bueno que casi logró desbaratar definitivamente sus honorables intenciones: dulce, excitante, ardiente, lleno de interminables promesas. Volvió a apartarse para contemplar el subir y bajar de sus senos bajo la fina tela de su camisón, el rubor de su excitación en sus mejillas. Esa vez no llegó a abrir los ojos.

La habitación parecía hundirse en la luz del crepúsculo. Abajo continuaba desarrollándose el banquete, con los invitados cantando a voz en grito y el retumbar de sus pasos de baile resonando en el suelo.

Robert alzó una mano para tirar de la cinta que cerraba el cuello de su camisón. La seda resbaló entre sus dedos temblorosos. Acercó luego los labios a la base de su cuello, que había quedado al descubierto, y deslizó la punta de la lengua por la salada tersura de su piel. Lucy emitió un pequeño sonido, pero permaneció quieta. Robert estaba tenso como un cable de acero, más excitado de lo que nunca había creído posible. Lenta y delicadamente su boca fue sorteando la tela y besó el dibujo de su clavícula, la curva de su cuello y la sensible zona detrás de la oreja, para terminar volviendo al punto de partida, allí donde su pulso martilleaba contra sus labios.

Vio que batía las pestañas y abría los ojos.

—Eso ha estado muy bien —susurró—. Gracias.

Sonaba tan correcta y recatada... Aquello le arrancó una sonrisa. Y también le hizo desear poseerla, de la manera más implacable e incorrecta. Una vez más, se reprimió.

—Podría llegar a estar mejor —le dijo—. Pero tendremos que esperar para eso.

Se preguntó si se habría imaginado la sombra de decepción que atravesó sus ojos. Le había dicho que no tenía miedo a la intimidad en sí, y en ese momento él podía ver que era cierto. Eran las consecuencias de la pasión lo que la asustaban.

La besó de nuevo. Una vez más ella respondió con entrega y confianza, así como con una dulce disposición que casi le hizo perder el control...

«Solo un poco más...».

Le bajó el camisón solo un poco más, para poder presionar los labios sobre el tierno valle que se abría entre sus senos. Era un lugar deliciosamente cálido y suave, que olía a lavanda y a rosas. Pudo ver sus pezones tensándose bajo el tejido. El deseo rugió en sus venas y tuvo que apartarse bruscamente.

—Basta —pronunció—, a no ser que acabe pecando de perjurio.

Lucy abrió los ojos. Por un momento se mostró aturdida, hasta que tomó conciencia de lo que había sucedido y se ruborizó.

–¿Quieres volver a tu habitación? –le preguntó.

–No –contestó Robert, rezando por conservar el necesario control–. Quiero quedarme aquí, contigo.

Ella asintió y cerró los ojos. Dejó escapar un leve suspiro, y se arrebujó luego dentro de la curva de su hombro y de su brazo protector. Su cuerpo se apretó suave y dulcemente contra el suyo.

«Dios mío», exclamó Robert para sus adentros. Sabía que debería alegrarse de que hubiera depositado tan incuestionable confianza en él, pero se preguntó, medio desesperado, si cada noche que pasara con Lucy tendría que someterse a la tortura de aquella impotente excitación. Con un suspiro que sonó todavía más frustrado que el que había soltado ella, cerró los ojos e intentó dormir.

Un par de horas después, seguía planeando entre el sueño y la vigilia cuando el grito de Lucy lo despertó del todo. A punto de sacar su daga, se dio cuenta en el último momento de que no había ningún intruso: era una pesadilla lo que la había asustado. Se volvió para mirarla. Estaba boca arriba, jadeante, con los ojos desorbitados. Tenía la piel bañada en sudor y, cuando la tocó la sintió febril; la cara le ardía y las manos eran puro hielo. Intentó acercarla hacia sí, pero en un primer momento ella se resistió, rechazando su consuelo.

–No pasa nada –le susurró con ternura, como si estuviera consolando a una chiquilla–. No ha sido más que una pesadilla. Estás a salvo conmigo.

Su mirada voló hasta su rostro. Robert leyó la desesperación en sus ojos.

–Alice… –la oyó pronunciar.

Lo había adivinado. Ella misma le había confesado que sufría pesadillas. No podía esperar que desaparecieran de la noche a la mañana. Reprimió la súbita punzada de furia y desánimo que sintió ante aquel temprano afloramiento, o retorno, de sus miedos. Era una señal de que temía su matrimonio, de que estaba aterrada ante la perspectiva de proporcionarle un heredero.

Pero Robert no podía permitir que la desesperación se apoderara también de él. Ciertamente no iba a renunciar ahora, cuando apenas acababa de empezar.

Dulce y delicadamente, volvió a acomodarla en el refugio de sus brazos. Podía sentir su temblor y se sirvió de su cuerpo para hacerla entrar en calor. Gradualmente el temblor cesó y consiguió relajarse.

–Gracias –susurró.

Robert distinguió un brillo de lágrimas en su mejilla y se lo secó con la yema del pulgar.

–Vuelve a dormirte.

La abrazó hasta que lo hizo.

Era una sensación extraña despertarse con un hombre en la cama. Incómoda y poco familiar. Lucy se despertó cuando la pálida luz de la mañana se filtró bajo las contraventanas para extenderse por el suelo del dormitorio. La pesadilla había volado, ahuyentada por la ternura de Robert y por el calor de su cuerpo. Recordaba haber vuelto a quedarse dormida entre sus brazos. Sentía una extraña paz por dentro.

Por un momento se quedó muy quieta, absorbiendo la extrañeza de la situación, hasta que se volvió para mirar a su esposo. Estaba dormido, con la manta cubriéndolo a la altura de las caderas, un brazo moreno cruzado posesivamente sobre su cuerpo. A la gris luz del amanecer pudo distinguir la perfección de su musculatura, como una de las estatuas de mármol de la biblioteca de Forres. Solo que Robert era de carne y hueso, de piel caliente y viva, y ella quería tocarlo: no con el frío interés que había sentido por aquellas esculturas, sino con curiosidad y avidez.

Algo se removió dentro de su ser y, justo en aquel instante, evocó los besos y caricias que Robert le había regalado la noche anterior. Había estado cansada y nerviosa, tensa y confusa, pero había confiado en él, y él no había roto su palabra. Se estremeció levemente cuando recordó sus labios deslizándose por su piel. Alzó una mano hasta su cuello y recorrió con los dedos el mismo camino que su boca había seguido por el suyo. La noche anterior había estado casi demasiado exhausta y temerosa para excitarse. Casi. Porque el deseo todavía se agitaba en su interior. Y esa mañana era más punzante, más agudo. Se sentía singularmente despierta y anhelante, de una manera que no acertaba a comprender.

Siguiendo un impulso al que no quiso resistirse, apoyó la palma de la mano sobre el pecho de Robert, justo sobre su corazón. Sintió su piel cálida, firme. Quiso deslizar por ella los labios, para ver a qué sabía. El pensamiento la dejó consternada: le hizo dar un respingo por dentro. Se inclinó aún más, estudiando su rostro: el abanico de diminutas patas de gallo de sus ojos, las largas y espesas pestañas, las duras aristas de sus pómulos. Una sombra de barba le oscurecía la mejilla y el mentón, dándole un aspecto bronco, áspero. Estaba fascinada. Nunca antes había contemplado tan de cerca a un hombre...

De repente vio que alzaba una mano y le aprisionaba la suya contra su pecho. Se movieron sus pestañas y abrió los ojos, de un profundo azul oscuro. Sonrió. Una soñolienta sonrisa que consiguió removerla, agitarla por dentro.

–Buenos días –le dijo él con tono suave. Los dedos de su otra mano se enredaron en su pelo, acercándole la cabeza. Y la boca–. Es demasiado temprano para levantarse –susurró contra sus labios–. Todo el mundo está aún dormido.

Era cierto que la posada seguía sumida en el silencio. Lucy se descubrió hablando también en susurros:

–¿Qué podemos hacer entonces?

Robert se sonrió y empezó a besarla como lo había hecho la noche anterior, con largos y prolongados besos, dulces y sensuales, que inflamaron su cuerpo con un denso calor. Era diferente hacerlo así, a la luz del día: más perverso, más sensual incluso. Los sentidos de Lucy se vieron invadidos por su calor y por el aroma de su piel. Un aroma que se mezclaba con el desvaído olor a lavanda de la ropa de cama y hacía que la cabeza le diera vueltas de anhelo y necesidad.

Robert la estuvo besando durante un buen rato, hasta el punto de que le hizo perder la noción del tiempo y del espacio, de todo lo que no fuera él: el calor de su cuerpo, el contacto de sus manos y de su boca, su misma esencia. Cuando finalmente se apartó, aturdida y transida de deseo, se dio cuenta de que su camisón había resbalado por sus hombros y estaba en ese momento enredado alrededor de sus muslos, apretándola como si fuera una prisión... Deseó quitárselo, liberarse de él.

Era tanto lo que deseaba...

–¿Estás bien, corazón? –Robert le estaba acariciando la mejilla.

Lucy sintió sus dedos fríos, aunque era ella la que se estaba quemando.

–No –pronunció, como irritada–. Quiero...

Robert se echó a reír.

–No podemos hacer eso.

«Qué provocador». La necesidad que ardía en su interior la impulsaba a apretar los puños y a golpear el colchón, frustrada. ¿Por qué su cuerpo tenía que atormentarla de aquella forma cuando su mente tampoco la dejaba en paz? Por un momento estuvo oscilando entre el anhelo y el temor; por un momento pareció como si la dulce necesidad fuera a imponerse finalmente, pero entonces basculó de golpe la balanza y el antiguo miedo se cerró sobre ella como una trampa, un cepo de acero. Una trampa que la vació de todo placer dejándola nuevamente desolada, hueca.

Se mordió el labio con fuerza. *No* podía llorar.

Con un súbito estallido de energía, apartó las mantas y se levantó de la cama. Cualquier cosa que no fuera quedarse allí sintiendo cómo aquella oscura ola la reclamaba.

–Me levanto –dijo.

–Vuelve a la cama.

Lucy se estremeció de nuevo. Esa vez no era ni de frío ni de miedo.

–No, de verdad, yo...

–Necesitamos hablar.

Se incorporó sobre un codo, deliciosamente despeinado. Lucy sintió una leve punzada de anhelo. Era tan guapo... El corazón se le apretaba de felicidad y dolor, inextricablemente ligados. Se volvía ya hacia la puerta cuando se dio cuenta de que estaban en su cámara y que no tenía ningún lugar adónde ir.

–No creo...

–Estás aterrada –observó con tono firme, negándole la posibilidad de continuar fingiendo–. Lo entiendo. Pero todo irá bien a partir de ahora, Lucy –había una gran ternura en sus ojos. Una ternura que hacía que le entraran ganas de llorar–. Yo te cuidaré.

Quería creer en él. Lo ansiaba tanto... Y como no podía, el corazón se le retorcía de desesperación.

–Lucy –Robert le estaba tendiendo la mano–. Ven aquí.

No podía. Por un momento se quedó absolutamente congelada de miedo y de tristeza.

Comprendió de repente que tenía que escapar de allí. De la intimidad de la habitación y de la mirada de los ojos de Robert, del pánico que le atenazaba el pecho y que le robaba el aliento. Sentía tan frágiles sus defensas... Algo estaba cambiando, pero no estaba segura de lo que era.

–Tengo cosas que hacer –pronunció, desesperada–. Hacer compras... preparar el equipaje... Mairi podrá ayudarme.

–Dudo que las tiendas de Findon te ocupen más de una hora –dijo Robert. Suspiró y apartó también las mantas para levantarse–. Mi reputación sobrevivirá al conocimiento de que mi novia ha madrugado tanto después de la noche de novios –comentó secamente mientras se agachaba para recoger su camisa del suelo y se la ponía por la cabeza.

Luego fue hasta ella y la besó de nuevo detenida, morosamente. Así hasta que Lucy pudo sentir la palpitación del deseo detrás de su ternura.

–No podemos retroceder, Lucy –añadió con tono feroz, contra sus labios–. Yo no lo permitiré –y, bajando las manos de sus hombros, se volvió y abandonó la habitación.

Capítulo 16

—Has madrugado —observó Jack nada más entrar en el salón del desayuno, donde Robert acababa de terminar de comer, mientras miraba ostentosamente el reloj—. Bueno, supongo que ya me avisaste de que era un matrimonio de conveniencia —se sentó y alcanzó la cafetera—. Tienes mal aspecto —añadió con burlona conmiseración—. ¿Una noche incómoda?

Robert lo fulminó con la mirada.

—Si he madrugado es porque hay mucho que hacer antes de que zarpemos para Golden Isle.

Jack sonrió, imperterrito.

—Por supuesto. Y todo ello es más importante que seducir a tu esposa.

Robert arrojó el periódico sobre la mesa con un gesto irritado.

—Anoche te dije que te ocuparas de tus malditos asuntos —gruñó, levantándose—. Me encontrarás en el muelle. Cuando hayas dejado de perder el tiempo.

Salió.

La mañana de mayo era extremadamente fría, pero acogió de buen grado aquel tiempo. El frío le ayudaba a despejar la cabeza y a serenar otras partes de su cuerpo. Le gustaba aquella hora tan temprana, cuando la luz empezaba a aparecer y el aire era tan fresco. Era una hora que siempre había disfrutado.

Era una hora que, en aquel momento, iba a darle la oportunidad de pensar sobre Lucy. Mientras paseaba por las silenciosas calles del pueblo que comenzaba a desperezarse, pensó en la manera en que ella había reaccionado a sus besos, en que lo había besado a su vez, en que lo había tocado con inocente curiosidad y deleite. Poco le había faltado para dejarse seducir, hasta que sus recuerdos la habían congelado para sacarla de la cama. Él había visto perfectamente cómo había sucedido, la había visto cerrarse sobre sí misma para volver a levantar todas las barreras que en el pasado había utilizado para protegerse. Bueno, pues él iba a derribar aquellas murallas. No podía permitir que la tragedia del pasado destrozara su futuro.

No bien hubo doblado la esquina que bajaba hasta el muelle, el viento lo azotó con fuerza. El viento arrastraba las nubes y, mar adentro, podía distinguir Golden Isle flotando sobre el horizonte. Cuadró los hombros. Se había casado con Lucy para salvar su herencia, y la isla formaba parte de ella. La noche anterior le había enfrentado de manera expeditiva con sus responsabilidades. No podía eludirlas ahora.

Pasó todo el día en el muelle cargando provisiones para el viaje, tratando con McCall de las condiciones de Golden Isle y discutiendo con Jack sobre la trampa que pensaban tender a Wilfred Cardross.

Al fin, cuando el sol se hubo hundido tras las montañas, regresó a la posada con su primo, consciente de la extenuación de sus miembros. Consciente de que había forzado su cuerpo hasta el agotamiento con tal de olvidarse de todo lo demás.

Pero bastó una sola mirada a Lucy para que volvieran todas y cada una de sus frustraciones.

Estaba sentada en el salón calentado por la chimenea,

hablando en voz baja con su hermana mientras terminaban de cenar. Evidentemente habían salido a hacer compras, porque lucía un vestido nuevo. Incluso Robert, no precisamente versado en modas, podía ver que le sentaba maravillosamente bien. Era de color castaño entretejido con hilos de oro, con un bajo escote de encaje blanco. Se había recogido la melena en lo alto de la cabeza, pero dejando algunos mechones sueltos que se rizaban sobre su cuello. Parecía como si hubiera sido pintada en colores otoñales, vívidos y brillantes. Al contrario que el día anterior, cuando había ofrecido un aspecto pálido y agotado con su vestido de boda, en aquel momento parecía resplandecer, con sus ojos azul zafiro relampagueando en la penumbra de la habitación.

A su lado, oyó a Jack soltar un tenue silbido de admiración. A lady Mairi, pensó Robert, pareció gustarle tan poco aquel silbido como a él. Se volvió para fulminarlo con la mirada mientras Mairi se levantaba con un rumor de sedas.

—Por fin estáis aquí —dijo, dejando claro con su tono que pensaba que Robert había descuidado vergonzosamente a su novia—. Tendréis que perdonarnos por no haberos esperado. Teníamos hambre.

Pasó por delante de ellos procurando guardar la máxima distancia posible con Jack. Según observó Robert con no poca diversión, llegó incluso a apartar cuidadosamente las faldas para no rozarlo siquiera con su vuelo. Un momento después, su primo pareció recuperarse con un respingo y salió detrás de ella. Robert cerró la puerta a su espalda.

Lucy también se había levantado. Pese a su aspecto elegante y majestuoso, la expresión de sus ojos era insegura. Robert evocó la noche anterior, cuando ella le dijo que no sabría ser una esposa como debía, y sintió una punzada de ternura.

—Queda bastante carne —le ofreció—. Si tienes apetito.

Robert estaba hambriento, pero había algo que preferiría hacer primero. Cruzó la habitación, la tomó en sus brazos y la besó. Percibió su reacción de sorpresa y un levísimo atisbo de resistencia. Pero en seguida la oyó soltar un sobresaltado gemido y sintió que esa resistencia se derretía mientras le devolvía el beso.

Aquello casi bastó para hacerle renegar de la cena en su ansia por subirla a la habitación y hacerle el amor. Con no poco esfuerzo, se apartó y la soltó. Sabía que si cedía en aquel momento a sus deseos, la asustaría de nuevo y perdería los pequeños progresos que había venido haciendo hasta ahora.

—Debería lavarme —gruñó—. Y comer.

Lucy asintió. Tenía las mejillas de un rojo rosado, sus ojos brillaban como estrellas. Vio que se mordía el labio inferior, observándolo. Ahogó un gemido mientras sentía su cuerpo endurecerse hasta un punto insoportable. Agarró el picaporte, necesitado de poner algo de distancia entre ellos.

—Yo solo... —movió vagamente una mano y se volvió tan bruscamente que a punto estuvo de chocar con Isobel, que se disponía a entrar con una bandeja de comida. Se disculpó, maldiciendo su torpeza. De una manera u otra, su esposa estaba acabando por desquiciarlo.

Podía ver a Lucy mirándolo con el ceño levemente fruncido, como si estuviera preocupada.

—¿Te encuentras bien? —avanzó un paso, estirando una mano hacia él.

Pero Robert se apartó con un respingo.

—Nada que un poco de comida caliente no pueda remediar.

Lucy dejó caer la mano.

—Por supuesto —sonrió a Isobel a modo de saludo y se apresuró a abandonar el salón.

Robert se pasó una mano por el pelo, maldiciéndose por segunda vez. Habría preferido que Lucy se hubiera quedado a hablar con él, aun a costa del peligro que había corrido de elegirla a ella como menú. Y ahora la había molestado, confundido quizá. Lo cierto era que él mismo se sentía tan alterado que no estaba haciendo nada para tranquilizarla.

Se dejó caer en la silla y atacó ceñudo la carne. ¿Quién habría imaginado que aquel matrimonio de conveniencia sería tan condenadamente difícil?

Lucy caminaba de un lado a otro de su habitación. Mairi la había ayudado a cambiarse para acostarse, ya que a falta de una doncella se ayudaban mutuamente, y en ese momento se arrepentía de no haberle pedido que se quedara. Cualquier compañía habría sido bienvenida. Había recogido su libro e intentado leer de nuevo, pero las palabras no parecían tener sentido alguno. No podía concentrarse. En lo único que podía pensar era que no tenía la menor idea de por qué Robert la había besado tan deliciosamente... para retirarse luego de manera tan precipitada.

Aquella misma mañana, él le había jurado que no permitiría que erigiera barrera alguna entre ellos y, aunque estaba temblando por dentro, se hallaba a la vez lo suficientemente dispuesta como para intentarlo. Por el bien de su matrimonio y el futuro de las propiedades de los Methven, sabía que no podían llevar existencias separadas, tristes. Podía sentir cómo una diminuta parte de su corazón se iba abriendo cada día un poco más, dejando entrar un atisbo de luz. Confiaba en que Robert no le haría daño alguno: eso era un comienzo. De modo que se había preparado para cuando él fuera a visitarla esa noche y llevara un poco más lejos las cosas entre ellos. Pero con lo que no había contado era que la rechazaría como si tuviera la peste, como había hecho esa tarde.

Hombres. No los entendía en absoluto.

De pronto, el sonido de unos pasos en la escalera la hizo saltar del sillón. Las tablas del rellano crujieron; oyó el breve intercambio de palabras mientras Robert daba las buenas noches a su primo. Esperó. Se dio cuenta de que estaba conteniendo el aliento.

Oyó entonces el ruido de la puerta de la habitación del otro lado del pasillo... cerrándose con un decisivo clic. Y luego, silencio. Volvió a sentarse en el sillón. No se oía ya nada más que el tictac del reloj del aparador y el crepitar del fuego. Hundió los dedos en el terciopelo de los brazos del sillón mientras esperaba, cada vez más tensa. Fue pasando el tiempo. Los pies se le estaban empezando a quedar helados. Robert no iba a entrar a buscarla. Ni siquiera iba a darle las buenas noches.

Rápidamente, antes de que pudiera pensárselo dos veces, antes de permitirse tener miedo, apagó el fuego de la chimenea y recogió la vela. Abrió la puerta y salió al pasillo. Heladas corrientes le azotaron los tobillos, haciéndola temblar. Caminó de puntillas y llamó suavemente a la puerta de la cámara de Robert. Entró sin esperar respuesta.

Estaba repantigado en la silla frente al fuego, con un vaso de brandy en la mano. Alzó los ojos para mirarla y no sonrió. Decididamente no parecía nada contento de verla.

«Esto ha sido un error», pensó Lucy. El aterrado latido de su corazón casi la mandó de vuelta a su dormitorio, pero algún terco diablillo la impulsó a entrar.

—No has venido a darme las buenas noches —cerró la puerta y dejó con cuidado la vela sobre el aparador—. Apenas esta misma mañana dijiste que lucharías por un futuro para nosotros, y sin embargo ahora me evitas.

Se hizo un silencio tan largo que Lucy pensó por un momento que no iba a contestarle. Hasta que por fin su mirada se encontró con la suya. La de él era de un azul vívido y brillante. Se preguntó si estaría bebido, y fue como si el corazón dejara de latirle de pronto.

—Intento —gruñó— respetar tus deseos y no forzar ningún contacto.

La barrió de los pies a la cabeza con una mirada insolente, apreciativa, y Lucy fue agudamente consciente de sus pies descalzos y de los mechones de pelo que escapaban de su larga trenza.

—Pero es difícil —continuó—, cuando te presentas en mi habitación vestida nada más que con un camisón transparente.

—¡Oh! —el color tiñó sus mejillas. Se sintió como una ingenua, una estúpida—. Entiendo.

—Sí —se burló él—. Y me disculpo por encontrarte tan absolutamente irresistible. Esto está convirtiendo mi vida en un infierno.

Se levantó. Lucy retrocedió instintivamente un paso. Esa reacción le hizo detenerse, y enarcó una ceja. Ella se dio cuenta entonces de que no estaba bebido, y casi se desmayó de alivio.

—Lo siento —dijo—. Me iré ahora mismo —pero no se movió.

Robert esperó, dándole tiempo suficiente para decidir mientras el corazón le atronaba tan fuerte que estuvo segura de que podía escucharlo. Y, sin embargo, seguía sin moverse. No podía apartar la mirada de su rostro, con aquella expresión tan dura, como esculpida en granito. Sabía que detrás de aquella fortaleza se escondía una conmovedora ternura.

Solo necesitó dos pasos para cubrir la distancia que los separaba y tomarla en sus brazos, y, cuando lo hizo, Lucy soltó un suspiro mientras se apretaba contra él.

—¿Por qué te has quedado? —le preguntó Robert con voz queda, contra su pelo.

—Porque prometimos que intentaríamos... —estaba temblando—. Porque quiero estar contigo. Porque confío en ti.

La apartó levemente para contemplarla. Su mirada no podía ser más tierna.

—No te haré el amor, Lucy —le dijo—. Es demasiado pronto. Todavía no estás preparada.

Sabía que tenía razón. Lo deseaba, pero eso no era suficiente para ahuyentar los recuerdos que planeaban sobre ella como buitres. No era suficiente para erradicar el miedo. Aún no.

—Lo sé —admitió. Una parte de ella no deseaba otra cosa que dejarse poseer completamente, pero no quería tener que arrepentirse de ello después—. Sin embargo, anoche... —se interrumpió al recordar lo que él le había dicho acerca de que la encontraba irresistible. Le estaba pidiendo demasiado, poniendo a prueba su autocontrol de una manera injusta. Podía saber muy poco sobre los hombres, pero eso sí que lo sabía—. Lo lamento —volvió a decir—. No es justo para ti. No me di cuenta.

Robert la levantó entonces en vilo y la depositó sobre la cama, para echarse luego a su lado y tomarla en sus brazos.

—Al diablo con todo —murmuró, acariciándole la oreja con su aliento—. Aun así prefiero que te hayas quedado conmigo, sea justo o no.

Era un estúpido. Robert contempló a su esposa yaciendo en la cama a su lado y supo que le esperaba otra noche de frustración y desconsuelo. Y, sin embargo, era un pequeño precio a pagar. Lucy había ido a buscarlo. Por primera vez había acudido a él, libremente. El descubrimiento de que estaba preparada para confiar en él lo había dejado conmovido. Si eso significaba que al final podría librarla de la oscuridad que acechaba en su alma y sustituirla por la luz y la esperanza, habría merecido la pena... aunque pereciera de frustración en el proceso. Nada había seguro en la vida; él lo sabía mejor que nadie, pero estaba decidido a que la vida de Lucy no continuara condenada al miedo.

Alzó una mano y atrapó con el pulgar y el índice la cinta que le sujetaba la trenza, tirando de ella y soltando el lazo. Empezó a destrenzarle el cabello, trabajando con concentrado empeño, deslizando suavemente los dedos por entre los mechones como siempre había anhelado hacer. Era tan fino y sedoso como había imaginado: se derramaba por sus manos como fuego líquido. Su color y su textura lo fascinaban.

Lucy permaneció muy quieta, observándolo con los ojos muy abiertos. Finalmente él cedió conscientemente al impulso e inclinó la cabeza para besarla, y ella se removió en la cama y emitió un gemido de rendición, como si hubiera estado esperando aquel preciso momento. El contacto de los labios de Lucy fue dulce y ardiente, tanto que lo quemó. Ya estaba excitado, pero mantenía el control con puño de acero mientras se alegraba, sombrío, de descubrir reservas de contención que jamás había soñado que poseía.

Apartándose brevemente de ella, se desembarazó de la chaqueta, la camisa y las botas, tal y como había hecho la noche anterior. Esa vez, cuando volvió a reunirse con ella, Lucy lo recibió más que dispuesta, recorriendo con los dedos sus hombros, brazos y espalda, explorándolo a conciencia. Robert apretó los dientes. Sus caricias estaban cargadas de una inocente curiosidad que resultaba tan tentadora como seductora.

–Qué piel tan suave... y qué caliente –la voz de Lucy apenas era un susurro.

Deslizó una mano por su estómago, justo por encima de la cintura del pantalón, y el miembro de Robert dio un respingo. Le sujetó la mano con fuerza.

–Basta –le dijo–. A no ser que quieras poner demasiado a prueba mi honor y yo termine quedando como un mentiroso.

Parpadeó asombrada, mirándolo con los ojos muy abiertos.

—¡Oh!

Se humedeció el labio inferior con la lengua y, al verlo, Robert casi gruñó en voz alta. En lugar de ello volvió a besarla, deslizando la lengua en el interior de su boca, explorándola en profundidad, hasta que ella empezó a removerse inquieta en las sábanas, con sus manos recorriendo su cuerpo con urgentes, nerviosas caricias.

Se apartó. Las contraventanas no estaban cerradas y, al resplandor azulado de la noche boreal, la vio toda entregada, dispuesta, madura para la posesión. Sus ojos ardían de pasión, tenía entreabiertos los labios, sus senos subían y bajaban rápidamente bajo el blando deslumbrante de su camisón. Robert inspiró hondo para serenarse. Aquellos juegos eran ciertamente peligrosos.

Le acarició una mejilla.

—¿Cómo estás, corazón?

Ella le sonrió y alzó una mano para apoyarla sobre su pecho desnudo.

—Muy bien, gracias —musitó—. Me siento... bastante segura.

Que Dios se apiadara de él. Él estaba muy lejos de sentirse seguro. Si llegaba a sentirse más tierno y protector hacia ella, terminaría desmoronándose. Depositó un beso en la curva de su cuello, sintió el ardor de su piel y saboreó su salada suavidad.

—¿Quieres que me detenga? —apenas reconoció su propia voz, tan ronca como estaba por el deseo reprimido.

—No —sonrió—. No si a ti te place continuar —había un brillo de desafío en sus ojos, sin rastro alguno de miedo. Un brillo de triunfo femenino, ante su debilidad.

—Me place —gruñó—. Me gustas demasiado.

Estiró una mano hacia el cordón que sujetaba su camisón y lo desató. Se abrió el escote, y vislumbró el cuerpo que se escondía detrás, todo sombras y curvas secretas. Sintió al anhelo doloroso de tocarlo. Lenta, cuidadosamente, trazó con la mano una línea que empezaba debajo de la barbilla, recorría la hondonada del cuello, se hundía en la base de la garganta y continuaba bajando hasta el valle que se abría entre sus senos. La oyó contener el aliento. Los pezones se le endurecieron debajo de la fina tela del camisón. Inclinó la cabeza para apoderarse con la boca de una dura punta, por encima de la tela, y mordisqueársela suavemente. La exclamación de placer que profirió Lucy fue toda la recompensa que necesitaba: una vez más volvió a sentirse como un dios. Vio que arqueaba el cuerpo hacia delante, entregada, suplicando más.

–Oh... –exclamó estremecida–. Oh, por favor... no te detengas.

Robert le bajó entonces el camisón hasta la cintura. La vela estaba ya casi consumida y las sombras de la habitación eran más profundas. En la penumbra gris, Lucy parecía pálida y etérea. Robert quería verla, pero no se atrevía a estropear su humor cortando el pábilo de la vela para avivar su luz. En lugar de ello le acarició tiernamente los hombros, con reverencia, descendiendo poco a poco hasta los voluptuosos montes de sus senos. Le acarició los costados, y continuó desde allí hasta la cara exterior de sus pechos, para terminar rozando los pezones. Lucy soltó un gemido; respiraba a jadeos. Robert repitió la caricia una y otra vez, sintiendo cómo las puntas se endurecían bajo sus yemas, con suavidad pero también con firmeza, empujándola a satisfacer una necesidad que ella misma no había reconocido todavía.

Cuando sus labios recorrieron el mismo camino que había hecho desde sus costados hasta las puntas de sus senos, la oyó gemir y gritar: incluso medio se incorporó de la cama, suplicándole más. Y él se lo dio: pequeños mordisqueos, lametadas y mordiscos que terminaron haciéndola retorcerse, olvidados sus miedos, perdida bajo sus caricias. Sabía a piel acalorada, a rosas y a dulce excitación, y para entonces estaba tan duro que ansiaba desesperadamente enterrarse en ella. Pero un paso falso como aquel habría terminado por volver a despertar sus miedos.

Lucy clavó los dedos en el colchón mientras los labios de Robert abandonaban sus senos para recorrer la curva de su vientre, con la lengua jugando maliciosamente con su ombligo. El camisón había quedado enredado en torno a su cintura, consecuencia de las frenéticas convulsiones de su cuerpo. Robert se preguntó si sería consciente de que había abierto las piernas en instintiva invitación. Yacía jadeante en medio del revoltijo de sábanas, los ojos cerrados con fuerza, frunciendo el ceño.

–Quiero... –arrastró la palabra como si estuviera bebida, como si aquello que deseaba escapara a cualquier palabra conocida.

Robert deslizó una mano bajo su pierna, con la palma tocando firmemente la cara interior del muslo. Lucy temblaba de manera incontrolable, levantando las caderas en muda súplica.

Se inclinó sobre ella, besándole la húmeda piel del cuello. Le rozó la curva de la oreja con los labios.

–Quieres un respiro –entre ellos no iba a haber falsa modestia o inhibición alguna. Si ella iba a confiar en él, tendrían que hacerlo abierta y honestamente, sin fingimientos, admitiendo sus propias necesidades y placeres. De otra manera nunca conseguiría ahuyentar los fantasmas de su pasado.

Vio que abría los ojos al oír sus palabras, pero en el mismo momento le separó las piernas, localizando el inflamado nudo del centro de su feminidad. Se la quedó observando: su expresión cambió, desorbitó los ojos, sus labios se abrieron mientras disfrutaba de la caricia. Un fulgor ardió en sus ojos, de deseo pero también de incredulidad.

Una incredulidad casi acusatoria, como pasmada de lo que le estaba haciendo sentir.

Frotó el tenso y duro nudo una vez, dos, en una fluida caricia, y ella alcanzó el orgasmo de manera inmediata, inevitablemente, soltando un grito, convulsionado su cuerpo por su intensidad. La acarició de nuevo y vio que el placer volvía a apoderarse de ella, en una segunda ocasión, con mayor ferocidad que la primera. El estupor y la incredulidad de su mirada se disolvieron en una de puro y sensual deleite y su cuerpo empezó a relajarse, con los ojos cerrados. Yació finalmente blanda y lánguida, toda bañada en sudor.

Al cabo de un momento, Robert avivó la vela, terminó de despojarla del camisón, que arrojó a un lado, y la envolvió en sus brazos, sin que ella protestara. Sus senos seguían alzándose y bajando rápidamente contra su pecho, lo cual constituía un particular tormento, pero uno que podía soportar si el resultado era verla disfrutar tanto. Porque no cabía duda de que la había llevado al borde mismo del paraíso, y de que había gozado enormemente contemplándola. No había imaginado que dándole placer llegaría a sentirse tan aterradoramente complacido consigo mismo. Era un descubrimiento increíble.

–¿Qué es lo que me has hecho? –su voz sonaba exhausta, pero volvía a ser la Lucy de siempre. Alzó los párpados: sus ojos eran como dos estrellas lánguidas de satisfacción.

–Demostrarte lo bien que puedo hacer que te sientas –dijo Robert. Sospechaba que Lucy asociaba todo lo corporal con el dolor y el peligro. Su experiencia la había marcado, y ahora era su turno de demostrarle que lo físico, lo sensual, podía proporcionarle un inefable placer.

Una lenta sonrisa se dibujó en los labios de Lucy.

–Pues lo has conseguido. No tenía ni idea.

Robert la besó. La reacción de Lucy fue distinta esa vez, abierta y entregada, favorecida ya por el conocimiento de lo que era el placer. Él hundió profundamente la lengua en su boca, dando rienda suelta a sus deseos, reproduciendo con aquel beso el movimiento que tanto ansiaba hacer con su cuerpo. Aquello le arrancó un gemido y una reacción de entusiasmo, y a punto estuvo en aquel instante de derramarse la semilla en el pantalón, algo que no había vuelto a hacer desde que tenía dieciséis años.

Se apartó bruscamente, maldiciendo su propia falta de control. Solo llevaban dos noches casados y no podía arriesgarse a aterrorizar a Lucy exponiéndola a sus necesidades. Eso tendría que esperar. Podía parecer un ángel pecaminoso, pero volvería a convertirse en una aterrada virgen si él forzaba demasiado sus defensas.

Seguía tendida en la cama con soñoliento abandono, despeinada, los ojos medio cerrados, observándolo. La luz de la vela doraba su piel, destacando las pecas que salpicaban sus hombros. Tenía un aspecto deliciosamente dulce... El hambre que lo consumía era como una bestia feroz que reclamara con rugidos su satisfacción. Nunca en toda su vida se había impuesto tarea más dura que abstenerse de tocarla.

–¿En qué estás pensando? –quiso saber ella.

No había forma de decirle la verdad: que ansiaba abrirla de piernas, poseerla, sellar su matrimonio haciéndola suya...

–Estoy pensando... en que nada me daría mayor placer que volver a hacerte gritar de gozo.

Pareció consternada por su brusquedad, y Robert pensó por un instante que había ido demasiado lejos. La confianza de Lucy era algo muy frágil, siempre contrapesada por el miedo a recordar. Y, sin embargo, poseía también una sana curiosidad intelectual. Era tremendamente apasionada. Y había empezado a comprender, además, a donde podía conducirla la pasión.

Esperó.

Ella lo miró, un tanto tímida.

–¿Es eso posible? –su voz sonaba distante, racional–. Quiero decir... ¿es posible experimentar el mismo grado de placer una y otra vez?

–¿Por qué no lo averiguamos? –le sugirió con tono suave. No se movió. Era ella quien debía elegir, decidir cuánto de lejos quería ir.

Se lo quedó mirando fijamente. Robert podía distinguir su pulso latiendo con fuerza en la base de su cuello. Cuando habló, lo hizo con voz ronca.

–¿Me estás preguntando entonces...?

–... si quieres averiguarlo. Eso es.

Vio que se mordía el labio, bajando la vista. Sabía lo muy duro que aquello era para Lucy: la realidad volvía a acechar, conforme iba remitiendo el éxtasis sensual que acababan de vivir. Mayor razón, por cierto, para conjurarlo de nuevo. La noche aún era joven. En el piso de abajo proseguía la fiesta.

–Confía un poco más en mí –le pidió–. Satisface tu deseo de aprender.

Lucy sonrió al oír aquello.

–Confieso que siempre me ha gustado aprender cosas nuevas.

Robert sonrió también. «Mejor», pensó. Dado que no podría satisfacer su propio deseo esa noche, arrastrar a Lucy hasta las últimas cumbres de la lascivia sería algo así como una justa venganza.

Lucy vio la sonrisa de Robert y se preguntó por qué diantres había aceptado. La primera vez había tenido una excusa; había querido edificar algo a partir de la intimidad que habían alcanzado, y demostrarle que estaba comprometida con el futuro de su matrimonio. Había querido demostrarle su confianza en él. Esa confianza había derivado en un increíble éxtasis sensual que jamás había imaginado. Incluso en ese momento, mientras la marea parecía remitir en su cuerpo, seguía sin dar crédito a lo que acababa de vivir.

Y ahora él se estaba ofreciendo a regalárselo de nuevo. De una manera diferente. Lo anhelaba desesperadamente. Y sabía que sería seguro, porque Robert le había prometido que aquella noche estaría únicamente consagrada a su placer, que no al de él. No tenía que preocuparse de los peligros de la consumación. Podía liberarse del pasado para vivir solamente en el presente. Robert le había pedido que se pusiera en sus manos, y realmente sería un insulto negarse. Aunque siempre podía convencerse a sí misma de que el negro era blanco, y la plata oro...

Y sin embargo lo deseaba tanto... El corazón le martilleaba contra las costillas y su tensión crecía con cada latido.

—Toma —Robert se había acercado a la mesa que había junto a la ventana, donde había encendido otra vela y servido dos copas de vino. Volvió con ella y le entregó una, chocándola suavemente con la suya—. Bebe.

—¿Esto requiere vino?

—Quizá —se echó a reír—. Pareces un poquito tensa. La clave es beber lo justo para relajarse, sin llegar a perder la conciencia.

—Lo tendré presente —dijo Lucy. Bebió un trago y luego otro, vaciando casi la copa.

Era un vino fino, que entraba bien. Robert le quitó la copa de la mano y la dejó sobre el aparador. Un momento después, Lucy volvió a paladear el vino en sus labios cuando él la besó. Había tenido razón: sentía ya un delicioso y sensual aturdimiento, y no sabía si era el vino o el beso lo que la hacía sentirse tan débil y lánguida. Un calor le recorría la espalda, haciéndole cosquillas en la piel.

—Túmbate.

Aquella tierna orden le aceleró el corazón. Se tumbó en la cama, repentinamente tímida, deseosa de sustraerse a su mirada, pero él se sentó sobre los talones y apoyó ambas manos sobre el colchón, contemplándola. En ese momento, a la luz de las velas, no había ya ocultaciones de ninguna clase. La escena era demasiado íntima, pero, a pesar de sus antiguos temores, consiguió permanecer quieta, enfrentándola. Al cabo de unos segundos, aquella primera sensación de acorralamiento se desvaneció.

–Eres hermosa –le tocó ligeramente los hombros, deslizó las manos todo a lo largo de sus brazos y volvió a acariciarle los senos con la misma exquisita delicadeza que antes había exhibido.

A esas alturas, Lucy ya estaba empezando a reconocer las reacciones de su cuerpo. Se había sentido tan saciada que no había creído posible que volviera a despertarse su deseo, y, sin embargo, cada diestro recorrido de las manos de Robert por su piel parecía pulsar una nueva cuerda en su interior. Recordaba lo bien que se había sentido durante la sesión de masaje y la desesperación con que había ansiado seguir disfrutando de su contacto. Robert parecía capaz de suscitarle aquella reacción con toda facilidad.

«¿Qué mal podría haber en esto?». La vocecilla que resonaba en el fondo de su mente le recordaba que él era su marido y que esa noche no tenía por qué sentir miedo. Tampoco necesitaba pensar. Podía dejar todo eso para otro día.

Con un suspiro de rendición, permitió que su cuerpo se relajara y abriera a él, flagrantemente expuesta. Observó con ojos entrecerrados cómo Robert estudiaba su desnudez, y se sorprendió del feroz goce que le provocaba la expresión de intenso anhelo que podía ver en su rostro. La hacía sentirse femenina, y poderosa.

Él la levantó entonces, con sus fuertes manos sobre su cintura, y la besó con tanta pasión que la cabeza empezó a darle vueltas. Posó luego los labios sobre sus senos, con lo que la oscura y tensa espiral de deseo que Lucy sentía en su interior se aceleró. Echó la cabeza hacia atrás. Arqueó el cuerpo. Podía sentir las palmas de sus manos sujetándola firmemente de la espalda mientras su boca saqueaba la suya con mordiscos, lametadas, besos. Sentía la piel ardiente, febril. Su cuerpo entero parecía arder. Sintió sus manos separándole aún más las piernas y el roce de su cabello en la tersa piel de la cara interior de un muslo. Aquello la sobresaltó lo suficiente para medio despertarse de su sensual neblina. Se incorporó sobre los codos, pero Robert plantó una mano sobre su estómago, justo arriba de su pubis, y la empujó suavemente para volver a tumbarla. Inmediatamente sintió un aleteo de anhelo en el vientre y volvió a recostarse con un gemido.

Le separó más los muslos. Una rápida lametada en su sexo la hizo volar: su cuerpo comenzó a retorcerse y a palpitar con tal agudo deleite que gritó su nombre, consternada. La sensación crecía y crecía sin cesar mientras él la acariciaba con la lengua. Se vio de pronto colgando, impotente, en el mismo borde del placer, desesperada por caer, con cada caricia acercándola y alejándola a la vez de la sensación hasta que perdió la conciencia de pura necesidad. Era una sensación distinta de la que había experimentado antes, más nítida y precisa, tan intensa que casi resultaba imposible de soportar. La persiguió, desesperada, para descubrir que cuanto más se esforzaba por retenerla, más huidiza se mostraba. Sabía que estaba suplicando. Podía escuchar sus propias entrecortadas palabras, sentir la curva de la sonrisa de Robert contra la piel de su muslo.

Finalmente, cuando estuvo segura de que no podía soportarlo más, cuando se estaba ya retorciendo y convulsionando bajo sus manos y su lengua, la misma intensidad de su reacción la dejó agotada y jadeante.

Una caliente oscuridad presionaba contra sus párpados.

Su cuerpo seguía revolviéndose, agitándose. No parecía capaz de detenerse. Era algo insoportable, como si hubiera tomado todo lo que podía recibir y aun así anhelara más. Y entonces volvió a sentir la lengua de Robert, lamiéndola justo en el lugar que no dejaba de latirle, empujándola de nuevo directamente a la cumbre. Fue algo asombroso, rápido e inevitable, y alcanzó el orgasmo por segunda vez, gritando: una sensación que la despedazó con sus afiladas garras, dolorosa en su intensidad.

Esa vez la dulce y sensual excitación no se desvaneció sino que persistió, pulsando en cada célula de su cuerpo. La sintió desde la coronilla hasta los dedos de los pies, en lo más profundo de su ser. Robert yacía en ese momento a su lado y su boca se hallaba ya sobre sus senos, mordisqueándolos; cada lametada de su lengua parecía repercutir directamente en su vientre, allí donde se apretaba el tenso nudo de necesidad. Era algo indescriptible, ardiente, atormentador, insoportable. No podía creer que Robert pudiera hacer vibrar su cuerpo de esa manera, suspenderlo en el mismo borde del placer, repleta y sin embargo aún no del todo satisfecha, hasta que se retorció de frustración y desesperación. A esas alturas no había ya espacio en su mente para pensamiento alguno, para nada que no fueran aquellas sensaciones.

Le abrió aún más las piernas. El aire fresco acarició su sexo. Para entonces estaba tan sensibilizada que incluso ese leve contacto la hizo estremecerse, y dio un respingo.

–Basta. No puedo... –era demasiado. Era algo maravilloso. Intolerable. Quería suplicarle que se detuviera. Quería suplicarle el olvido final–. No puedo hacerlo de nuevo.

–Yo creo que puedes –le susurró, malicioso, al oído–. Una vez más. Confía en mí.

«Confía en mí», repitió Lucy para sus adentros.

Lo sintió moverse. La llama de la vela tembló al fresco aire de la noche. Pequeños estremecimientos de frío recorrieron su cuerpo. Quedó tumbada, respirando apenas, con el placer suspendido del más tenso hilo, su cuerpo reclamando a gritos la liberación.

Sintió la caricia de sus dedos. Estaba tan húmeda y caliente... No necesitó más que un levísimo toque y volvió a alcanzar el orgasmo en un deslumbrante rayo de luz que la sumió en un estado de abyecta y total rendición.

No estuvo segura de cuánto tiempo había pasado hasta que volvió a abrir los ojos. Se sentía exhausta, consumida: le dolían lugares del cuerpo que ni siquiera había sabido que existían. En el espejo que colgaba sobre el aparador vio su reflejo, toda despeinada, relampagueantes los ojos: una perversa cortesana derrumbada en la cama en absoluto abandono, abierta de piernas, saqueado su cuerpo por los besos y las caricias de un hombre. Se quedó consternada; no había sido consciente de que podía ofrecer aquel aspecto. Intentó recoger la manta para cubrirse, pero Robert se adelantó para alejársela. Su mirada la recorría por entero, ardiente, íntima, desde el rosado rubor de sus senos hasta sus piernas abiertas.

—Demasiado tarde para mostrar pudor —le dijo él. Sus ojos relucían de orgullo y posesividad.

De regreso a la realidad, se quedo horrorizada de su abandonado comportamiento, de la manera en que le había suplicado la liberación, mendigado el placer. Robert vio su expresión consternada y se echó a reír, para enseguida envolverla en sus brazos. Lucy apoyó su acalorada mejilla sobre su hombro desnudo y aspiró el aroma de su piel, cada vez más adormilada, vencida por la propia sensación de satisfacción física.

—Estás complacido —susurró, y sintió que giraba la cabeza hacia ella—. Complacido de poder hacerme todo esto.

No lo había hecho enteramente para darle placer a ella, reflexionó Lucy. La contención que había demostrado debía de haber supuesto una enorme frustración. Forzarla hasta el límite, demostrarle su maestría y su dominio sobre su cuerpo, someterla de una manera absoluta debía de haberle reportado una pequeña recompensa.

Él le rozó el cabello con los labios. Lucy pudo oír la sonrisa en su voz:

–Me ha complacido en grado sumo –reconoció.

–A mí también me ha gustado mucho.

La besó como premio a aquella susurrada confesión, pero para entonces ya Lucy se estaba deslizando por la pendiente del sueño, exhausta. Y, por una vez, ninguna pesadilla acechó sus sueños.

Capítulo 17

Lucy se despertó sintiéndose diferente, saciado su cuerpo y, de alguna forma, ávida todavía. Se volvió hacia Robert, pero su lado de la cama estaba vacío. Parpadeando, vio que la luz del día bañaba la habitación.

Permaneció tumbada boca arriba, observando con ojos entrecerrados la danza de la luz y las sombras en el techo. Era tan grande el placer que había experimentado... Apenas podía dar crédito. Había sido tanta la intimidad... Estaba asombrada, sinceramente. Asombrada por los deseos de su propio cuerpo, deseos cuya existencia ni siquiera remotamente había adivinado. Solo en ese momento se daba cuenta de que había mantenido reprimidos aquellos deseos; de que los había intelectualizado hasta convertirlos en una cosa fría, sin pasión, que no entrañaba peligro alguno. Pero Robert había puesto fin a todo eso, despertando la necesidad que habitaba en su interior.

Y, sin embargo, él no se había aprovechado, presionándola o incomodándola. Mientras que ella no le había ofrecido nada a cambio de la noche más placentera que había vivido nunca, lo cual, cuando reflexionaba sobre ello, se le antojaba injusto.

Recordó que en los ardores de la pasión le había prometido que confiaría en él, que dejaría que le hiciera lo que fuera para ayudarla a superar su temor a la intimidad. No había comprendido entonces que eso significaba entregárselo todo, entregarse entera. Se estremeció de nuevo. Se preguntó en ese momento adónde podría llevarla esa promesa; su traicionero cuerpo estaba deseando ya más. Pero ahora que estaba despierta podía sentir la oscuridad acechando de nuevo en los márgenes de su mente, recordándole que en último término, Robert acabaría reclamándola como esposa suya que era, reclamando el heredero que debía engendrar en su cuerpo.

Se estremeció levemente, en un intento de expulsar aquellos oscuros pensamientos. La brisa que entraba por la ventana abierta enfriaba su cuerpo desnudo. Estuvo a punto de cubrirse con las mantas, pero se detuvo para contemplar curiosa su propia desnudez. Nunca había explorado ni observado su cuerpo antes. Había rechazado lo físico porque había visto morir a Alice, la había visto retorcerse de dolor. En ese instante, por primera vez, pensó en su cuerpo como en un instrumento de placer. Deslizó una mano por sus senos: eran redondos y llenos, los pezones le escocían levemente por las atenciones que Robert le había prodigado durante la noche. Los tenía especialmente sensibles, pero de manera placentera, y sentía la piel curiosamente viva, despierta.

Bajó la mano hasta su vientre. Una especie de sordo y ardiente dolor latía allí, como un eco del placer experimentado. Su vientre era también redondeado; ella no era delgada como Mairi o como Lachlan, sino más bien curvilínea. En realidad era redondeada toda ella, porque sus nalgas eran rollizas, aunque altas y duras por la equitación, y tenía los muslos fuertes. No era una esbelta y delicada criatura, y sin embargo esa mañana se sentía absolutamente deseable.

Otra vez aquella esquirla de miedo y duda le laceraba el corazón. Era así, precisamente, como Alice debió de haberse sentido. Seducida por la pasión, impotente ante el amor, había renunciado a sí misma y, como consecuencia, lo había perdido todo. La pasión era tan engañosa, tan peligrosa... Podía hacerle perder el sentido a cualquiera. Podía hacerle olvidarse de todo.

Por primera vez, sin embargo, frenó en seco aquel pensamiento antes de que el frío miedo terminara imponiéndose. Alice había amado y había muerto, lo cual había sido una tragedia, pero eso no quería decir que lo mismo fuera a sucederle a ella. La rendija de luz que sentía en su corazón la fortaleció un poco.

Llamaron en ese instante a la puerta y entró Isobel con una bandeja. Lucy se apresuró a tirar de las mantas para cubrirse, pero la sonrisa de la posadera fue lo suficientemente elocuente. El camisón tirado en el suelo y el revoltijo de la ropa de cama hablaban bien de lo que había ocurrido. Recordó cómo había gritado cuando Robert le provocó el orgasmo y se preguntó de repente si la habría oído alguien. No había pensado en ello en el momento, ni siquiera le había importado, e indudablemente que todos lo interpretarían como la prueba de la virilidad de su *laird*. Pero aun así se ruborizó.

–Lord Methven pensó que podríais necesitar descansar –le dijo Isobel. Dejó la bandeja a los pies de la cama y la ayudó a ponerse la bata de encaje que colgaba del respaldo de la silla–. Me ha dicho que os recuerde que zarparéis para Golden Isle con la marea de la tarde, de modo que no disponéis de mucho tiempo.

Parte de su placer se desvaneció ante el pensamiento de que Robert no había estado allí para comunicarle sus planes en persona. Era como el día anterior, cuando había desaparecido durante toda la jornada, dejando que se las arreglara sola. Recordó el banquete nupcial y el cambio que había experimentado su carácter cuando Golden Isle fue mencionada.

—Isobel... —se detuvo cuando se llevaba a los labios la taza de chocolate caliente—, sé que Golden Isle forma parte de las propiedades de lord Methven, ¿pero por qué él...? —se interrumpió, eligiendo las palabras con cuidado—. ¿Por qué le disgusta tanto que se lo mencionen?

La expresión de Isobel era reservada. Recogió del suelo el camisón de Lucy y se concentró en alisarlo con los dedos.

—¿Lord Methven no os lo ha dicho?

Algo en su tono llamó su atención.

—Ni una palabra.

Pese a las intimidades vividas la noche anterior, Lucy fue repentinamente consciente de que eran muchas las cosas que ni sabía ni comprendía sobre Robert. Otra esquirla de soledad le desgarró el corazón. Isobel dejó el camisón a los pies de la cama. Alzando luego la vista, la miró a los ojos.

—Allí fue donde murió Gregor Methven. Dicen que es por eso por lo que lord Methven odia ese lugar. En medio del dolor por la muerte de su hermano, tuvo una discusión tan fuerte con su abuelo que se embarcó en el primer barco que zarpaba del muelle... para no volver a poner los pies allí nunca más.

Lo primero que Lucy vio de Golden Isle fue una neblina de lluvia y granizo. Parecía gris, que no dorada, como rezaba su nombre, y por primera vez comprendió en parte el deseo de Robert de no regresar nunca allí. Enormes acantilados se precipitaban sobre un mar burbujeante. Las gaviotas no cesaban de chillar como arpías fantasmales. La roca era gris, el mar era gris y el cielo era gris. Era como haber llegado al fin del mundo.

Llevaba seis horas navegando y estaba aterida de frío, empapada, mareada y triste. Durante todo el día había estado esperando a que Robert le dirigiera la palabra, le contara sus planes, le confiara los sentimientos que le provocaba Golden Isle y su regreso a la misma. Pero Robert había estado demasiado ocupado con los preparativos del viaje. Cuando Lucy bajó al muelle en su busca, él la saludó distraído antes de continuar supervisando el cargamento de provisiones. Y Lucy se había sentido excluida, inútil, sin saber qué hacer.

Se había despedido de Mairi en el muelle de Findon, y solo ejerciendo un enorme autocontrol no se había derrumbado para suplicarle a su hermana que la acompañara en el viaje a Golden Isle. Podía imaginar la reacción de Mairi si lo hubiera hecho: habría deducido preocupada que la noche de novios había sido un completo desastre y sin duda que le habría preguntado al respecto, en voz alta y sin el menor tacto y consideración. Así que, en lugar de ello, la había abrazado y la había despachado para Edimburgo con una carta para su padre y la promesa de que los invitaría a todos a Methven tan pronto como regresara. Se quedó observando a su hermana mientras se alejaba a caballo con Jack Rutherford. Para entonces, naturalmente, ya habían empezado a discutir.

Al principio el viaje había transcurrido sin problemas. Un sol pálido había asomado entre las lechosas nubes cuando el pequeño velero zarpó del muelle de Findon. Sentada en el camarote, se había dedicado a contemplar a Robert mientras trabajaba con la tripulación. Iba vestido como ellos, descalzo, con unas bastas calzas, abierto el cuello de la camisa y con un chaleco de cuero. Resultaba obvio que había hecho aquello muchas veces antes, quizás desde que era un niño. Caminaba con seguridad por la cubierta inundada y parecía perfectamente cómodo y relajado con sus hombres. Una vez más Lucy se había sentido sola, aislada en su papel de aristocrática dama, sentada en el camarote sin nada que hacer.

Gradualmente la línea de costa fue perdiéndose de vista, el viento arreció y oscuros nubarrones empezaron a acumularse en el horizonte. El velero empezó a bascular y Lucy no tardó en empezar a marearse. Nunca antes había navegado en el mar y solo en una ocasión había puesto el pie en una barca, cuando visitó con su familia a Wilfred Cardross en Greenock y él les enseñó su yate todo orgulloso. Un yate notablemente mayor que aquel pequeño velero, con un salón decorado con terciopelo rojo y cordones dorados, omnipresente el escudo familiar de los Cardross, todo lo cual le había parecido a Lucy estridente y vulgar. En ese momento, sin embargo, habría dado lo que fuera por una cómoda litera en la que tumbarse mientras la nave cabeceaba contra las olas al mismo ritmo que su estómago.

La puerta del camarote se abrió bruscamente y entró Robert. Portaba una bandeja con lo que parecían dos cuencos de caldo, cuyo simple olor le provocó una arcada. Lanzó un único vistazo a su rostro, dejó la bandeja y, agarrándola de un brazo, la arrastró por el pasillo. Después de hacerle subir los escalones a trompicones, la sacó tan rápidamente a cubierta que Lucy casi tropezó con sus faldas.

–¿Se puede saber qué es lo me estás haciendo? –siseó–. Me siento horriblemente mal. ¡Déjame en paz!

El aire fresco fue como una bofetada en el rostro después del olor a rancio del camarote. Casi inmediatamente la cabeza dejó de darle vueltas y el estómago se le asentó mientras respiraba agradecida el aire frío y salado. Las salpicaduras de las olas le refrescaban la piel, aferrada a borda.

–Si fijas la mirada en el horizonte, no te marearás.

Robert estaba a su lado, y sujetándola de la cintura la guio hasta el pie del palo mayor, a sotavento. Lucy se sentó sobre un rollo de sogas y clavó la mirada en el lejano horizonte mientras el mar se alzaba y bajaba como un caballo desbocado. Hacía frío allí afuera, y tenía ya empapados el vestido y la capa, pero aquello era preferible con mucho a estar abajo.

—¿Te apetece un poco de sopa? —le preguntó él, sonriente.

Verlo tan cómodo y tranquilo, cuando ella se sentía justamente lo contrario, hacía que le entraran ganas de abofetearlo.

—No, gracias —probar la comida sería arriesgar demasiado.

—Entonces, si quieres quedarte aquí, voy a buscarte una manta para que te abrigues un poco.

—Qué considerado eres.

Vio que su sonrisa se ampliaba ante su tono helado. Volvió a los pocos segundos con dos gruesas mantas que olían a pescado, pero que abrigaban mucho.

—A esta parte del paso la llaman «el gallinero» —le explicó Robert—. Es donde confluyen varias corrientes. Por eso la mar está tan picada y cuesta tanto cruzarla.

A Lucy no le importaba siempre y cuando dejara de moverse alguna vez. Pero, en lugar de ello, fue empeorando cada vez más. La lluvia caía como una mortaja sobre el mar, las velas restallaban sobre su cabeza, el barco crujía de manera alarmante, baqueteado por cada ola.

Al fin, cuando el reloj se arrastraba penosamente hacia las ocho de la tarde, los acantilados de Golden Isle aparecieron entre la niebla y el pequeño velero entró en el puerto. Robert ayudó a Lucy a bajar a tierra. No había nadie allí para recibirlos. McCall, el hombre que se había presentado en Findon la noche anterior, murmuró algo acerca de que avisaría a la aldea de que ya habían llegado y desapareció entre la niebla. El práctico del puerto les proporcionó una carreta, tirada por un caballejo que parecía tener muy mal genio.

—Hay unos cinco kilómetros hasta la aldea —le dijo Robert, ayudándola a subir al carro y sentándola en el duro banco de madera.

Estaba otra vez taciturno. Lucy podía percibir su tensión interior. Después de tantos años, volver a aquel lugar maldito y verse recibido únicamente por aquella espesa niebla y aquellos grises brezales... El corazón se le estremecía solamente de imaginárselo.

No pronunciaron palabra durante los dos primeros kilómetros. El sendero era accidentado y el poni se mostraba muy poco colaborador, deteniéndose con frecuencia por ninguna razón en particular. Lucy, para entonces calada hasta los huesos y aterida de frío, se encogía en su asiento mientras un fuerte viento soplaba desde las colinas. Observando las manos de Robert empuñando las riendas y su rostro adusto, tenía la sensación de estar mirando a un desconocido.

–Isobel me comentó que hacía muchos años que no volvías a Golden Isle –se aventuró a comentarle.

–Es cierto –su rostro permanecía tercamente hermético y su tono le advertía de que no siguiera preguntando. Se subió el cuello de la casaca, quizá para protegerse de la lluvia, o tal vez para esconder mejor su expresión.

–Te preocupas tanto por tus propiedades y por tu gente... Me sorprende que... –Lucy se interrumpió. Podía escuchar el nerviosismo de su propia voz–. Todo esto es tan bonito... –añadió, esperando que no se diera cuenta de que estaba mintiendo, ya que en su opinión era el lugar más inhóspito de toda la tierra.

–Sí que lo es –miraba con gesto hosco el sendero que se extendía ante ellos. Resultaba obvio que no iba a responder a la primera parte de su comentario.

Lucy estaba empezando a irritarse: maldijo a los hombres y su capacidad para comunicarse. O más bien los deliberados intentos de Robert por mantenerla a distancia. Debía de suponer que Isobel le había hablado de Gregor y de la discusión con su abuelo.

Aunque quizá aquellos sucesos del pasado resultaban

demasiado dolorosos como para que se atreviera a hablar de ellos. Eso Lucy podía entenderlo bien. Ella había sentido lo mismo, después de la muerte de Alice. Había escondido su dolor en lo más profundo de su ser. Y el dolor no entendía de plazos ni de límites temporales.

Estiró una mano para tocarle la manga. Tenía miedo, pero al mismo tiempo quería ser lo suficientemente fuerte como para intentar abordar aquel tema con él. Quería que supiera que estaba a su lado, fuera cual fuera el problema al que se enfrentaba. Se sentía sola, solitaria. Sabía que, con su apoyo, podría representar bien su nuevo papel como esposa, pero uno de los dos tenía que hacer el primer movimiento. Robert había sido muy dulce y paciente cuando ella le confesó sus más profundos temores. Resultaba difícil de comprender el radical cambio que Golden Isle parecía provocar en su carácter y verlo transformarse en aquel adusto y callado desconocido.

–A veces es duro regresar a un lugar tan cargado de recuerdos –comentó, prudente–. Quizá si me contaras...

–No todos los casos son iguales –replicó Robert con tono pétreo–. No quiero hablar de ello, *madame*. ¿Acaso no lo he dejado suficientemente claro? –con un brusco tirón de riendas, detuvo la carreta y saltó al suelo. Clavó en ella su hosca mirada azul–. Dado que posees tantas y tan variadas habilidades, seguro que podrás guiar el carro tú sola.

Sin pronunciar otra palabra, saltó el murete de piedra que bordeaba el camino y continuó camino campo a través dejándola allí sola, humillada y furiosa. Estaba tan encolerizada que creyó que iba a explotar como una tetera que hubieran dejado bullendo al fuego durante demasiado tiempo.

Estaba todavía más furiosa y embarrada para cuando consiguió que el recalcitrante poni volviera a ponerse en marcha. Claramente sabía el animal lo que estaba pasando, lo cual era bastante más que lo que podía decirse de ella. La pequeña carreta pasó por delante de una serie de cabañas a cada lado del sendero. Manteniendo bien alta la barbilla, Lucy fue saludando con la cabeza y sonriendo a toda la gente con la que se encontraba. Pasó también por delante de una iglesia y una escuela, y la niebla se alzó lo suficiente como para que pudiera distinguir toda la punta meridional de la isla: más altos acantilados y farallones coronados por un faro. Finalmente la carreta traspuso una verja y entró en un patio, donde un mozo salió corriendo para ocuparse del caballo. Lucy esperó. Nadie la ayudó a bajar. Para entonces, si hubiera tenido oportunidad de dar media vuelta y volver a embarcarse para tierra firme, lo habría hecho sin dudarlo. Y mandando al diablo a Robert y su herencia.

La casa era de notable tamaño, con forma de ele y edificada en piedra. Estaba pintada de blanco y adornada con unos preciosos gabletes de madera, bien altos. La puerta acababa de abrirse en ese momento y alguien se dirigía apresurado hacia ella. Era una posadera, de aspecto tan cálido e invitador como el rayo de sol que había escapado de entre las nubes para iluminar el empedrado a su espalda. Lucy sintió que las rodillas le flaqueaban de puro alivio.

–Soy la señora Stewart –se presentó la mujer, haciéndole una reverencia–. Entrad por favor, milady. Bienvenida seáis al Auld Haa de Golden Isle. He oído que el amo ha ido a la aldea a ver al administrador.

El amo, pensó Lucy, era Robert. Tal parecía que todo el mundo sabía dónde estaba menos ella.

Pero tampoco le importaba, porque la casa era caliente y seca, y tenía comida caliente, un baño y un mullido lecho esperándola. La señora Stewart se ofreció a hacerle de doncella, pero Lucy prefirió quedarse sola de momento. Mairi le había prometido que le mandaría a Sheena: hasta que llegara, se las arreglaría bien. Lo primero que haría sería disfrutar de un poco de tranquilidad en una habitación que no se moviera como un barco, y de algo de tiempo para pensar.

Mientras se lavaba para quitarse el olor a salitre y el cansancio del viaje, pensó que ese día había aprendido mucho sobre su marido. Había aprendido que podía llegar a ser infinitamente tierno y paciente con ella y, sin embargo, no estar en absoluto dispuesto a confesarle sus propios sentimientos y emociones. Se preguntó si sería capaz de hacerlo alguna vez.

Estaba sentada delante del espejo, cepillándose el cabello antes de acostarse, cuando oyó el ruido de la puerta de la posada y la voz de Robert saludando a la señora Stewart, seguida de sus pasos en las escaleras. Llamó a la puerta y entró sin esperar su respuesta. Una vez dentro, sin embargo, vaciló, apoyando un hombro en el marco.

Lucy bajó su cepillo. Sabía que, de no hacerlo, corría peligro de lanzárselo a la cabeza.

–Conseguiste que el caballejo se moviera –le dijo, con un asomo de sonrisa.

–Para mañana lo tendré entrenado para que salte y galope –replicó Lucy–. Y la próxima vez que me abandones así, te daré una paliza.

–Lo siento. Me he comportado muy mal. Te pido disculpas.

Era un comienzo. Había aprendido que cada cosa tenía su tiempo, la ocasión oportuna para abordarla, y ese no había sido el caso. Sabía que si intentaba hacerle hablar de la muerte de Gregor y de su discusión con la familia, las cosas podían volver a terminar mal. De todas formas, pese a saberlo, seguía furiosa con él y nada dispuesta a perdonarlo con tanta facilidad.

–Gracias –intentó adoptar un tono helado, y lo consiguió. Vio que esbozaba una sonrisa triste.

Desvió la mirada de sus ojos, dejando que interpretara el gesto como un desplante, y recogió nuevamente el cepillo. Pero en lugar de marcharse, Robert se lo quitó de la mano y empezó a cepillarle la melena con lentitud y suavidad. Era una sensación deliciosa. Quiso ordenarle que se detuviera, pero la sensación era demasiado agradable para resistirse. Luchó contra el impulso de cerrar los ojos y regodearse en ella.

Los labios de Robert le acariciaron un lado del cuello. Abrió de golpe los ojos y volvió a clavar en él una severa mirada. Robert sonrió a su vez y continuó cepillándole el pelo.

–Espero que tu cámara sea cómoda –le espetó fríamente Lucy, por encima del ardiente latido de su pulso.

–No lo sé –contestó Robert–. Esta noche me quedo aquí contigo.

–Eres demasiado atrevido –repuso ella, fulminándolo con la mirada–. No te he invitado a quedarte.

Distinguió un brillo de diversión en sus ojos.

–De manera que quieres castigarme.

–Te lo mereces.

–Me he disculpado...

–Lo cual está bien, pero no es suficiente.

El brillo de diversión y deseo de sus ojos se transformó en un auténtico fulgor.

–¿Qué más quieres de mí?

–Aún no lo he decidido.

–Quizá quieras idear algo que me haga sufrir.

Lucy intentó ignorar el vuelco que le dio el corazón, pero fue demasiado tarde: él ya había visto su reacción reflejada en sus ojos. De inmediato, Robert dejó el cepillo a un lado, la levantó de la silla y ya la estaba besando: con besos apasionados que le robaban el aliento, que le hacían arder de deseo evocando el placer vivido.

La tumbó en la cama y se tendió a su lado. El lecho era tan blando y mullido que casi se la tragó.

–Todavía sigo muy enfadada contigo –dijo Lucy deteniéndolo, con las manos sobre su pecho.

–Lo sé –el deseo relampagueaba en sus ojos–. Ahora ya

has aprendido que, como el vino, la furia puede aportar todavía más placer al acto sexual.

La besó de nuevo; ella se resistió, rodando a un lado, y Robert la sujetó colocándose encima. Furiosa, forcejeó tanto que incluso se sentó encima de él. Pero Robert volvió a tumbarla.

Lucy soltó un pequeño grito de ira y frustración. Robert la besó. Ella lo mordió. Él le sujetó entonces ambas manos por encima de la cabeza y saqueó su boca.

Esa vez sus bocas acudieron urgentemente al encuentro una de la otra, y lo mismo sus manos. Lucy estaba temblando por dentro: se sentía deseosa a la vez que temerosa.

–No puedo...

–Lo sé –su voz, sus manos, la tranquilizaron, acariciándola–. No tengas miedo. Ni siquiera pienses en ello.

Pese a su enfrentamiento, descubrió que le resultaba fácil confiar en él, en ese aspecto al menos. Le resultaba fácil entregarse enteramente a sus caricias, a sus manos, a su boca. Esa vez se dedicó a explorarlo ella también: los anchos músculos de su espalda, sus fascinantes abdominales, la dureza de sus muslos, hasta que él se apresuró a sujetarle las manos con un gruñido, inmovilizándola contra el colchón para continuar excitándola de manera implacable. Una vez más, Lucy se encontró al borde del abismo, para precipitarse de golpe en el oscuro remolino donde nada existía salvo aquellas sensaciones de placer y deseo. Se quedó deslumbrada, desesperada casi de verse tan impotente de resistirse, y aun así ávida de la maravilla que le ofrecía. La besó de nuevo, y ella volvió a gritar su nombre cuando alcanzó el orgasmo.

Poco después yacían frente a frente en la oscuridad. Lucy jadeaba.

–Ha sido absolutamente delicioso para mí, pero... ¿para ti?

–A mí me ha dado placer –le aseguró Robert.

Lucy vaciló.

–A mí me ha parecido un poco... injusto.

La risa que soltó sonó quebrada, como si estuviera incómodo. Su voz era un ronco susurro.

–Admito que estoy tan duro que no se necesitarían más de unos segundos para complacerme.

–Entonces no hacerlo sería una crueldad.

Se sentía extraña, como si se hubiera trascendido a sí misma: se había convertido en alguien extraordinariamente voluptuoso y sensual. Y, no obstante, sabía ahora que siempre había sido así... al menos hasta que su miedo había bloqueado sus eróticos deseos para transformarlos en algo frío e intelectual. En ese momento aquel ímpetu, tan largamente reprimido, había sido liberado. Se dio cuenta de que si eso había ocurrido, había sido precisamente porque se sentía segura con Robert. Allí, en aquella candente oscuridad, podía entregarse a cualquier fantasía, sabiendo que él nunca la obligaría a dar el paso hacia la consumación final a no ser que ella misma se decidiera a hacerlo.

–No quiero que te lleves una impresión demasiado fuerte –le advirtió Robert.

–La impresión ya me la he llevado conmigo misma –estiró una mano y deslizó los dedos todo a lo largo de su miembro. Había visto suficientes dibujos, por supuesto, en aquellos libros de la colección de su abuelo. Pero nada la había preparado para aquella sensación de calidez, de suavidad, como si fuera la más fina seda. Y de dureza.

Lo acarició, arrancándole un gruñido. Cerró los dedos, empuñándolo.

–¿Así? –de repente tuvo miedo de hacerle daño.

–Demasiado suave –su voz era tensa, constreñida. Cerró una mano sobre la de ella, mostrándoselo–. Más fuerte.

Lo intentó. Que de repente tuviera tanto poder era algo extraño, aterrador y a la vez maravilloso. Luego, recordando los dibujos, se inclinó y se lo llevó a la boca. Su maldición ahogada, la manera en que saltó su cuerpo al contacto de sus labios y de su lengua, la hizo sentirse aún más perversamente lasciva y sensual. Ya no se trataba de que él la complaciera a ella. Ahora era ella la que había descubierto la manera de complacerlo.

Robert enredó una mano en su pelo y la atrajo suavemente para besarla, con besos feroces y exigentes. Ella lo tocó de nuevo, acariciándolo, y sintió las convulsiones de su cuerpo hasta que quedó saciado e inmóvil.

Transcurrió un rato antes de que pudiera hablar. Tenía los ojos cerrados y su poderoso pecho se alzaba y bajaba con fuerza. Lucy confiaba en no haberle hecho daño. La inexperiencia y el ansia podían resultar una fatal combinación.

–¿Dónde has aprendido...? –parecía exhausto.

–La colección de pornografía francesa de mi abuelo.

Él abrió los ojos y la miró.

–Por supuesto –una sonrisa asomó a sus labios–. Me había olvidado. Mucha teoría y ninguna práctica.

Lucy se arrebujó contra él.

–Hasta ahora.

Capítulo 18

La silla del escritorio de Robert basculó hacia atrás cuando se levantó. Atravesó el desnudo suelo de madera del despacho de administración y se quedó mirando el turbulento mar. Aquella había sido la oficina del delegado desde tiempo inmemorial, y cuando entró en ella una semana antes, fue como si nunca la hubiera abandonado: el mismo viejo escritorio, la misma vista del puerto meridional, las mismas ventanas impregnadas de salitre, el mismo olor a libros húmedos. La familiaridad resultaba reconfortante, pero lo inquietaba al mismo tiempo. Gregor y él habían guardado sus cañas y aparejos de pescar en un rincón de aquella oficina. Se habían sentado juntos ante aquella misma ventana, aburridos e inquietos cuando hacía mal tiempo, para bajar corriendo a la playa cuando escampaba. Casi podía oír la voz de Gregor, transportada por el viento:
—¡Venga, Rob! ¡Nos perderemos la marea!

Sacar el bote al agua y bogar juntos, tumbarse en la primera hierba de la primavera para contemplar la caza de los halcones en los acantilados, escabullirse secretamente para sumarse a las expediciones de los contrabandistas... Por un momento sintió una opresión en el pecho y perdió el aliento. Golden Isle estaba lleno de fantasmas, y él seguía sin sentirse cómodo con ellos.

Sabía que lo había pagado con Lucy la semana anterior, cuando ella intentó sonsacarle cómo se sentía. Se avergonzaba de ello. Lo cierto era que en Golden Isle había perdido las dos cosas más preciadas del mundo: al hermano que había sido su mejor amigo y la única vida que había conocido hasta entonces. Sí, había rehecho su vida, pero nunca podría sustituir al hermano que había perdido, y encontrarse de nuevo en Golden Isle solo exacerbaba ese dolor. Constantemente le recordaba el pasado. En ese momento deseaba emular al joven que había sido y embarcarse en la primera nave que zarpara del puerto, pero esa vez tenía que quedarse y cumplir con su deber. Era por eso por lo que se encerraba a trabajar día tras día, para ahuyentar aquellos recuerdos, y lo único que estaba seguro que no iba a hacer era remover aquellos sentimientos hablando de ellos con alguien.

El delegado lo observaba con sus ojillos de mirada sagaz en su rostro alargado. Era un hombre sometido perpetuamente a un estado de tensión nerviosa: casi se desmayó cuando Robert se presentó en su casa sin anunciarse aquella primera noche en Golden Isle. McTavish había mascullado algo sobre ordenar el lugar para el *laird* y había tenido a Robert esperando en la puerta mientras él se afanaba dentro como un conejo asustado. Cuando se decidió a entrar sin que lo invitaran, Robert lo sorprendió echando papeles al fuego, presuntamente porque no tenía astillas.

Teniendo bien presente, las acusaciones de McCall acerca de que el delegado estaba a sueldo de Cardross, Robert había revisado página a página las cuentas de los siete últimos años. Tal y como había sospechado, las pobres cosechas de varios años seguidos habían hecho que la isla no produjera suficiente comida para alimentar a su población, y mucho menos para vender excedentes a los navíos que recalaban en su puerto. La guerra había afectado gravemente al comercio y las patrullas de reclutamiento forzoso se habían llevado a casi todos los hombres capaces para incorporarlos a la armada. No quedaba casi ninguno al margen de las mujeres y niños, a cuyo cargo habían quedado los campos. Era una situación crítica.

Robert era bien consciente de que había descuidado de manera vergonzosa sus obligaciones para con Golden Isle, pero cuanto más revisaba las cuentas, más convencido estaba de que McTavish no había hecho nada efectivo para proteger la propiedad, pese a que se le había pagado para ello. De hecho, McTavish había vendido sistemáticamente productos de la isla a precios inferiores a los del mercado. No había importado las necesarias materias primas. Como resultado, había dejado que las condiciones de vida de los isleños se deterioraran lenta pero inexorablemente. Lo cual hacía que Robert se preguntara por los verdaderos intereses de su delegado. Tal parecía que las sospechas de McCall y los demás ancianos habían sido acertadas.

–¿Milord? –inquirió el delegado, aclarándose nervioso la garganta.

–Tomaré a varios hombres y repararé el sistema de señales esta misma tarde –dijo Robert, volviéndose hacia él a tiempo de sorprender su alarmada expresión.

–¿Las señales, milord? –repitió McTavish con voz débil.

–Sí. Se supone que las señales sirven para advertir de cualquier peligro en tiempos de guerra. Las mismas señales que vos habéis descuidado, dejando que se deteriorasen.

El delegado palideció.

–No hay nadie aquí que pueda hacer ese trabajo, milord.

–Estoy yo –replicó Robert– y el puñado de hombres que aún no se han llevado las patrullas de reclutamiento. Restauraremos también el faro del cabo –recogió pluma y tintero y sacó un pliego de papel–. Voy a escribir a mi primo para que me envíe más hombres de Methven.

–¿Hombres de Me... Methven, señor? –a esas alturas, la voz de McTavish ya estaba temblando–. Seguro que no hay necesidad...

–Hay toda la necesidad –dijo Robert. Recostándose en la silla, miró al delegado con los ojos entrecerrados–. Vos mismo acabáis de decir que estamos cortos de manos aquí. Si traigo hombres de Methven, muy pronto tendremos reparadas todas las defensas de la isla.

Se daba cuenta de que la idea no parecía atraer mucho a McTavish, y la razón no era difícil de adivinar. El delegado no quería que la isla estuviera defendida: más bien al contrario. Su actitud hablaba a gritos de su culpabilidad.

–He oído que un corsario francés ha sido avistado cerca de aquí –continuó Robert–. Sospecho de un ataque, y en estos tiempos de guerra hay que estar vigilantes. Pienso convocar a la mitad de los hombres del clan para que podamos sorprender y capturar al pirata –escribió algo rápidamente, con la pluma rascando el papel; espolvoreó luego la carta con arenilla, la dobló y se la entregó al delegado–. Llevadla a tierra firme, McTavish, y despachadla allí para que llegue con seguridad a Methven.

Observó, con sombría sonrisa, cómo McTavish se apresuraba a abandonar la oficina y enfilaba el sendero hacia el muelle, con los faldones de su casaca flotando al viento. Estaba seguro de que el delegado entregaría la carta directamente a Wilfred Cardross, o tal vez la abriría y leería para mandarle recado de su contenido. Cardross tardaría la mayor parte de esa semana en enterarse de la noticia, quizá más si acaso se encontraba en Edimburgo, pero cuando lo hiciera, se presentaría en Golden Isle como alma que llevara el diablo. Cardross no podía permitir que su aliado francés fuera capturado, porque entonces el pirata cantaría como un canario para salvar su propia piel y descubriría su traición.

Regresó al escritorio y redactó una segunda carta, esta dirigida a Jack, en Findon:

Empieza a mandarme hombres tan pronto como recibas la presente. He removido ya el nido y quiero que estés preparado y esperando.

Añadió unas líneas más, la firmó y le puso el sello. Stuart McCall la llevaría a tierra firme en cuanto hubiera zarpado McTavish.
Se recostó en la silla. Ahora lo único que tenía que hacer era esperar.

–Todo el mundo dice que lord Methven odia Golden Isle –comento Sheena a la mañana siguiente, mientras ayudaba a Lucy a vestirse–. Después de la muerte de su hermano no había vuelto a poner el pie aquí, y tampoco lo hizo su abuelo. Se dice que ambos dejaron abandonado el lugar para que se cayera solo. Es como si milord culpara a la isla de la muerte de su hermano y la gente de aquí tuviera que pagar por ello.
Lucy suspiró. Sheena solo llevaba una semana en Golden Isle y había hecho acopio de todos los rumores que corrían por la misma como una urraca que recogiera brillantes desperdicios. Cada mañana le repetía a Lucy lo que había escuchado el día anterior, y cada mañana se esforzaba Lucy por no dejarse abatir por las palabras de su doncella. Resultaba obvio que Sheena tenía razón. Pero sabía que Robert sufría. Podía sentir ese sufrimiento suyo, aunque él no estuviera dispuesto a compartir sus sentimientos con ella.
No podía dudar, sin embargo, de la preocupación que había demostrado Robert por la propiedad desde su llegada. Solía pasar la mayor parte de los días revisando los libros de cuentas con McTavish y discutiendo del próximo

rendimiento de las cosechas, la pesca y el comercio, o recorriendo la isla para hablar con sus habitantes: desde los cavadores de turba de las colinas del norte hasta los pescadores del puerto del sur. Por la mañana, durante el desayuno, le informaba de sus planes para el día, pero nunca la invitaba a reunirse con él. En la cena, le hablaba del trabajo realizado en la propiedad. Después se sentaban en el salón y compartían un whisky de malta, y Lucy tocaba en el antiguo piano. Era todo muy agradable y civilizado, pero al mismo tiempo ella no dejaba de sentirse excluida.

Por contraste, las noches no podían ser más distintas: radiantes de intimidad y de placer candente, perverso, adictivo. Paso a paso, deliciosamente, Robert la iba acercando cada vez a la consumación final del acto, y ella en parte, lo anhelaba. Aunque, al mismo tiempo, Lucy encontraba cada vez más difícil salvar el golfo que se abría entre aquellos días y aquellas noches, como si estuviera casada con dos hombres distintos: uno retraído y taciturno, y otro al que confiaba su cuerpo y al que sería capaz de confiar su vida.

–La señora Stewart es muy charlatana –dijo Sheena–. Me lo cuenta todo. Está muy sola, la pobre señora. Solía ser ama de llaves en Methven, pero cayó en desgracia con el anciano *laird* y él la envió aquí. Yo me volvería loca si viviera en un lugar así –miró por la ventana, con la niebla que se cernía como una mortaja–. ¿La isla dorada? Más bien la isla gris.

–He visto el sol –le dijo Lucy–. Salió una vez la semana pasada y la isla era preciosa. Creo que hoy se levantará la niebla.

Sheena resopló escéptica. Terminó de atarle la cinta del pelo y se apartó para admirar su obra.

–Listo. Estáis preciosa. Espero que lord Methven se dé cuenta. No me parece a mí que sea un hombre muy observador, al menos en las cosas importantes.

Lucy fulminó con la mirada la imagen de Sheena en el espejo, pero la doncella estaba ya ocupada recogiendo los alfileres sobrantes y arreglando la mesa del tocador. Se preguntó por un momento si Sheena habría querido hacerle daño. Aquellas pequeñas pullas, que sembraban dudas y cosechaban tristezas, se estaban volviendo cada vez más frecuentes. No obstante, la idea se le antojaba absurda: Sheena la había cuidado desde que era una adolescente. Llevaba toda la vida al servicio de los Forres y era absolutamente leal.

–¿Qué haréis hoy, *madame*? –le preguntó la doncella.

–No lo sé –de repente se sentía sola–. No tengo ni idea.

El Auld Haa era una posada demasiado pequeña para requerir mucho trabajo, y del poco que había se encargaba la señora Stewart. Lucy no pensaba empeorar la situación de la pobre mujer haciéndose cargo de sus obligaciones. Como tampoco pensaba quedarse en casa esperando a que vinieran a visitarla, o salir ella misma a hacer visitas de cortesía. La sociedad de la isla era muy limitada. Las esposas de los dos fareros la habían visitado la víspera: una, la señora Hall, discreta y reservada, y la otra, la señora Campion, extrovertida y de risa estridente, unidas las dos en su desprecio del resto de los isleños, a los que tachaban de bárbaros. La señora Campion le había comentado tímidamente la idea de celebrar una cena en honor de Robert y Lucy, invitando únicamente al párroco y al maestro de escuela. Esos eran, según su insinuación, los únicos isleños de suficiente categoría social para un evento semejante. Los comerciantes dueños de los botes del muelle eran muy pobres, y por tanto insignificantes. Además, eran extranjeros: noruegos, a los que consideraba completamente inaceptables. A Lucy se le hacía insoportable aquella altanería. No había correspondido a la invitación de las dos damas.

Podía retomar su escritura, por supuesto, pero de repente su *Guía femenina para encontrar al perfecto caballero* se le antojaba tan poco atractiva como irrelevante. Quizá, sin embargo, pudiera efectuar algunas investigaciones sobre Golden Isle. Experimentó una cierta punzada de interés. Había oído algunas historias de la señora Stewart, que era efectivamente tan habladora como sostenía Sheena: relatos de tesoros procedentes de naufragios de la Armada Española, así como cuentos sobre los vikingos antecesores de los isleños. El faro de aviso que habían construido aún se alzaba en la colina de detrás del Auld Haa, y el muelle del sur conservaba todavía las huellas de sus largas embarcaciones.

—¿Saldréis hoy con lord Methven? —insistió Sheena.

—Lo dudo —respondió lacónica Lucy, y creyó distinguir una leve sonrisa en los labios de su doncella antes de que se volviera para guardar la ropa de noche en el armario.

—¿Puedo acompañarte hoy? —le preguntó a Robert en un impulso cuando aquella mañana se sentaron a desayunar en el salón, con el aroma del café recién hecho flotando en el aire y la luz del sol rasgando la niebla—. Hace un día precioso y me gustaría ver más de la isla.

Robert bajó su taza para dejarla sobre la mesa con un golpe seco.

—Hoy estaré trabajando en la reparación de las señales —dijo. Se levantó y salió, dejando a Lucy dolida por su rechazo.

Estaba ya harta. Ensilló uno de los resistentes ponis del potrero y salió a dar un paseo. No había sillas para mujeres, así que se vio obligada a montar a horcajadas: razón por la cual tuvo que pedir prestadas unas calzas al sobrino de la señora Stewart. No tardó en descubrir que el poni era una enérgica criatura muy independiente, mayor que un poni de las islas Shetland aunque de bastante peor carácter. Mantuvieron una corta pero dura refriega para dirimir quién estaba al mando, hasta que el animal acabó mostrándose lo suficientemente dócil.

Durante los días siguientes se dedicó a cabalgar por la isla, explorando desde los altos acantilados del norte, salpicados de laurel, hasta los suaves campos del sur, de un verde más claro. Los isleños la saludaban a su paso. El segundo día, uno de ellos le ofreció una bebida de leche, para que se refrescara de la calurosa tarde. Al tercero, la invitaron a entrar en una de las cabañas y le ofrecieron galletas de avena. Al cabo de cuatro días, las mujeres de la isla decidieron que había llegado el momento de probar a enseñarla a tejer. Descubrió que se le daba muy mal, pero escuchó sus conversaciones y llegó a aprender muchas cosas sobre la vida en la isla. Al principio se mostraron reticentes ante su presencia, desviando la mirada, desconfiadas y sin saber muy bien cómo comportarse. Lucy entendía esa reticencia, pero quizás ellas empezaron a darse cuenta de que se sentía sola, porque, después de reírse de sus torpes esfuerzos con la costura, la invitaron a tomar el té y cualquier diferencia de clase quedó olvidada.

–He oído que has estado montando –le comentó Robert una noche, durante la cena. Había llegado tarde y entrado directamente en el comedor con sus botas llenas de barro, la camisa arremangada hasta los codos.

–Así es –le dijo Lucy–. ¿Te importaría acompañarme algún día?

–Tengo demasiado trabajo.

Fue como si aquella respuesta hubiera activado un resorte en su interior. Lucy empujó a su lado su cuenco de sopa y se levantó.

–Te estás comportando como un niño malcriado –le espetó.

Su rechazo le dolía; se sentía consternada de que sus esfuerzos por acercarse a él no tuvieran ningún éxito.

Clavó en ella la dura y directa mirada de sus ojos azules. Resultaba intimidante, pero Lucy estaba resuelta a no callarse.

—Ya sé que no te gusta estar aquí. Entiendo que no te gusta por causa de la muerte de Gregor y tu riña con tu abuelo.

Vio brillar en sus ojos algo tan sumamente primario y elemental que se interrumpió instintivamente. Había visto dolor en ellos: lo había sentido como la quemadura de una llama. Aun así, no dijo nada, y ella contempló, con el corazón encogido, cómo volvía a esconder sus sentimientos con mayor ahínco aún, frunciendo ferozmente el ceño, apretando la mandíbula como si fuera un cepo de acero.

—Sé qué no quieres hablar —insistió, terca. Ella había empezado aquello... una vez más, contra toda prudencia... y esa vez pensaba decirle todo lo que tenía que decirle.

—No, no quiero hablar de ello —la serenidad de su tono era aterradora, al igual que su controlada y absoluta inmovilidad.

—Pero yo solo estoy intentando ayudarte.

—No necesito tu ayuda.

—Y yo no quiero estar casada con un hombre tan triste y amargado.

Arrojó con fuerza la servilleta contra la mesa. Caminó decidida hacia la puerta, esperando que la llamara, que se disculpara, le dijera algo, lo que fuera. Pero Robert no abrió la boca.

—No vengas a mi cama esta noche —le dijo por encima del hombro—. Soy tu esposa, no tu amante, y no pienso dejar que me ignores durante el día para que solo me encuentres uso por las noches.

Una vez en su dormitorio, se hizo un ovillo en el banco de la ventana y se quedó mirando los prados que se perdían en el mar. La luna llena bañaba la isla con su luz de oro, rizándose sobre el agua. Por una vez, la isla tenía un aspecto pacífico, sereno, y hacía honor a su nombre.

La llama de la vela ardía apenas y tenía frío. No había oído a Robert subir la escalera. No sabía muy bien qué haría si se le ocurría subir en su busca. Se sentía dolida y decepcionada por la manera en que había rechazado todo intento suyo de acercarse a él. Antes le había demostrado tanta ternura... Descubrir que aquella ternura no significaba que deseara compartir también una cercanía emocional, que no solo física, constituía la lección más dura de todas.

Oyó un sonido abajo, en el exterior; unos pasos de botas en la piedra, el crujido de una puerta. Se asomó a la ventana. La luna proyectaba la larga sombra de un hombre. Por la forma que tenía de moverse, supo que se trataba de Robert.

Sintió curiosidad. A esas alturas había oído muchísimas historias sobre Golden Isle: las leyendas, los naufragios, el contrabando. En una noche como aquella, era fácil creer en mitos y fantasmas. Se levantó del asiento, buscó sus medias botas, se las calzó. Su capa abrigaba bien y, afortunadamente, no hacía una noche fría. Los escalones crujieron cuando los bajó de puntillas, pero nadie se asomó. La señora Stewart y los otros criados tenían sus habitaciones en el ala oeste. Abrió la puerta y sintió la fresca caricia de la brisa. Podía distinguir la figura de Robert atravesando el prado hacia los acantilados. Lo siguió.

Capítulo 19

Wilfred Cardross estaba bebido cuando el mensajero entró en el salón, manchado de polvo y barro, con dos cartas en la mano.

–Mensajes urgentes de Golden Isle, milord –anunció, y retrocedió rápidamente para no recibir una patada de la bota de Cardross.

Cardross levantó a la joven y desaliñada criada de su regazo. Era una de las mozas de las cocinas, ni siquiera sabía cuál, lo bastante inexperta como para fracasar a la hora de darle placer, o quizá era que él estaba demasiado aburrido o demasiado borracho. Alcanzó primero su copa, salpicando las cartas de vino, y la apuró con avidez.

–Sírveme más –ordenó a la joven, dejando la copa sobre la mesa con tanta fuerza que tembló el cristal.

–Ojalá te ahogues... –masculló por lo bajo la criada mientras regresaba a la cocina.

Cardross la ignoró. Abrió la primera de las cartas, rasgándola en su apresuramiento. Tal como esperaba, era la escritura de McTavish. Leyó unas cuantas palabras y arrojó en seguida la carta a la mesa, asqueado. McTavish estaba nervioso como siempre, divagando acerca de las señales de la costa y las sospechas que al parecer albergaba Methven sobre un ataque francés. El pirata a sueldo de Francia, *Le*

Boucanier, nunca se arriesgaría a aparecer si existía una mínima posibilidad de que fuera capturado. Y mientras *Le Boucanier* estuviera libre, Cardross sabía que sus secretos estaban a salvo.

Pero incluso mientras intentaba convencerse de ello, un asomo de duda comenzó a inquietarle. Supuestamente, solo supuestamente, Methven era lo suficientemente astuto como para tender una trampa al corsario francés. *Le Boucanier* cambiaría con gusto su propia libertad por información acerca del noble escocés que traicioneramente había vendido secretos de su país al enemigo. Cardross echaba chispas por los ojos. ¿Podría correr el riesgo?

Fue entonces cuando otro párrafo de la carta llamó su atención. Leyó:

Methven ha convocado a la mitad de los hombres de su clan de sus propiedades occidentales para reparar las señales de la costa y defender la isla...

Qué oportuno sería, pensó de repente, que las patrullas de reclutamiento forzoso consiguieran apresar a toda aquella gente del clan Methven y la enrolaran en la Armada Real. Entonces no solo el marqués perdería a la mitad de su gente y hundiría sus otras propiedades en la ruina, sino que él podría también reclamar su recompensa por haber ofrecido tan suculenta presa a los oficiales reclutadores. Cuanto más vueltas daba a la idea, más le gustaba, y cuanto más le gustaba, más ganas le entraban de estar presente para ver la reacción de Methven cuando perdiera todos aquellos hombres que tanto se había esforzado por proteger.

Cardross se echó a reír y apuró el último resto de su copa. Ordenó a gritos a su mayordomo que le trajera el recado de escribir. Escribiría inmediatamente a Wilson y a Scott, los oficiales de reclutamiento del norte, y haría que navegaran hasta Golden Isle para capturar a los hombres de Methven. La codicia, como un cáncer, lo reconcomía. También él navegaría hasta allí. Wilson era un sujeto corrupto y brutal capaz de engañarlo a la menor oportunidad. Y una vez que los hombres de Methven fueran capturados y reclutados, y Robert Methven se hubiera retirado al sur a lamer sus heridas, él podría recuperar por fin la lucrativa actividad del contrabando mientras continuaba pasando información al francés. No podía perder.

El conde estaba tan entusiasmado con su plan que casi se olvidó de la otra carta que seguía sobre la mesa, sin abrir. Recogiéndola bruscamente, la desdobló y leyó los escasos renglones: primero con impaciencia, luego con creciente interés. Cuando terminó se quedó pensativo, golpeando suavemente el papel contra el canto de la mesa, con una sonrisa en los labios. Su espía en los aposentos de lady Methven le había comunicado una buena noticia. Su sonrisa se amplió mientras seguía reflexionando sobre ello.

Robert Methven no cumplirá con los términos de su herencia. No habrá heredero.

Ahora sí que podría viajar con seguridad a Golden Isle para asistir a la derrota de su rival. De hecho, viajaría para poder informar en persona al marqués de la traición de su esposa... y disfrutar de paso de la sorpresa de Methven cuando recibiera la noticia.

Su mayordomo no se había presentado, como tampoco lo había hecho la joven criada con su vino. Maldiciendo a ambos, Cardross se levantó trabajosamente con la intención de preparar su viaje rumbo al norte.

Fueron los fantasmas los que finalmente sacaron a Robert de la casa. Había permanecido sentado en el comedor durante un buen rato después de que Lucy se hubiera marchado, sin probar bocado, consciente únicamente de la frustración que lo devoraba por dentro. Finalmente había salido en dirección al mar, a la bahía donde Gregor y él habían ido tantas veces de niños. En aquel entonces había amado con locura Golden Isle. Aquella isla había sido algo especial: el reino de Gregor. Jamás había imaginado que aquello podría cambiar.

Pero Gregor murió, y él llegó a odiar Golden Isle por habérselo arrebatado, llegó a odiarla tanto como la había amado antes. Se daba cuenta de que Lucy y él compartían aquel rasgo especial. Ambos habían perdido a un pariente al que habían querido tanto que el dolor aún seguía atormentándolos.

El aire de la noche era fresco y suave, como el susurro de las olas en la arena. Robert se sentó en una de las rocas de la costa, sintiendo la aspereza del granito bajo sus palmas. Sobre su cabeza se alzaban los acantilados, donde estaba el denominado Puente del Diablo, una especie de arco de roca que los comunicaba: el lugar donde Gregor había caído. Nadie había podido explicárselo. Gregor y él habían sido escaladores tan diestros como cabras de monte: aquellos cortados no les habían dado ningún miedo. Pero aquel día, Gregor había subido al Puente del Diablo para intentar salvar a uno de los jóvenes del pueblo que se había metido en apuros cuando intentaba trepar por el acantilado, en busca de huevos de alcatraz. El muchacho había sobrevivido, pero Gregor, al intentar ayudarlo, había resbalado en el puente rocoso y se había matado.

Robert suspiró. Sabía que tenía que volver al Auld Haa y buscar a Lucy. Tenía que disculparse, una vez más, por su arisca actitud. Tenía que dejar de huir. Lucy había sido mucho más valiente que él. Lucy le había confesado sus miedos, mientras que él se los había escondido.

Se levantó. Era una noche tranquila. La luna dibujaba

su estela de plata en el mar. Se respiraba una gran serenidad.

Fue entonces cuando la vio. Estaba de pie, justo al otro lado del Puente del Diablo. Al principio pensó que era un fantasma conjurado por sus recuerdos. Luego, con un nudo de miedo que lo dejó clavado en el sitio, se dio cuenta de que no era así. Era realmente Lucy y, mientras la contemplaba, empezó a cruzar el estrecho paso rocoso hacia él.

Oyó el ruido de las piedrecillas que rodaron por el puente para caer al abismo que se abría debajo. Un puro y helado terror lo desgarró por dentro, manteniéndolo absolutamente inmóvil.

«Se va a caer», pensó.

De repente estaba corriendo, tropezando con las matas de hierba, medio cayéndose, maldiciendo... hasta que chocó con ella y la agarró para arrastrarla lejos del borde del abismo, de aquellas oscuras y peligrosas rocas, sintiéndola cálida y real en sus brazos... Jadeaba por el miedo y el esfuerzo.

–¿Robert? –a ella ni siquiera parecía habérsele acelerado la respiración–. He venido a buscarte. Estaba preocupada...

–¡Pequeña imbécil! Insensata, estúpida, alocada... –se dio cuenta de que quería sacudirle los hombros con fuerza.

La violencia que lo embargaba era enorme, nacida de un absoluto pánico. Estaba temblando. No podía seguir hablando. Entonces el alivio lo inundó todo y la abrazó con frenesí, enterrando el rostro en su cuello.

–¡Oh! –exclamó ella, con un tono como de revelación. Y luego, más quedamente–: Oh...

–Pensé por un momento que iba a perderte –dijo Robert. Seguía temblando. Tuvo que hacer un esfuerzo por aflojar su abrazo–. Te amo tanto... y pensé que Golden Isle te iba a arrebatar también a ti de mi lado...

No sabía de dónde habían surgido aquellas palabras. Solo sabía que eran ciertas. Sus complejos sentimientos se habían revelado muy simples, después de todo. Les había puesto distintos nombres: deseo, ternura, admiración... todos menos amor.

Lucy le acunó una mejilla con la palma y lo abrazó con la misma fuerza con que lo estaba haciendo él, y Robert sintió una extraña emoción reventándolo por dentro, potente e irresistible como una marea. La hizo arrodillarse sobre la blanda hierba. Acto seguido le retiró la capa de los hombros para descubrir que debajo llevaba únicamente su camisón, rasgado seguramente por las afiladas rocas por las que había tenido que trepar para llegar hasta allí. La desvistió, y la sintió estremecerse. Las medias botas que llevaba se las dejó: el contraste con su desnudez era deliciosamente erótico. Contempló su cuerpo cremoso y dorado a la luz de la luna, y cuando la besó, ella le devolvió el beso con la misma avidez, ferozmente, deslizando las manos por su espalda, atrayéndolo hacia sí. No había ya la menor duda o vacilación en ella, y supo entonces Robert que la espera había terminado. Se vio arrollado por una ola tan inmensa de posesivo deseo que por un instante fue incapaz de respirar.

Le acunó el rostro entre las manos, sintiendo la seda de su cabello bajo las palmas.

–No quiero hacerte daño –temía la intensidad de su propio deseo.

–No me lo harás –se estiró para besarlo, con los senos rozando su pecho–. Por favor, Robert. Quiero esto. Yo también te amo.

Le temblaban las manos cuando se desabrochó el pantalón. Le separó los muslos y se deslizó dentro de ella, esforzándose por mostrarse delicado y cuidadoso en medio de su arrebatadora necesidad, y sintió que daba un respingo por la incomodidad de la penetración. La oyó también contener el aliento. Vio que abría los ojos. Parecía perpleja, a punto de perder aquella deliciosa sensación de placer.

–Lo siento –le dijo–. En seguida se te pasará.

Lucy asintió con la cabeza.

—No te detengas —musitó—. Por favor, no te detengas ahora.

Robert reprimió la necesidad de hundirse a fondo en ella, de reclamarla por completo, y la besó de nuevo, concentrando todo su amor y todo su anhelo en aquel beso. Sintió que su cuerpo empezaba a ablandarse de nuevo y abrirse a él, y solo entonces comenzó a moverse, suavemente, ejerciendo un absoluto control incluso cuando aquella angostura ardiente y resbaladiza amenazó con destruir sus últimos restos de autocontrol. La oyó suspirar en el mismo instante en que lo atraía hacia sí, hundiéndolo más en su interior, y la sensación fue gloriosa: para cuando ella ladeó las caderas para recibir mejor sus embates, se sintió perdido. Se vio a sí mismo tambalearse al borde del abismo y caer rápido, con fuerza. El desahogo físico fue impresionante, deslumbrante en su estallido, lo suficientemente intenso para arrancarle un grito. Pero por debajo de aquel placer había otra sensación: una necesidad satisfecha, una posesión cumplida, un retorno al hogar.

Envolvió a Lucy en la capa roja y la llevó de vuelta a la posada, para meterla en la cama. Quería volver a hacerle el amor, pero sabía que estaría dolorida después de aquella primera vez, así que se conformó con abrazarla y la sensación fue aterradora de puro maravillosa: el deseo de posesión quedó sumergido bajo otros sentimientos tan potentes y profundos que se quedó estremecido. Abrazarla le proporcionó una inmensa paz. Le recordó lo mucho que la amaba y necesitaba, pero ese amor presentaba también una arista de miedo. De alguna manera tendría que aprender a convivir con ese miedo porque, si todo salía bien, no se separaría ya nunca de ella.

—¿Robert?

Estaba despierta. Estiró una mano hacia él y le acarició la mejilla como había hecho antes, y una vez más sintió

Robert una punzada increíblemente intensa de ternura y necesidad.

—Me disculpo por no haber querido hablar contigo antes —dijo. Se sentía humilde, distinto. En lugar de la inquieta frustración que tanto lo había torturado, lo que sentía en aquel momento era paz—. Estaba intentando ignorar lo mucho que odiaba estar de regreso en Golden Isle... abismándome en mi trabajo y negándome a hablar de ello.

Lucy yacía a su lado, la cabeza apoyada en una mano mientras lo observaba, con la melena derramada sobre sus hombros desnudos.

—No me extraña que odies este lugar —le comentó con tono suave—. Tu hermano murió, Robert. Y con él murió una parte de tu vida.

Robert alzó un brazo para atraerla hacia su pecho.

—Y ahora es cuando empieza otra —repuso—. Mi futuro contigo.

Lucy se despertó lentamente, al amanecer. Se quedó inmóvil por un momento. Estaba abrigada y sentía en la sangre un rumor como de contento, de felicidad. Algo acechaba en la periferia de su mente, como un pensamiento a medio formar, una sombra. Fue entonces cuando se dio cuenta.

Esa noche no había tenido pesadillas.

Pensó en lo que acababa de suceder. Se había entregado a Robert sin pensar siquiera en rechazarlo, sin pensar en nada que no fuera acudir al encuentro de su necesidad con la suya propia. La había deseado completamente y ella también lo había deseado a él, también lo había amado.

Sintió una pequeña punzada de miedo, pero en seguida desapareció. Esperó a que volviera para convertirse en el monstruo que siempre la había atormentado. Esperó a que se presentara la oscuridad. Pero no hubo nada. La cama era blanda y cálida; ella se sentía serena y feliz. Bostezó.

Podía haberse quedado embarazada. Analizó conscientemente sus sentimientos. Se obligó a encarar el peor miedo de todos. Otra vez experimentó una leve punzada de inquietud, pero desapareció como las huellas en la arena borradas por el mar. Pensó que quizá siempre experimentaría aquel leve temor, ya que era absurdo imaginar que desaparecería por completo, pero, de alguna manera, había perdido su fuerza.

Se volvió para mirar a Robert. Seguía dormido. Parecía muy relajado, suavizadas las arrugas de su rostro. Una sombra de barba le oscurecía el mentón y la barbilla. Y se quedó sorprendida, porque en aquel momento, detrás del hombre podía distinguir al muchacho que había sido cuando la tragedia lo golpeó con tanta fuerza. Esperaba que ese odio que sentía contra Golden Isle hubiera desaparecido al fin.

Había sabido que la amaba. Lo había visto en sus ojos y sentido en su contacto cuando la había abrazado con tanta ferocidad y ternura en los acantilados. Había sido consciente de que aquella furia no había podido tener otro origen. Y ella lo había amado también: por su fortaleza y determinación a la hora de velar por el bienestar de su clan, por su lealtad, por su paciencia y por su ternura para con ella.

–Lucy.

Le estaba sonriendo. Alzó una mano para delinearle el perfil del hombro y del brazo, tomarle la muñeca y depositar un beso en su palma.

–¿Cómo estás, corazón?

Alcanzó a distinguir una sombra de duda en sus ojos: tenía miedo de que ella pudiera arrepentirse de lo que había sucedido. De que lo sucedido esa noche la hubiera vuelto a arrojar al oscuro abismo de sus miedos.

–Estoy muy bien –declaró, sincera.

–¿Estás segura? –la miraba ansioso, expectante.

Solo parecía haber una manera de convencerlo. Se inclinó y lo besó. Cuando volvió a apartarse, vio que el brillo de ternura de sus ojos se había trocado en otro más intenso y ardiente de deseo. Se lo quedó contemplando mientras la azulada luz de la mañana bañaba cada rasgo de su rostro: el duro y excitante contorno de su boca, su mandíbula, sus pómulos. Él también la observaba, con una mirada especialmente intensa. Sabía que estaba esperando a que decidiera lo que quería hacer. El acto de la noche anterior había sido fruto del impulso, del calor del momento. Ahora quería que eligiera conscientemente.

El corazón empezó a martillearle contra las costillas. El entusiasmo que se alojaba en la boca de su estómago le robó el aliento. Sabía lo que quería hacer.

Continuaron mirándose durante otro buen rato hasta que Robert se colocó encima de ella. Fue algo insoportablemente urgente y desesperado. Sentía la boca de Robert quemándole el cuello como un hierro candente. Lo recibió despreocupada de todo lo que no fueran aquellas sensaciones. Sintió su mano subir hasta su seno, juguetona, acariciándola hasta arrancarle un estremecimiento. Ya había descubierto la vasta y generosa capacidad de su propio cuerpo para el goce y, en ese momento, deseaba aprovecharla completamente. Era la primera vez que se sentía absolutamente liberada de sus miedos.

Echó la cabeza hacia atrás mientras Robert enterraba una mano en su pelo, arqueándose para acercar los senos a su boca. Y cuando él capturó un pezón con los labios, suspiró mientras el candente calor volvía a extenderse por todo su ser, derritiéndola por dentro y haciéndole ansiar que la tomara de nuevo. Con su mano buceando entre sus piernas y su boca mordisqueándole el seno, se sentía deliciosamente lasciva y sensual mientras Robert manipulaba su cuerpo y la empujaba, lenta e inexorablemente, hacia un placer absoluto. Era algo maravilloso, casi irresistible, y sin embargo un rincón de su mente se rebelaba. No pensaba dejar que se saliera con la suya.

Rápida como el rayo, se escabulló de debajo de su cuerpo. El movimiento fue tan rápido que Robert perdió el equilibrio y rodó a un lado de la cama. Lucy aprovechó para sentarse a horcajadas sobre él, agarrándose con ambas manos al alto cabecero de la cama, para dejarse caer sobre su miembro. Estaba duro como la piedra.

La exclamación de asombro y de placer que soltó constituyó en sí misma una recompensa. Lucy empezó a moverse, subiendo y bajando: la resbaladiza fricción y la sensación de dominio se tradujeron en una suerte de descarga de triunfante poder. Podía sentir cada músculo del cuerpo de Robert tenso por la frustración de no estar al mando, de encontrarse a su merced. Se inclinó sobre él y lo besó con ternura, tentándolo, para retirarse enseguida. Volvió a rozarle el pecho con los senos. Disfrutó con el gemido que emitió.

–Lucy... –su voz era un ronco susurro.

–¿Sí? –se interrumpió y él echó la cabeza hacia atrás, tensos los músculos del cuello.

–No te detengas.

Se cerró sobre él con fuerza.

–¿Te gusta así? –a continuación se incorporó para volver a dejarse caer sobre él, profundamente–. ¿O así?

–Pícara... –fue como si le arrancaran la palabra de la garganta.

Un movimiento más de esa clase y, con un gruñido, Robert la agarró de la cintura para volver a tumbarse encima de su cuerpo. El colchón se hundió y volvió a gruñir mientra percutía contra ella. Lucy se arqueaba al encuentro de cada embate. El candente placer la atenazaba, irresistiblemente agudo, irresistiblemente dulce. El orgasmo sobrevino de inmediato, acelerando sus movimientos mientras Robert se vaciaba en su interior con un grito. Yacieron enredados en una maraña de gozo y liberación.

–Maldita sea... –dijo Robert cuando hubo recuperado el

resuello suficientemente para hablar–. Yo quería que esta vez fuera lento y suave...

–Quizá la próxima –repuso Lucy.

Robert la arropó con la manta y la atrajo hacia su pecho, pero Lucy estaba demasiado inquieta y despabilada para quedarse quieta. Se sentía como embriagada del placer físico, del alivio, del desahogo. Se escabulló de sus brazos para levantarse y acercarse a la ventana. Arrodillándose en el banco de terciopelo, se quedó mirando los prados que se perdían en el mar.

–Qué precioso está el paisaje a esta hora de la mañana –comentó–. Tan sereno...

–Vuelve a la cama –le pidió Robert.

Estaba apoyado sobre un codo, observándola con un brillo de deseo en los ojos. Un brillo que le despertó a Lucy a su vez una idéntica punzada de necesidad. La perversión pareció apoderarse de ella, y se sintió perversa, de una manera que jamás antes se había permitido ser, ni sentirse. Empezó a desplegarse en su interior como la más dulce tentación. Tantos años negando sus propias necesidades físicas... En ese momento sentía un anhelo casi desesperado de recuperar el tiempo perdido.

–No –dijo, y corrió la cortina de manera que la débil luz del día iluminara su cuerpo desnudo–. Si me quieres, ven a por mí.

Vio que él abría mucho los ojos. No necesitó que se lo dijeran dos veces. Con un rugido saltó de la cama, pero Lucy fue más rápida. Voló fuera de la habitación y bajó las escaleras, descalza. Podía sentirlo acercándose por detrás. Entró en el comedor, corrió alrededor de la mesa, haciendo temblar la porcelana, y pasó al salón, donde por fin él la atrapó. La agarró de la cintura: Lucy podía sentir su cuerpo caliente en la espalda. Le oía jadear. Y podía sentir nuevamente su monstruosa erección. Se frotó contra él, arrancándole un ronco gruñido.

—Maldita sea, mujer —le dijo—. Eres insaciable.

Lucy soltó una risita, sintiéndose deliciosamente lasciva.

—¿Es que no podéis conmigo, milord? —murmuró provocativa—. ¿Sois demasiado viejo? ¿O es que estáis demasiado cansado?

En respuesta, la empujó hacia delante de manera que quedó medio tumbada sobre el desvencijado piano, con los senos apretados contra la fría y reluciente madera, las manos sobre la tapa. Lucy sintió sus dedos en su húmedo sexo, y luego su falo.

—Siempre he dicho que tenías mucho talento con este instrumento... —se deslizó en su interior, robándole el aliento.

Lo sentía tan grande y toda aquella escena era tan nueva y distinta, las sensaciones eran tan fieras e intensas, tan salvaje la necesidad que latía en su interior... Comenzó a empujar contra él, hacia atrás, sintiendo el rozamiento de la fría madera en sus senos, hacia atrás y hacia delante, haciendo que se hundiera aún más profundamente en ella. Sujetándola de las caderas, la poseía con violentos embates que la hacían jadear. Temblaban las cuerdas del piano y resonaban con cada movimiento de su cuerpo, en una cacofonía que aumentaba de volumen. Los embates de Robert, inexorables, la empujaban hacia el éxtasis. Lucy alcanzó el orgasmo en una ciega espiral de turbulenta oscuridad, deseosa de arrastrarlo con ella. Pero él se contenía.

—Puedo esperar —lo oyó murmurar.

Pensó que se desahogaría entonces, pero era implacable. Retomó el ritmo mientras le rodeaba la cintura con los brazos, sujetándola con fuerza. Era algo sublime, glorioso. Lucy intentó aferrarse a la resbaladiza madera mientras él continuaba entrando a fondo en ella, empujándola hacia un nuevo orgasmo, excitándola cada vez más. Amaba la pura carnalidad de aquel acto, las sensaciones internas que la recorrían, su absoluta lujuria. Era aquella otra revelación, la del más depurado deseo, abrasador y flagrante en su exigencia.

El orgasmo surgió violentamente, arrasándola, haciéndola temblar. Oyó gritar a Robert y lo sintió derramándose muy dentro de ella, con un embate final de su cuerpo que la catapultó al éxtasis. Se derrumbó en sus brazos.

Temblaba todavía y le flaqueaban las piernas, de manera que Robert la alzó en vilo y la llevó a uno de los sillones, donde tomó asiento con ella sobre su regazo. Comenzó a besarla de nuevo, con exquisita ternura: las comisuras de los labios, el perfil de la mandíbula, el hueco de la base de su cuello. Lucy se arrebujó contra él y aspiró el aroma de su piel, el calor, el sudor y el leve aroma a jabón de sándalo que tanto la embriagaba.

—La Sociedad de Damas Cultivadas de las Tierras Altas de Escocia no nos enseñó a utilizar el piano así —dijo mientras le cubría el torso de besos. Tenía la palma sobre su corazón y pudo sentir el rumor profundo de su risa en su pecho—. Estoy agotada —murmuró.

—Te viene bien —le apartó el enmarañado cabello de la cara y la besó con ternura—. Tienes frío —la alzó en brazos para subir con ella las escaleras, hasta su habitación—. Yo te haré entrar en calor.

La depositó sobre la cama y se tendió a su lado, arropándola. Lucy podía sentir el doloroso cansancio de su cuerpo como una secuela más del absoluto placer que había experimentado.

—Te amo —lo besó.

No volvió a despertarse hasta que la luz del mediodía bañó la habitación. Robert se estaba poniendo la camisa, maldiciendo porque al parecer iba a llegar tarde a su reunión con el práctico del puerto. Cuando volvió a la cama para darle un apasionado beso de despedida antes de marcharse, vio que Sheena entraba en el dormitorio con la bandeja del desayuno. Lucy se sentía casi demasiado cansada para comer y beber.

Sheena estaba recogiendo su camisón, indicando con su silencio y con su leve arqueamiento de cejas que había advertido el estado de desarreglo tanto de la ropa de la cama como de la propia Lucy. La doncella colocó la bandeja sobre la mesilla y se acercó al arcón, en cuyas profundidades estuvo hurgando.

–Desearéis esto –le dijo–. He visto que no lo habéis tomado, lo cual es tan imprudente como peligroso, si me permitís que os lo diga, *madame*.

Lucy alzó la mirada de su taza de chocolate caliente. Sheena le estaba tendiendo un pequeño frasco. Al principio no lo reconoció, pero en seguida le dio un vuelco el corazón al recordar la tintura de poleo.

Recordó a la muchacha asustada que había sido, atormentada por el pasado, y experimentó una inmensa punzada de compasión hacia ella.

–En realidad –dijo–, ya no lo quiero. No lo necesito. Ya no tengo miedo –y sintió que una oleada de entusiasmo y felicidad la barría por dentro.

Sheena se la había quedado mirando con loa ojos desorbitados.

–Pero *madame*... ¡no podéis correr ese riesgo! ¡Tenéis que tomarlo! –su voz tenía un timbre de pánico mientras le tendía el frasco. Os conseguiré otra tintura –se apresuró a añadir–: en caso de que ya estéis encinta. Nadie lo sabrá –y luego, con tono suplicante–: No sería seguro para vos que concibierais un hijo, *madame*. ¡Pensad en lo que le sucedió a vuestra hermana! Escuchadme, por favor...

–No –declaró Lucy con tono firme.

Levantándose, tomó a Sheena del brazo y le hizo sentarse en el borde de la cama. La cara de la doncella estaba contraída de tensión, como si fuera a echarse a llorar. Temblaba. Lucy estaba asombrada: nunca había imaginado que

Sheena pudiera albergar aquel terror a perderla, aunque la doncella las había cuidado a Alice y a ella desde que eran niñas. Tenía, pues, perfecto sentido.

–Sheena –le dijo con tono suave–, entiendo que quieras protegerme. Llevas haciéndolo desde que era niña. Pero no tienes nada que temer. Te lo prometo.

Resultaba evidente que, a esas alturas, Sheena no deseaba seguir hablando de ello. La expresión de la doncella era pétrea, con sus labios formando una dura línea.

–Muy bien, *madame*. Como queráis.

Recogió la bandeja para llevarse el tazón de chocolate, pese a que su ama no había terminado de bebérselo. Lucy aún tuvo tiempo de atrapar una tostada antes de que la doncella se lo llevara todo precipitadamente.

Más tarde, cuando estuvo vestida, Lucy recogió el pequeño frasco de poleo y se lo guardó en un bolsillo de la capa. Bajó a pasear por los acantilados, disfrutando de la brisa y de los primeros calores del sol. Acercándose al borde, arrojó el frasco con toda la fuerza de que fue capaz, y lo oyó rebotar en las rocas del fondo antes de que el mar terminara arrastrándolo.

Se sintió bien.

Alzó el rostro para recibir la caricia del sol. Por un momento, en el rumor de la brisa creyó escuchar la voz y la risa de Alice. El sonido no la atormentaba ya por las noches. No había pesadillas que la despertaran, solo el recuerdo de Alice danzando al sol. Seguía sintiendo la presencia de Alice a su lado, pero ya como un fantasma dulce, amable.

Lucy abrió entonces su corazón y dejó que los recuerdos de su hermana volaran libres.

Capítulo 20

Lucy paseaba por la playa. Se había quitado los zapatos y las medias para sentir la fresca y húmeda arena bajo los dedos. Resultaba extraño lo muy sensible que era en aquellos días a la más mínima sensación física: era consciente de aromas que nunca antes había olido, y reparaba en cada sabor y en cada contacto como si fueran nuevos. Representaba un cambio enorme con su vida anterior, cuando había vivido para los libros, obsesionada con su mente racional. En ese momento seguía amando la lectura y la escritura, pero su vida poseía también la dimensión de los sentidos. Era como si se hubiera despertado a una nueva vida.

La última semana había sido perfecta. El sol no había dejado de brillar y Golden Isle había hecho honor a su nombre. Robert había sacado tiempo de sus obligaciones para con la propiedad y la había acompañado de picnic a Golden Water, el pequeño lago que daba nombre a la isla. Habían cabalgado juntos hasta las colinas más altas y se habían bañado en el mar. Incluso en verano, el agua del mar estaba helada en aquellas islas del norte, pero existía una cala protegida con tranquilas aguas recalentadas por el sol. Lucy sonrió al recordar el momento en que se había quitado la ropa para sumergirse en las verdes profundidades de aquellas aguas, completamente desnuda. Había sido una tarde memorable.

Y habían hablado. Una noche, mientras yacían en la cama, Robert le había contado que su abuela había sido el único miembro de la familia que había continuado escribiéndole, desafiando a su esposo, durante los años que estuvo en Canadá.

—Te gustará mucho —predijo él mientras le cubría de besos la delicada piel del cuello, descendiendo hacia el valle que se abría entre sus senos—. Cuando mi trabajo aquí haya terminado, será un placer y un orgullo llevarte a Methven.

Lucy se había preguntado en aquel momento por aquel «trabajo». Había visto el creciente tráfico de barcos con Findon, llevando hombres y materiales a Golden Isle. McTavish había sido apartado de su puesto y Jack Rutherford había llegado de Methven para revisar las cuentas, según le había dicho Robert. Ella estaba convencida de que algo más estaba sucediendo, pero cuando le preguntó a Robert al respecto, él le contó que simplemente estaban reforzando las defensas contra los corsarios franceses que habían sido avistados en aquellas aguas norteñas. Jack, refinado y encantador como siempre, le dijo lo mismo. Pero Lucy desconfiaba.

Sentía la fresca caricia del viento en la cara. La tarde estaba cayendo y las sombras se alargaban. Envuelta en su chal, apresuró el paso de regreso al muelle. Delante de ella podía ver un grupo de mujeres y de niños rebuscando entre las rocas maderas de las que arrastraba el mar. Eran tan escasos los árboles que crecían en Golden Isle que la leña era un bien muy preciado.

La marea, que estaba subiendo, le mojaba los pies: la frialdad del agua le arrancó un estremecimiento. Le salpicaba el vestido y la enagua, estrellándose en las rocas donde los niños jugaban a entrar y a salir de las pozas. Sus gritos y risas llegaban hasta ella con la fuerte brisa. Todo estaba perfectamente tranquilo, y, sin embargo, por alguna razón, no podía evitar un mal presentimiento. Algo no iba bien.

Cuando llegó al muelle, vio allí a Robert y también a Jack. Sintió aquel leve aleteo en el corazón que experimentaba cada vez que veía a su marido. Apresuró de nuevo el paso, pero ni siquiera tuvo tiempo de saludarlos. Un extraño rumor se levantó de pronto entre la multitud, que se había vuelto para mirar hacia el mar justo cuando el sol se hundía en el horizonte. Allí, recortado contra el gran globo rojo, se veía un barco.

–La armada –murmuró alguien, y en seguida el susurro corrió por la multitud como el viento agitando un campo de maíz–. Las patrullas de reclutamiento... Han venido los de la leva.

En ese mismo instante, otro se volvió y señaló hacia el sur, donde un fuego acababa de arder en la punta del cabo.

–¡La señal! ¡La aldea está siendo atacada!

–Cardross –exclamó Robert–. He venido, y trayendo consigo las patrullas de reclutamiento.

Lucy podía sentir el terror y el odio que se despertó en la multitud como una cosa viva. Habían visto aquello antes, habían sido testigos de la destrucción de sus vidas. Robert le tomó las manos entre las suyas.

–Ve al Auld Haa –le dijo–. Enciérrate en tu cámara y no salgas por ningún motivo –la besó–. Subiré a buscarte tan pronto como pueda.

–No –su negativa fue inmediata–. Yo quiero ayudarte, Robert –se volvió para señalar a las mujeres y niños que se agrupaban aterrados en el muelle–. Déjame que me encargue de ellos. Si Wilfred se presenta, podré cuidar de mí misma. Lo atravesaré con una espada.

Una fugaz sonrisa iluminó el tenso rostro de Robert.

–Sé que serías capaz de hacerlo –repuso–, pero no puedo permitirlo. Es demasiado peligroso –la atrajo hacia sí y Lucy pudo sentir el atronador latido de su corazón contra el suyo y la impaciente necesidad que lo embargaba de defender su isla–. No puedo poner en riesgo tu vida, Lucy. No es solo por mí, aunque Dios sabe que haría todo lo que estuviera en mi poder para mantenerte a salvo. Es por Methven.

Solo entonces comprendió. Estaba hablando del futuro, de la promesa del heredero que en ese momento podía estar portando incluso en sus entrañas. Se sintió terriblemente desgarrada, dividida. Desesperadamente deseosa de ayudar, detestando como detestaba la idea de quedarse esperando impotente a que se desarrollaran los acontecimientos, pero consciente a la vez de lo importante que era para Robert, para el clan Methven, que se mantuviera sana y salva.

–Maldito Wilfred –pronunció con voz temblorosa–. Ve, Robert. Tienes que detenerlo –lanzó una mirada sobre su hombro, hacia el largo navío de los patrulleros que enfilaba la costa con rumbo firme–. Sé que no permitirás que se lleven a más hombres –le dijo–, pero ten cuidado. Esa gente no respeta ley alguna.

Robert le dio otro beso, que pese a su brevedad le llegó hasta el alma.

–Vuelve conmigo –le susurró ella–. Se necesitan dos para hacer un heredero para Methven. Además de que no tengo ninguna gana de quedarme viuda tan pronto.

–Te amo –y la besó de nuevo más prolongada y profundamente, antes de reunirse con los hombres que lo estaban esperando.

Lucy subió lentamente el camino que llevaba al Auld Haa, bajo la luz del crepúsculo. Cuando llegó a la verja, sin embargo, dudó. Delante de ella, el camino seguía subiendo serpenteante hasta la señal de la punta norte. El fuego allí no había sido encendido, lo que significaba que nadie había advertido a los habitantes de aquella parte de la isla del peligro de ataque. Una vez más la acometió un mal presentimiento. Wilfred había empezado a pegar fuego a las cabañas del sur. Los patrulleros de la leva se acercaban desde el norte. ¿Pero y si se producía otro ataque allí, en las vulnerables y desprotegidas cabañas del norte? Golden Isle estaba plagada de calas y ensenadas. Sobraban los lugares en los que podía desembarcar un enemigo y desde los cuales lanzar un ataque por sorpresa.

Agarrando la tea encendida que iluminaba el portal del Auld Haa, subió apresurada por el sendero que llevaba a la señal, unos pocos cientos de metros más adelante. A cada dos pasos resbalaban sus zapatos con las lisas piedras del camino. A su izquierda, el lago de Golden Water resplandecía con los últimos rayos del sol. Sintió un escalofrío. Tenía la sensación de que alguien la estaba observando. Hundió la antorcha en el montón de astillas y de leña ya preparado, prendiéndolo, y se volvió rápidamente para bajar por el camino, aliviada.

–No tan rápido, prima.

Wilfred Cardross se hallaba directamente frente a ella, apenas una negra sombra recortada contra el azul cobalto del mar. Llevaba detrás a cinco hombres de su clan. A su espalda, Lucy oyó sisear y luego rugir el fuego que acababa de encender, cada vez más alto. Pensó que al menos era ya demasiado tarde para que Wilfred lo apagara: no tardaría en ser visto desde las cabañas. Los isleños podrían así concentrarse para defenderse.

Wilfred había empezado a caminar hacia ella. Podía ya distinguir su rostro a la luz de las llamas. Iba vestido con todas sus galas, todo fatuo y presumido con sus lazos y puntillas, pero la expresión de sus ojos era feroz, en contraste con la refinada elegancia de su atuendo. El corazón de Lucy dio un vuelco. Alzó desafiante la barbilla y le sostuvo la mirada.

–Wilfred. Veo que has traído más hombres esta vez. Muy precavido.

–Prima Lucy –le hizo una reverencia–. Qué sorpresa tan encantadora encontrarte aquí. Te agradezco el haberme ahorrado el trabajo de tener que buscarte.

Hizo un gesto y sus hombres se adelantaron con expresión ávida. Un nudo de terror le cerró a Lucy la garganta, pero intentó sobreponerse.

–Qué negligencia la de Methven al dejarte sola para que te defendieras tú misma –comentó Wilfred, satisfecho–. Debió haber tenido más cuidado a la hora de proteger su propiedad.

–Mi marido –replicó Lucy–, está protegiendo su clan, un concepto con el que dudo que tú estés familiarizado, Wilfred. Porque tú robas al tuyo, ¿verdad? Atracas a tu propia gente, les robas el ganado y quemas sus casas.

Cardross se echó a reír. Estaba mirando hacia el sur, donde un frente de fuego evidenciaba el paso destructivo de sus hombres.

–Es poco lo que queda aquí de valor para proteger –dijo–. Las patrullas de reclutamiento se llevarán a los pocos isleños que queden y también a todos los hombres de Methven –volvió a clavar la mirada en ella–. Y cuando tú seas mía, todo habrá terminado por fin.

Dio un paso adelante. Lucy podía distinguir bien su rostro al resplandor del fuego. Sonreía. Estaba disfrutando con aquello. Retrocedió hasta chocar con el murete de piedra que rodeaba la fogata, y estiró una mano hacia atrás para buscar a tientas la antorcha que antes había dejado allí. Sus dedos rozaron la piedra, se resintieron de la quemadura del fuego. A toda costa tenía que distraer a Wilfred de lo que pretendía hacer. Él pensaba que no estaba armada, y ella no quería desaprovechar el factor sorpresa.

–¿Qué pasa? –inquirió desdeñosa–. ¿Tienes miedo de que te empuje si te acercas demasiado a mí, Wilfred?

Wilfred alzó su espada y le puso la punta debajo de la barbilla. Lucy sintió el leve pinchazo en el cuello.

–No te tengo miedo –le dijo Wilfred–. Y tampoco a tu *laird* –alzó de pronto la cabeza, escuchando–. Ah, aquí viene...

Se oyeron unos cascos de caballo en el sendero de piedra. Un jinete se acercaba. Solo. Lucy giró la cabeza, con lo que la punta del estoque se hundió levemente en su piel. Un hilillo de sangre resbaló por su cuello.

–¡Methven! –alzó la voz Wilfred–. Me alegro de que recibieras mi mensaje. Tengo a tu mujer.

–No... –empezó Lucy, pero Wilfred bajó la punta de la espada para apoyarla justo sobre su corazón.

Robert entró en el círculo de luz de las llamas. Iba solo. Inmediatamente cuatro de los hombres de Wilfred lo rodearon.

–Ah, Methven. Sé buen chico y tira tu espada –al ver que Robert no obedecía inmediatamente, Wilfred presionó un poco el pecho de Lucy más con la punta de su estoque.

Lucy se mordió el labio con fuerza para reprimir un grito. Sin apartar la mirada de ella, Robert arrojó su espada.

–Bien –aprobó Wilfred. La punta de su estoque trazó un invisible dibujo sobre el pecho de Lucy como una caricia–. Hay algo que deberías saber, Methven. Tu encantadora esposa te ha estado traicionando –rasgó de pronto el corpiño de su vestido, abriendo un desgarrón y dejando un largo arañazo en su piel cremosa. Traición –repitió, sonriendo levemente mientras admiraba su obra–. Qué feo, ¿verdad?

El corazón de Lucy empezó a latir desbocado. Una náusea le subió por la garganta. Sabía que Wilfred estaba disfrutado enormemente. Cuando lo derrotó en la orilla del lago, se había sentido humillado. Aquella era su venganza.

–Mucho me temo –continuó Wilfred con tono suave– que no engendrarás heredero alguno en el cuerpo de tu esposa –otro movimiento de muñeca y otro desgarrón, cruzando esa vez el primero, de manera que el corpiño se abrió y las dos piezas cayeron flotando al suelo como las hojas de un árbol.

Lucy bajó la mirada para descubrirse otro corte en el pecho. El dolor sobrevino un segundo después: era muy agudo y la sangre brillaba al resplandor del fuego.

Wilfred se sonrió. Un nuevo giro de su muñeca y el corpiño quedó hecho jirones, expuesta la blanca piel de sus senos. Robert hizo un movimiento instintivo y de inmediato los hombres de Wilson se acercaron para contenerlo. Lucy alzó una mano para cubrirse, pero Wilfred volvió a acercar la punta del estoque a su garganta.

–Quédate quieta, prima.

Alguien rio. Lucy distinguió el pulso de Robert latiendo salvajemente en la base de su cuello. Todos sus músculos estaban insoportablemente tensos. Y seguía sin hablar.

Wilfred concentró de nuevo su atención en ella.

–Hablando de traiciones, prima Lucy –le dijo con tono suave–, tu doncella está dispuesta a hacer lo que sea por un puñado de oro. Fue ella la que me vendió tus secretos.

Una náusea le subió por la garganta. Volvió a ver a Sheena de pie en su cámara del Auld Haa, con el frasco de poleo en la mano. Se sintió mareada de estupor e incredulidad. Wilfred alzó la voz:

–Tu mentirosa mujer, Methven, visitó a una sabia mujer del pueblo buscando una pócima para que nunca pudiera concebir un hijo. Durante todo el tiempo que estuviste, er... arando en su cuerpo... –retiró la punta de su espada de sus senos para señalar libidinosamente su entrepierna– ella se aseguró de que no pudieras sembrar nada en él. Mientras tú esperabas escuchar la buena nueva de un heredero, ella sabía, durante todo el tiempo, que eso nunca ocurriría. Te ha estado traicionando con tanta eficacia como si me hubiera estado entregando tus posesiones directamente.

–No fue así –por fin encontró Lucy la voz para hablar. Una voz rota y ronca por el humo, suplicante–. ¡Nunca fue así! Robert, yo te juro...

Pero Robert ignoró sus palabras. Tenía la mirada clavada en Wilfred.

–Suéltala, Cardross.

Wilfred se echó a reír.

–Lady Lucy se viene conmigo. He esperado durante mucho tiempo para divertirme con ella. Cuando haya terminado, estoy seguro de que mis hombres querrán también recibir su parte.

La había tomado del brazo, clavándole los dedos por arriba del codo. Uno de sus hombres empezó a acercarse por el otro lado. Mientras tanto, Lucy había logrado estirar más la otra mano hacia atrás, disimuladamente, hasta que palpó el mango de la antorcha. El calor le quemó la palma, pero apretó los dientes para resistir el dolor.

–Vamos, prima –dijo Wilfred–. No te mostrarás tan altiva cuando haya acabado contigo...

Fue darle a Lucy un tirón del brazo y soltar Robert un rugido. Se volvió hacia el más cercano de los esbirros y lo derribó de un puñetazo, para saltar hacia un lado cuando los otros tres se abalanzaron sobre él. Robó la espada del caído y se lanzó contra ellos. A uno lo tumbó con un golpe plano de espada y del segundo se libró con la misma rapidez. En ese mismo momento, Lucy sacó la antorcha de la fogata y la acercó al cuerpo de su primo. Wilfred se puso a chillar cuando el fuego prendió en los encajes y puntillas de su atuendo. La soltó y echó a correr.

Desde donde estaba, Lucy oyó su zambullida cuando se lanzó de cabeza al Golden Water. Esgrimió luego la antorcha contra el otro esbirro que se la había quedado mirando embobado, con la boca abierta de asombro. El hombre retrocedió con un grito y echó a correr, azuzado por la espada de Robert. Algunos de los hombres del clan Methven subían ya a la carrera por el sendero, para rodear el lago donde Wilfred seguía chapoteando y maldiciendo. Dos de ellos continuaron subiendo para apresar a los restantes esbirros de Wilfred.

Lucy volvió a dejar la antorcha en el fuego. Temblaba tanto que apenas podía mantenerse en pie... Robert se había acercado a ella en dos zancadas. Por un breve instante apoyó las manos sobre sus hombros mientras contemplaba la obra de Wilfred: el corpiño del vestido desgarrado, los arañazos cruzados de sus senos. Una expresión de furia asesina se dibujó en su rostro.

–Si no le hubieras prendido fuego... –masculló–, le habría matado por lo que te ha hecho.

–Solo son unos arañazos –repuso Lucy. Le castañeteaban los dientes–. Lo hizo para humillarte a ti y para asustarme a mí.

Robert dejó caer las manos a los lados.

–Tienes que volver al Auld Haas para que te curen.

Se la quedó mirando durante un buen rato más, pero sin calor ni ternura alguna en su mirada. Finalmente le dijo, en tono muy quedo:

–Sé que lo que dijo Cardross era verdad. Lo vi en tus ojos.

Se giró en redondo para dirigirse hacia donde había dejado atado su caballo. Lucy corrió tras él. El corazón se le estaba rompiendo en pedazos

–¡Robert, espera! –gritó–. Por favor, deja que te explique...

Robert se volvió a medias. Hizo un brusco gesto con la mano y ella se detuvo.

–¿Era verdad? ¿Lo de la pócima?

–Sí –reconoció Lucy–. Pero...

–¿Y cuándo te la procuraste? –su voz era fría, pero por debajo de la furia, Lucy podía percibir el dolor. Podía verlo también en sus ojos; el desgarrador dolor de la traición–. ¿Cuándo, Lucy?

–La mañana de nuestra boda –respondió con voz débil, temblorosa–. ¡Pero no me la tomé! ¡Por favor, créeme! ¡No la tomé nunca!

Robert sacudió la cabeza. Parecía agotado, triste.

–Yo creía que confiabas en mí. Te dije que podías hacerlo. Pero ahora parece que nunca llegaste a confiar en mí.

—¡No fue así! —protestó Lucy—. Sí, yo confiaba en ti, pero... —se interrumpió. Aquella pequeña y traicionera palabra demostraba precisamente la escasa fe que había depositado en él—. Tú sabes lo que me pasaba —susurró—. Estaba aterrada. Necesitaba sentirme segura.

—Estabas segura —repuso Robert—. Tú siempre estuviste segura conmigo. Lástima que no llegaras a confiar nunca.

Su voz cambió, y de repente Lucy supo que aquello era el final. Robert no aceptaría ninguna justificación, ninguna explicación. Quizá con el tiempo estuviera dispuesto a escucharla, pero aquel maravilloso, radiante e infinitamente preciado futuro que apenas habían empezado a compartir había quedado hecho trizas a sus pies. Lucy era una mujer terca y decidida, pero no parecía capaz de encontrar las palabras: le ardía la garganta y las lágrimas anegaban sus ojos.

—Debes de tener frío —le dijo Robert—. Esta tarde has hecho mucho por Golden Isle y te estoy agradecido —su helada cortesía significó otro duro golpe—. Te llevaré al Auld Haa y volveré luego a la aldea para ayudar a mis hombres.

—Por supuesto —repuso, tensa. El corazón se le había resquebrajado un poco más—. No te molestes en acompañarme...

—Insisto.

Le tendió una mano para ayudarla a montar en su caballo, delante. Lucy no pudo evitar una mueca de dolor cuando su mano quemada entró en contacto con la de él. Robert se la volvió para examinarle la palma.

—Te quemaste.

—No es grave. Solo unas pocas ampollas.

Robert la soltó y ella echó tanto de menos el calor de su contacto que aquello le dolió más que las quemaduras. Cabalgaron en silencio sendero abajo, y él la dejó en la puerta del Auld Haa sin pronunciar otra palabra.

Capítulo 21

Robert trabajó durante toda la noche con sus hombres para apagar los fuegos y asegurarse de que toda su gente estuviera a salvo. No descansó. No quería pensar, no quería sentir. Cardross había sido capturado y todos sus hombres detenidos. El corsario *Le Boucanier* también había sido capturado después de haber caído en la trampa urdida por Jack, que se había servido del yate particular de Cardross para atraerlo a una cita. La patrulla de reclutamiento había aparecido en ese momento y se había llevado al pirata como premio. Era una justicia muy particular la que imperaba en las islas, muy lejos de la del rey, pero Robert había quedado satisfecho: sus propiedades estaban a salvo y Cardross sería juzgado por traición.

Por fin, cuando el sol empezaba a alzarse en el mar, Jack se reportó ante él, sucio y apestando a humo: con un aspecto, pensó Robert, muy parecido al que él mismo debía de ofrecer. Jack le tendió su cantimplora de cuero y Robert bebió agradecido.

—Necesitas descansar, Rob.

—Aún queda trabajo por hacer —repuso Robert, tenso.

—Y tiempo para hacerlo todo —le recordó Jack—. Venga. Vete a dormir. Habla con Lucy...

Robert hizo un movimiento de impaciencia y Jack clavó firmemente sus ojos verdes en el cansado rostro de su primo.

–Lucy estaba intentando salvar Methven para ti. ¿Es que no te das cuenta, estúpido? Lucy necesitaba sentirse segura para casarse contigo. Había pasado por una prueba terrible cuando era demasiado joven para lidiar con ello. Estaba intentando protegerse para que nada de eso pudiera ocurrirle. Tener aquella pócima le dio el coraje necesario para casarse contigo y así ayudarte a salvar Methven de Cardross.

–Debió haber confiado en mí –gruñó Robert.

Jack suspiró. Se pasó las dos manos por el pelo, extendiéndose la suciedad por toda la cara.

–Sí, debió haber confiado en ti –admitió–, pero en aquel momento no podía –alzó la mirada–. Pudo haberte vuelto a rechazar, Rob. Creía en ti y quería salvar a Methven.

Robert fulminó a su primo con la mirada.

–Sabes argumentar bien. Deberías haberte hecho abogado.

Jack sonrió.

–Sabes que tengo razón.

–Lo que no sé –dijo Robert– es cómo has podido enterarte de todo eso.

–Esa mentirosa arpía de doncella me lo contó todo. Pensaba que podría ayudarla a salvar su miserable pellejo –Jack entrecerró los ojos–. Todo el mundo en Golden Isle ama a Lucy por el coraje que ha demostrado esta noche –suspiró–. Tú también la amas. No permitas que Cardross lo estropee todo, Robert. No le dejes ganar.

–Eres un valiente para atreverte a decirme todo esto.

–Alguien tenía que hacerlo –repuso Jack.

Robert se apoyó en la verja y contempló el reflejo del sol naciente en el mar. Estaba exhausto, dolorido, agotado, pero peor que todo aquello era el dolor que le laceraba el corazón. Jack tenía razón. Amaba tanto a Lucy que el conocimiento de su traición le dolía más que cualquier daño físico. Y le dolía todavía más porque había oído a su gente deshaciéndose en elogios sobre su coraje y la ayuda que les había proporcionado, cuando durante todo el tiempo ella había estado dispuesta a negarles lo único que necesitaban para liberarse finalmente de Cardross: un heredero.

Había creído que Lucy confiaba completamente en él y, aunque sabía en el fondo que no se trataba tanto de su persona como de sus pasados terrores, no podía evitar sentirse estafado y traicionado. Toda aquella deliciosa intimidad que habían compartido durante la última semana había quedado envilecida, porque durante todo ese tiempo ella lo había estado engañando, sabiendo que no engendraría ningún hijo.

Pero Jack tenía razón también en otra cosa. Si daba la espalda a Lucy, Cardross terminaría ganando. No solo había intentado robarle sus propiedades, sino que habría destruido asimismo su esperanza, sus ilusiones y su amor. Le habría robado el futuro.

Irguiéndose, devolvió a su primo la cantimplora de agua.

–No sé por qué te importa tanto todo esto.

–Porque me gustaría verte feliz, estúpido –replicó Jack dándole una palmada en el hombro–. Y ahora, entra en la casa y ve con ella.

–Hay algo que tengo que hacer antes.

Robert atravesó el prado y subió por el estrecho sendero que llevaba a la oficina de administración. Afortunadamente no la había tocado el fuego que había afectado a la aldea. A la pálida luz de la mañana, rebuscó en el cajón de su escritorio y encontró los pliegos que había allí guardados. Leyó lo que estaba escrito en ellos y sacudió la cabeza con expresión triste.

Atravesó luego los prados hacia el Auld Haa, en busca de su esposa.

Lucy no había dormido. Con las primeras luces del amanecer, se levantó dolorida, sacó su baúl de viaje y empezó a llenarlo. No quería esperar a que Robert la expulsara de la isla. Quería estar lista. Pese a ello, cuando oyó sus pasos en la escalera y descubrió su alta figura en el umbral de la habitación, el corazón empezó a latirle desbocado porque todavía no había preparado en absoluto lo que quería decirle.

Bastó una sola mirada para que se desarmara completamente. Se había adecentado todo lo posible, pero seguía ofreciendo un aspecto tan agotado que le entraron ganas de abrazarlo y consolarlo. Dudaba, sin embargo, que él acogiera de buen grado un gesto semejante. Mejor haría en sentarse sobre sus manos en vez de tocarlo.

Llevaba al hombro una vieja alforja de cuero, que dejó sobre la cama. Posó la mirada sobre su baúl de viaje, la ropa arrugada, el aspecto desaliñado de la propia Lucy.

−¿Adónde vas?

−Me voy de aquí −dijo ella, con un enorme nudo en la garganta. Dudaba de que fuera capaz de pronunciar algo más.

−¿Pero adónde?

Parecía perplejo. Lucy ansiaba tocarlo, lanzarse a sus brazos.

−A tierra firme −oyó lo ronca que sonaba su propia voz−. No lo sé. Lejos. A casa. A donde sea.

En ese momento parecía todavía más confuso. Se habría reído de su expresión si no se hubiera sentido tan terriblemente triste.

−¿Por qué?

−Es mejor que lo haga −arrojó la última de sus arrugadas enaguas al baúl de viaje–. Lo mejor que puedo hacer es marcharme.

–¿Mejor para quién? –inquirió Robert. Esa vez había un timbre nuevo en su voz, más autoritario, menos perplejo.

–Para ti –respondió Lucy–. Por supuesto.

–Qué preocupación la tuya –comentó, irónico, y añadió–: Te aseguro que yo no me sentiré en absoluto mejor si decides abandonarme.

El corazón de Lucy empezó a latir desbocado. Lo miró. Había burla a la vez que ternura en sus ojos, lo cual le aceleró todavía más el pulso.

–Lucy.

Se echó a temblar.

–Fui al acantilado –le confesó. Hablaba rápidamente, atropellando las palabras–. Estuve intentando encontrar el frasco de poleo que había arrojado al acantilado, para demostrarte que no lo había abierto.

La miró fijamente.

–¿Lo encontraste?

–No –un sollozo le subió por la garganta, sobresaltándola–. Creo que debió de caer al mar. Soy mejor lanzando objetos de lo que pensaba.

Recordó aturdida que había querido explicarle que en realidad nunca había tenido intención de tomar aquella tintura. Había creído en aquel entonces que su mayor temor era quedarse embarazada. En ese momento se daba cuenta de que lo que más temía no era eso, sino vivir sin Robert. Podría superarlo, por supuesto. Y muy probablemente tendría que aprender a hacerlo ya. Pero el color y la alegría habían desaparecido de su vida porque había aprendido, demasiado tarde, que lo realmente importante no era vivir a la sombra del miedo, sino enfrentar y aceptar la vida. En la vida no había certidumbres, pero mientras hubiera esperanza, amor y fortaleza para construir algo bueno, nada más importaba.

—Supongo que te enseñarían a lanzar bien en la Sociedad de Damas Cultivadas de las Tierras Altas de Escocia –le dijo Robert. Se acercó al aparador, se volvió y la miró–. No tienes por qué explicarme nada, Lucy.

Justo en ese instante se le acabó de romper el corazón. Robert no quería escucharla. Estaba convencido de que su intención había sido engañarlo con el heredero que tanto necesitaba, y aunque no lo hubiera hecho, con la intención de traicionarlo era suficiente.

No podía culparlo por ello. Robert le había asegurado desde un principio que podía confiar en él, pero ella había sido incapaz de creerle.

Se sentó en la cama, ya que las piernas le temblaban demasiado para sostenerla, e intentó resistir el impulso de enterrar el rostro en la colcha y echarse a llorar.

—No tienes nada que demostrarme –le dijo Robert con tono suave–. Si tú me dices que no tomaste la pócima, entonces te creo. Confío en ti. E incluso aunque la hubieras tomado, lo comprendería. Estabas aterrada, atormentada por el pasado. Yo nunca podría culparte por eso –se frotó los ojos con gesto agotado–. Al principio me enfurecí. Me sentía traicionado. Fue una sorpresa. Pero yo sé que ahora confías en mí, y eso es lo único importante. Sé que te amo y que tú también me amas.

Durante un largo, eterno momento, Lucy se quedó perfectamente inmóvil, hasta que se lanzó a sus brazos. Y Robert la abrazó con fuerza, estrechándola contra su pecho.

—Lo entiendes –pronunció apretada la mejilla contra su camisa, sintiendo el sabor salado de sus propias lágrimas.

Robert le estaba acariciando el cabello con largas y tiernas caricias.

—Shhh. Todo está bien –la alzó en brazos y la llevó a la cama, para sentarla sobre sus rodillas. Le apartó delicadamente el pelo del rostro húmedo y acalorado y la besó como si fuera una chiquilla necesitada de consuelo. Poco a poco fue desapareciendo su temblor, al igual que el terrible miedo que la había embargado.

–Tengo algo que decirte, Lucy –desvió momentáneamente la mirada hacia el aparador abierto, el montón de ropa y el viejo baúl de viaje. Su mirada azul la recorrió como una caricia. El calor que brillaba en sus ojos bastaba para abrasarla–. Siempre dijiste que yo no era un poeta –le recordó–. Que era demasiado brusco e iletrado para ser un poeta. Bueno, pues escucha esto. Si me dejas, me quedaré destrozado. Tú eres mi ideal perfecto. Lucy. Una vez fui lo suficientemente estúpido como para pensar que los ideales perfectos no existían. Pues ahora he aprendido que sí existen.

A pesar de sí misma, lanzó una ronca carcajada.

–Quizás estuviera equivocada –reconoció–. Quizás tengas madera de poeta, después de todo.

Robert no sonrió en respuesta. En lugar de ello, tomó la alforja que había llevado y la abrió para vaciar su contenido sobre la colcha.

–¿Es esto lo suficientemente romántico para ti? –le preguntó–. Si no lo es, volveré a intentarlo.

Lucy contempló los papeles arrugados. Era como si hubiera hecho una bola con cada pliego en un gesto de rabia.

–¿Qué diantres...?

–Léelos –le pidió Robert.

Alisó el primero. Contenía un par de renglones escritos, palabras deslavazadas, unas subrayadas, tachadas otras. El segundo igual, y lo mismo el tercero. Líneas garabateadas, repetidas y finalmente descartadas.

–Robert –bajó lentamente el papel–. ¿Lo has escrito tú? ¿Para mí?

Parecía en parte orgulloso, en parte avergonzado, como un colegial.

—Me temo que no es muy bueno.

No, no lo era.

—*Mi amor es como una nube de lluvia que recorre la pradera...* —leyó en voz alta Lucy, y se le escapó una carcajada que intentó disimular con un ataque de tos.

—*Mi amor por ti es tierno y verdadero...* —recitó él de memoria.

—Ese último verso lo has copiado —lo acusó Lucy—. Lo he oído antes —se estaba esforzando por reprimir la sonrisa que afloraba a sus labios, hasta que estalló, desafiante—. Pero lo *intentaste* —dijo—. Eso es lo que cuenta... ¡Oh, Robert! —lo miró con la vista nublada por las lágrimas—. Me amas de verdad, si es que estás dispuesto a hacer esto por mí...

—Haría muchísimo más que escribir poesía para demostrarte lo mucho que te amo, Lucy —tomándole las manos, se las apretó suavemente—. ¿Entiendes?

Lo entendía. Podía imaginárselo manchándose de tinta los dedos. Podía verlo sentado ante su escritorio de la oficina de administración durante aquella última semana, con la cabeza entre las manos después de haber descartado un pliego tras otro.

—Yo también te amo. Muchísimo.

Volvió a atraerla hacia sí y le besó el pelo.

—Si es demasiado pronto —le dijo con voz ronca—, si todavía sigues teniendo miedo de concebir un hijo, podemos esperar. Estoy dispuesto a acudir a los tribunales para defender mi caso...

Lucy le puso un dedo sobre los labios.

—Estoy preparada —susurró—. Y... ¡quién sabe...! —sonrió, radiante de esperanza—. Puede que ya haya concebido un hijo tuyo.

Con un movimiento de su brazo, Robert tiró el baúl de viaje fuera de la cama. Cayó con un crujido, derramando su contenido en la alfombra. Cuando Lucy abrió la boca para protestar, él la besó con pasión, tumbándola sobre los cojines. Sus dedos se afanaron con los botones de su corpiño. Desabrocharon uno, luego otro...

—Solo en caso de que no sea así... ¿podemos intentarlo otra vez?

Epílogo

Castillo Methven, 21 de septiembre de 1813

Lucy escribió la fecha en la cabecera de la página y se detuvo pensativa, golpeándose suavemente los labios con la pluma. Una carta como aquella iba a ser difícil de redactar. Requería una prolongada meditación.

Desvió la mirada hacia la ventana. Hacía un día demasiado hermoso para pasarlo encerrada en casa. El valle dormitaba envuelto en una neblina dorada y las altas montañas se recortaban contra un perfecto cielo azul.

En la terraza de abajo, Lucy podía ver a la marquesa viuda de Methven tranquilamente sentada y rodeada de sus perros, mirando el artístico jardín con el telón de fondo de las montañas. Lucy sospechaba que se había quedado adormilada, aunque ella por supuesto lo habría negado con vehemencia. Tal como Robert había vaticinado, su abuela había aprobado encantada a su nueva esposa. Así se lo había vuelto a asegurar apenas unos días atrás.

–La abuela es terriblemente rígida –le había comentado él–. Es muy difícil ganarse su aprobación.

Lucy no había objetado nada, pero tampoco le había dado la razón. En su opinión, era muy fácil complacer a la marquesa, quien, con mirarla solo una vez, se había dado cuenta de que estaba perdidamente enamorada de Robert...

lo que, en consecuencia, le había llegado al corazón. Se escondía un corazón muy tierno detrás de aquel severo y almidonado exterior.

De repente los perros se incorporaron para ponerse a ladrar de alegría, y Lucy descubrió a Robert atravesando la terraza hacia su abuela con el heredero de Methven, de tan solo cuatro meses, en brazos. James Gregor Methven estaba plácida y felizmente dormido. Lucy observó divertida cómo Robert entregaba su diminuta y preciada carga a la marquesa viuda con exquisito cuidado y concentración. Como si hubiera sentido su escrutinio, alzó la mirada hacia la ventana y la saludó con la mano. Un momento después escuchó sus pasos en la escalera y lo vio entrar en su despacho. Olía a sol y a aire fresco cuando, apoyando una mano en el respaldo de su silla, se inclinó para besarla con pasión.

–¿Progresas con la escritura? –le preguntó.

–No consigo encontrar las palabras –confesó Lucy.

Robert esbozó una maliciosa sonrisa que la hizo ruborizarse.

–¿Necesitas ayuda para documentarte?

–No es esa clase de cartas –replicó con tono reprobador. Bajó la pluma de ganso con un leve suspiro–. Estoy escribiendo a Lachlan para felicitarlo por la herencia que recibió Dulcibella de las propiedades de Cardross.

Robert se dejó caer en el pequeño sillón contiguo al escritorio de Lucy. El sonido que emitió fue una mezcla de gruñido y exclamación indignada. Lucy se mordió el labio, reprimiendo una sonrisa ante su malhumorada expresión.

Cuando apenas el mes anterior Wilfred Cardross fue encontrado culpable de traición, el rey había confiscado sus propiedades para entregárselas a Dulcibella, su pariente viva más cercana. Lachlan y su novia fugitiva habían sido así generosamente recompensados. Afortunadamente, al mismo tiempo, el rey había cancelado el antiguo tratado del siglo XV que permitía a los *lairds* de Cardross reclamar las tierras de los Methven. Y dado que Robert había tenido de todas formas un heredero, tenía muy poco de lo que quejarse. Aun así, Lucy se sitió tentada de burlarse de él.

—Lástima que no te casaras con Dulcibella en primer lugar —comentó con tono inocente—. Si lo hubieras hecho, las tierras de Cardross y Methven serían ahora tuyas.

Robert clavó en ella la brillante mirada de sus ojos azules. Su fulgor le aceleraba el corazón.

—¿Y de quién fue la culpa, *madame*?

—Creo que mía —admitió Lucy, mirándolo tímida—. Ya dije que lo sentía.

—No es suficiente —con un rápido movimiento, Robert se incorporó y la levantó en brazos. La silla cayó hacia atrás y el blanco pliego de papel fue a parar al suelo. Traspuso luego el umbral y pasó al dormitorio contiguo, donde la depositó sobre la cama—. Me lo debes —murmuró, acariciándole la oreja con los labios.

—¡Robert! —chilló Lucy cuando su marido empezó a despojarla implacablemente de la ropa—. No puedes hacer esto. Estamos en pleno día y tu abuela está abajo y... —y se interrumpió cuando Robert le regaló un largo y dulcísimo beso.

—¿Decías? —murmuró mientras le mordisqueaba maliciosamente el cuello.

—Me he olvidado.

La habitación estaba toda ella bañada por el resplandor del sol, y el alma de Lucy llena también de luz mientras lo sentía moverse encima y dentro de ella con infinita ternura. Le mordió a su vez suavemente un hombro para alentarlo. Desde que había vuelto a acostarse con ella, la había estado tratando como si fuera de cristal, pero durante la última semana se había hartado ya de tan delicado trato.

Sonrió secretamente para sí misma. Cuando descubrió que estaba embarazada de James se había sentido nerviosa, como no había podido ser de otra manera. Robert había roto con las convenciones y escandalizado a la buena sociedad quedándose con ella mientras duraron los trabajos del parto, para tranquilizarla y consolarla. Si lo había amado antes, lo amaba ahora mucho más.

Lo acercó hacia sí, enredando las piernas en torno a su cintura y alzando las caderas, y lo oyó gemir cuando su delicadeza dio paso a un urgente ímpetu mucho más satisfactorio. El placer hizo presa en ambos y yacieron abrazados, con los rayos del sol dibujándose sobre sus cuerpos. El único sonido que podía oírse era el rumor de sus respiraciones y las lejanas voces de la marquesa y de la niñera del pequeño James flotando desde la terraza.

–Así que... –dijo Lucy, volviendo la cabeza para mirar a su marido–, ¿crees que podrás perdonarme?

–Contemplando las cosas en retrospectiva –repuso él–, creo que prefiero mi actual situación. No tengo ninguna necesidad de las tierras Cardross. Tengo Methven, tengo a James y te tengo a ti –la besó–. Tengo pues todo lo que deseo en el mundo.

ÚLTIMOS TÍTULOS PUBLICADOS EN HQN

Un momento en la vida de Sherryl Woods

Prohibida de Nicola Cornick

Sin culpa de Brenda Novak

En sus manos de Megan Hart

Eso que llaman amor de Susan Andersen

Preludio de un escándalo de Delilah Marvelle

Días de verano de Susan Mallery

La promesa de un beso de Sarah McCarty

Los colores del asesino de Heather Graham

Deshonrada de Julia Justiss

Un jardín de verano de Sherryl Woods

Al desnudo de Megan Hart

Noches de verano de Susan Mallery

Érase una vez un escándalo de Delilah Marvelle

Perseguida de Brenda Novak

El anhelo más oscuro de Gena Showalter

www.ingramcontent.com/pod-product-compliance
Lightning Source LLC
LaVergne TN
LVHW031807080526
838199LV00100B/6338

www.ingramcontent.com/pod-product-compliance
Lightning Source LLC
LaVergne TN
LVHW031807080526
838199LV00100B/6362